# Kreuther Komplott

Harry Luck wurde 1972 in Remscheid geboren und lebt als Autor und Journalist in München. Er arbeitete unter anderem für die Nachrichtenagenturen AP und ddp, den Bayerischen Rundfunk und die Abendzeitung und berichtete viele Jahre lang als Reporter und Korrespondent über die bayerische Landespolitik und auch über die Kreuther CSU-Tagungen. Zurzeit ist er bei FOCUS Online stellvertretender Politik- und Nachrichtenchef. Er ist Mitglied in der Jury des Agatha-Christie-Preises und der Autorenvereinigung »Das Syndikat«. Im Emons Verlag erschienen »Der Isarbulle« und »Lachen und Schießen«.
www.harryluck.de

HARRY LUCK

# Kreuther Komplott

KRIMINALROMAN

emons:

**Bibliografische Information der Deutschen Nationalbibliothek**
Die Deutsche Nationalbibliothek verzeichnet diese Publikation in der Deutschen Nationalbibliografie; detaillierte bibliografische Daten sind im Internet über http://dnb.d-nb.de abrufbar.

FSC www.fsc.org
MIX
Papier aus verantwortungsvollen Quellen
FSC® C083411


Umschlagmotiv: photocase.de/eyelab
Umschlaggestaltung: Tobias Doetsch
Druck und Bindung: CPI – Clausen & Bosse, Leck
Printed in Germany 2012
ISBN 978-3-89705-955-9
Originalausgabe

Für Antonia
wenn du mal groß bist

# EINS

Die Berge.

So viel hatte sie schon von ihnen gehört. So oft hatten die Kollegen schon von ihren Wanderausflügen geschwärmt. Jetzt war sie fast ein Vierteljahr in München und sah zum ersten Mal mit eigenen Augen einen Gipfel. Er war weit entfernt, aber deutlich am Horizont zu erkennen. Anneke blinzelte, die tief stehende Wintersonne ließ die schneebedeckte Gebirgskette besonders grell erstrahlen.

Doch der beeindruckende Anblick währte nur wenige Sekunden, dann machte die A995 hinter Unterhaching eine leichte Rechtskurve, und das Alpenpanorama verschwand hinter den Bäumen. Hauptkommissar Lukas Schmidtbauer blinkte links, schaute in den Rückspiegel und setzte mit dem Dienstfahrzeug zum Überholen eines Familienvans mit Flensburger Kennzeichen und Skiausrüstung auf dem Dachgepäckträger an.

Commissaris Anneke van Royen rieb sich auf dem Beifahrersitz des Dreier-BMW die Augen. Der Blick auf die Alpen kam ihr jetzt vor wie eine Sinnestäuschung, eine winterliche Fata Morgana. Was sie eben gesehen hatte, entsprach exakt ihren Kindheitserinnerungen aus der Zeichentrickserie »Heidi«, die auch im holländischen Fernsehen ausgestrahlt worden war. *»Heidi, Heidi, leef toch hoog in de bergen«,* fiel ihr die Titelmusik der Serie wieder ein, die sie so gern geschaut hatte wie »De Fabeltjeskrant« oder »Paulus de Boskabouter«.

Es herrschte dichter Verkehr auf der Autobahn.

»Warum müssen die alle im Schneckentempo fahren?«, schimpfte Lukas und trommelte mit seinen Fingern ungeduldig auf dem Lenkrad. »Bloß weil im Radio ständig eine Unwetterwarnung verbreitet wird? Für Nordbayern!«

Seit sie vor einer knappen halben Stunde von ihrer Dienststelle in der Münchner Hansastraße 24 losgefahren waren, berichtete B5 aktuell pausenlos über die katastrophalen Verkehrsverhältnisse in und um Nürnberg. Schon zweimal war der O-Ton des Polizeisprechers eingespielt worden, der alle Autofahrer aufrief, zu Hause zu bleiben und nur unaufschiebbare Fahrten zu unternehmen. Der öffentliche Nahverkehr lag lahm, aus den Krankenhäusern wurden mehrere Dutzend Fußgänger mit Knochenbrüchen gemeldet.

Doch hier in Oberbayern war die Lage entspannt.

»Es gibt keinen Grund, mit Tempo fünfzig voranzutuckern«, murmelte Lukas und zog wieder auf die rechte Spur. An der Abfahrt Holzkirchen verließen sie die Autobahn und wechselten auf die B 318. Das Navigationsgerät zeigte noch eine gute halbe Stunde Fahrzeit bis nach Kreuth, ihrem Ziel, an.

Es war für Anneke der erste Einsatz außerhalb Münchens, seitdem sie nach Abschluss ihres Europol-Austauschprogramms die Übernahme in den bayerischen Polizeidienst beantragt hatte. Ihre doppelte Staatsbürgerschaft und ihr vorheriger Einsatzort, der »Dienst Nationale Recherche« der holländischen Polizei im niederrheinischen Grenzgebiet, hatten es Polizeipräsident Stapper leicht gemacht, Annekes Übernahme zu befürworten und sie auf eine freie Planstelle in der dritten Mordkommission zu setzen. Dass sie an der Aufklärung einer Anschlagsserie im Münchner Kabarettmilieu beteiligt gewesen war, hatte sich über den Zuständigkeitsbereich des Präsidiums hinaus herumgesprochen. Doch der außerordentliche Einsatz, der ihnen jetzt bevorstand, klang trotz aller landschaftlichen Reize nach langweiliger Routine: Schutzmaßnahmen für eine gefährdete öffentliche Person.

»Mit erhöhten Sicherheitsvorkehrungen rund um das Tagungszentrum in Wildbad Kreuth reagiert die Polizei auf die Morddrohungen ...« Lukas drehte das Radio lauter. »... gegen den IOC-Präsidenten Pablo Faszantas. Die Ankunft des Sportfunktionärs zum Kamingespräch bei der traditionellen CSU-Winterklausur ist nach Informationen des Bayerischen Rundfunks für heute Abend geplant. Offiziell bestätigen wollten dies die Sicherheitsbehörden nicht. Innenminister Max von Donnersberg, der selbst erst morgen in Kreuth erwartet wird, betonte, es gebe keine konkreten Erkenntnisse über einen bevorstehenden Anschlag auf Faszantas. Die vorliegenden Warnungen würden jedoch ernst genommen. Der Präsident des Internationalen Olympischen Komitees wird mit den CSU-Abgeordneten über den Stand der Beratungen über eine mögliche erneute

Bewerbung um die Winterspiele sprechen, nachdem München und Garmisch-Partenkirchen bei der Vergabe der Spiele 2018 gescheitert sind.«

»Schade, dass es mit 2018 nicht geklappt hat. Ich wäre gern bei der Eröffnung der Olympischen Spiele dabei gewesen, wenn ich dann noch in München bin«, sagte Anneke.

Lukas drehte das Radio wieder leiser und schob dann mit Daumen und Mittelfinger seine schwarze Plastikbrille zurecht.

»Nach den Protesten gegen die Olympia-Bewerbung glaube ich nicht, dass wir jemals wieder eine Chance haben werden«, sagte er. »Dass der IOC-Präsident nur unter Polizeischutz nach Bayern kommen kann, sagt doch schon alles. Schlimm genug, dass irgendwelche spinnerten Öko-Terroristen mit fadenscheinigen Drohbriefen das Münchner Morddezernat lahmlegen.«

Gute Laune klingt anders, dachte Anneke und verkniff sich eine Bemerkung über Lukas' neue Ray-Ban-Brille, die er heute zum ersten Mal trug und deren Gläser für ihren Geschmack etwas groß geraten waren. Er hatte sein bisheriges kleines Metallgestell gegen das auffällige Woody-Allen-Modell aus schwarzem Kunststoff getauscht. Lukas setzte seine Brille nicht immer auf. Sie wusste nicht, ob er ansonsten Kontaktlinsen trug.

»Herzlich willkommen in Hartpenning«, begrüßte sie ein Schild am Straßenrand und verwies mit den Zahlen »804 – 2004« auf ein schon länger zurückliegendes Jubiläum. Anneke betrachtete die Bilderbuchlandschaft mit weißen Feldern, auf denen vereinzelte Bauernhäuser mit Balkonen und schneebedeckten Dächern standen. Auf der linken Seite sah sie eine einsame kleine Kirche mit einem schlanken Zwiebelturm, wie sie auch in Heidis Schweizer Berglandschaft hätte stehen können. Sie schmunzelte, als sie rechts ein kleines Schild entdeckte, das den Weg zum Flugplatz Tannried wies. Sie stellte sich einen großen Airport mitten in der Einöde vor, vermutete dann aber, dass »Flugplatz« im Deutschen eine andere Bedeutung hatte als »Flughafen«.

»Was wissen wir über die Drohungen gegen Faszantas?«, fragte Anneke und stellte die Sitzheizung eine Stufe wärmer.

»Dieser Idiot!«, rief Lukas. Und er schien nicht den IOC-Chef zu meinen, sondern den Fahrer des Toyota Aygo vor ihnen, der sein

Tempo von fünfzig auf vierzig drosselte, als ein Schild über der Fahrbahn vor Glatteisgefahr warnte.

»Äh, Faszantas?« Der fünfunddreißigjährige Hauptkommissar wandte sich seiner sieben Jahre jüngeren Kollegin zu. »Er war während des zweijährigen Bewerbungsverfahrens die Hassfigur der Nolympia-Bewegung, zumindest auf internationaler Ebene. In der deutschen Politik gibt es auch ein paar Figuren, die sich mit ihrem Engagement für die Winterspiele in München und Garmisch nicht nur Freunde gemacht haben. Und sie sagen: Nach der Bewerbung ist vor der Bewerbung, und wollen unbedingt erreichen, dass München die weltweit einzige Stadt wird, die sowohl eine Sommer- als auch eine Winterolympiade ausgetragen hat.«

»Aber was ist das Problem?«, fragte Anneke und pustete sich eine blonde Strähne aus dem Gesicht. »Es ist doch cool für eine Stadt, wenn sie die Olympischen Spiele austragen darf! Allein für den Tourismus und die Wirtschaft ...« Sie erinnerte sich an die Bewerbung Amsterdams für die Olympiade 1992. Und sie hatte in der Schule gelernt, dass es nur einmal Sommerspiele in Holland gegeben hatte: 1928 war in Amsterdam das olympische Feuer entzündet worden.

»Du kannst dir gar nicht vorstellen, was für eine Aufregung es in Garmisch während der Olympia-Bewerbung gab. Die Bauern, auf deren Grundstücken Skipisten oder olympische Dörfer entstehen sollten, gingen auf die Barrikaden, sprachen von Enteignung und starteten ein Volksbegehren.« Lukas bremste ab, als sie das Ortseingangsschild von St. Quirin passierten. Danach rückte er schon wieder seine Brille zurecht. »Aber die sogenannten Öko-Terroristen sind noch mal eine ganz andere Liga. Es ist eine kleine Gruppe militanter Extremisten, die sich nicht damit begnügen, Atommülltransporte zu blockieren oder Ölplattformen zu besetzen. Sie schrecken nicht davor zurück, Leute zu verletzen oder gar zu töten, um damit Zeichen zu setzen, dass der Mensch sich nicht über die Natur erheben darf.«

»Gab es schon mal richtige Anschläge von Öko-Terroristen?«, wollte Anneke wissen. Sie sah, dass das Außenthermometer neben dem Tacho immer niedrigere Werte anzeigte, je weiter sie sich von der Großstadt entfernten.

»In Italien gibt es eine Gruppe von gewaltbereiten Natur- und Tierschützern namens ›Il Silvestre‹. Sie wurde 2004 in der Toskana von linksextremen Anarchisten gegründet und gilt als Nachfolge-Organisation der Roten Brigaden. Auf ihr Konto geht ein Anschlag auf ein Nanotechnologie-Labor in der Schweiz. Auch für eine Serie von Paketbomben, die an Botschaften in Rom, Berlin, Madrid und Athen geschickt worden waren, sollen militante Öko-Spinner verantwortlich sein.«

Nach einer Weile fuhren sie an einem kleinen Schild mit der Aufschrift »Brunnbichl« vorbei. Lukas trat kräftig auf die Bremse und bog in ein winziges Sträßchen ein.

»Bei einem von ihnen«, setzte er seine Erläuterung fort, »wurde nach der Festnahme ein Flugblatt gefunden mit der These, dass vier Fünftel der Menschheit sterben müssten, damit der Rest überleben könne. Na ja, bis sie so weit sind, die Menschheit auszurotten, wird zum Glück noch eine Weile vergehen.« Lukas parkte den BMW vor einem Bauernhaus. »Ich glaube, wir sind da.«

»Und Faszantas steht immer noch auf einer Todesliste, obwohl zunächst mal keine Spiele in Bayern stattfinden?«, fragte Anneke.

»Für die militanten Olympia-Gegner ist es egal, ob die Natur in Bayern oder in Südkorea verwüstet wird. Faszantas hat einen anonymen Brief bekommen, dass er seinen Besuch in Kreuth nicht überleben wird. Und deshalb sind wir hier.«

***

Die »Irmingard« schwankte leicht auf dem Wasser. Es war heiß im Heck, wo sich zwei Männer auf hölzernen Bänken gegenübersaßen. Sie interessierten sich nicht für das auf der anderen Seite liegende Ufer des Tegernsees, das romantisch erleuchtet war, und hatten keinen Blick übrig für das sich auf der Wasseroberfläche spiegelnde Mondlicht. Es war so heiß an Bord, dass die beiden Männer splitternackt auf weißen Handtüchern saßen.

Die siebzehn Meter lange, 1925 erbaute »Irmingard« war einst ein Ausflugsschiff auf dem Chiemsee gewesen, später dann Ausbildungsboot für angehende Kapitäne. Seit einigen Jahren hatte sie keinen Kapitän mehr, lag führerlos am Ufer des Tegernsees auf dem

Gelände der Seesauna vor Anker und diente als Schwitzkabine für wellnesshungrige Alltagsflüchtlinge, die vor alpenländischer Kulisse eine hochtemperierte Auszeit nehmen wollten.

»Kein Schweiß auf's Holz«, stand auf einer kleinen, schmuckvollen Holztafel, bei deren Herstellung Design wichtiger gewesen war als die Schreibweise.

Fünfundneunzig Grad zeigte das rote Digitalthermometer an. Friedrich-Joseph Simnacher fühlte die Schweißtropfen seinen Rücken herunterrinnen. Trotz oder auch wegen seiner Sechzig-Stunden-Woche legte er Wert auf Sport und Entspannung. Er versuchte, seinen Kreislauf mit Lauftraining in Schwung zu halten. Und regelmäßige Saunagänge gehörten ebenfalls ganzjährig zu seinem Programm. Allerdings verzichtete er seit einiger Zeit darauf, in den Wintermonaten den Tegernsee nach dem Besuch der Seesauna als natürliches Tauchbecken zu nutzen, wie es einige hartgesottene Saunagänger praktizierten. Eins Komma acht Grad war das Wasser an diesem Januarabend kalt.

Simnacher war mit neunundfünfzig Jahren in einem Alter, in dem sich andere bereits auf den Ruhestand vorbereiteten. Er jedoch hatte den Höhepunkt seiner Karriere noch vor sich, soweit die Gesundheit mitspielte. Ganz nach oben konnte er es schaffen und sich seinen Lebenstraum erfüllen, davon war er überzeugt. Schon bald könnte sich dazu eine einmalige Gelegenheit bieten. Er würde nur im richtigen Moment zugreifen müssen. Vielleicht konnte der Mann, der ihm hier nackt gegenübersaß, dabei behilflich sein. Nur deshalb hatte er sich auf ein Treffen an diesem ungewöhnlichen Ort eingelassen.

»Hoffentlich hält uns keiner für ein Schwuchtelpaar, Herr ...«, sagte Simnacher, der seinem Verhandlungspartner nach dem Austausch mehrerer E-Mails jetzt zum ersten Mal persönlich begegnete, und dann gleich im Adamskostüm. »Wie soll ich Sie eigentlich nennen? So, wie Sie Ihre Mails unterschrieben haben? Ich nehme an, das ist nicht Ihr richtiger Name.«

»Keine Sorge, wir sind hier allein«, antwortete sein etwa eins neunzig großes Gegenüber mit üppigem Brusthaar und muskulösem Oberkörper. »Nennen Sie mich einfach Nick. Wie Nick Knatterton, der Meisterdetektiv.«

So hatte auch die E-Mail-Adresse gelautet, mit der ihn der unbekannte Absender vor etwa zwei Wochen zum ersten Mal kontaktiert hatte: nick-k@gmx.de.

»Ein Nickname sozusagen.« Nick lachte in sich hinein.

Simnacher schätzte seinen Gesprächspartner auf Anfang vierzig. Es irritierte ihn, dass Nick offenbar völlig schamlos und breitbeinig vor ihm saß und den Blick auf sein mächtiges Geschlechtsteil freigab. Irgendwie kam ihm das Gesicht des Mannes, dem er noch nie wissentlich begegnet war, bekannt vor.

»Ich habe am Steg ein Schild befestigt, dass das Saunaschiff vorübergehend wegen Reinigungsarbeiten gesperrt ist. Wir werden ungestört bleiben, Herr Simnacher.«

Es fühlte sich für Simnacher unangenehm an, in einer solch intimen Situation von einem Unbekannten mit Namen angesprochen zu werden. Er, der es gewohnt war, Einfluss und Macht zu haben und durch geschicktes Strippenziehen den Lauf der Dinge nach seinen Interessen zu steuern, fühlte sich jetzt einem Unbekannten ausgeliefert.

»Warum wollten Sie, dass wir uns in der Seesauna treffen, Herr Nick?«

Nick lächelte überlegen. »Weil ich hier sicher sein kann, dass Sie nichts Unlauteres im Schilde führen. So wie Sie hier sitzen, würde es Ihnen sehr schwerfallen, irgendwo ein Aufnahmegerät zu verbergen. Oder gar eine Waffe.«

»Sie wissen, dass ich Möglichkeiten hätte ...«

»Jaja. Ich pfeife auf Ihre Möglichkeiten«, erwiderte Nick gelangweilt. »Dann hätten wir uns auch in Ihrem Büro verabreden können. Ich nehme an, dass Sie unser Geschäft nicht dem Finanzamt melden und darüber auch keine Aktennotiz anfertigen werden.«

»Noch haben wir kein Geschäft abgeschlossen, Herr Nick.«

Simnacher wischte mit der Hand über seine Stirn. Lange würde er die Hitze nicht mehr aushalten. Sie müssten zur Sache kommen oder das Gespräch woanders fortsetzen. Ihm fiel nicht ein, wo er dieses Gesicht schon einmal gesehen hatte. Vielleicht täuschte er sich auch.

»Wie hoch ist der Preis?«, fragte Simnacher. »Und wer garantiert mir, dass Sie mir keine Fälschungen andrehen?«

»Hundertfünfzigtausend Euro ist eine faire Summe, würde ich sagen.«

»Sie sind verrückt.«

»Hundertfünfzig. Ich denke, das müsste es Ihnen wert sein. Sie sind nicht nur einflussreich, sondern auch wohlhabend.«

»Glauben Sie, ich habe so eine Summe im Sparstrumpf versteckt? Wie stellen Sie sich das vor?«

»Das ist nicht mein Problem, Herr Simnacher. Ich hätte noch andere Abnehmer. Es ist Ihre freie Entscheidung.«

»Was soll das heißen, andere Abnehmer?« Die Hitze wurde immer unangenehmer.

»Sie kennen doch das ewige Spiel von Angebot und Nachfrage. Ich habe eine Ware. Die Nachfrage bestimmt den Preis. Ich muss auch sehen, wo ich bleibe. Leider habe ich nicht so einen sicheren Job mit regelmäßigen Bezügen wie Sie.« Nick sprach mit seiner tiefen Stimme in einem Tonfall, als würde er einem Kind eine Gutenachtgeschichte vorlesen. »Und wenn Sie nicht bereit sind, mir die hundertfünfzigtausend zu zahlen, dann rede ich mit einem anderen Interessenten.«

Es klang wie der Märchen-Schlusssatz: »Und wenn sie nicht gestorben sind ...«

»Welche anderen Interessenten?«, fragte Simnacher kurzatmig.

»Die Bild-Zeitung zum Beispiel. Dort könnte ich den Preis noch mit einer Zusatzinformation in die Höhe treiben. Wenn Sie verstehen, was ich meine.«

»Nein, ich verstehe nicht. Mir wird es zu heiß, Herr Nick. Was für eine Zusatzinformation?«

»Ich bin sicher, die Zeitung würde es interessieren, dass Sie mir eine solche Summe bieten wollten für einen kleinen Speicherchip. Ich würde sagen, dass ich mich als seriöser Geschäftsmann selbstverständlich nicht auf derartige zwielichtige Deals einlasse und das Material, das mir durch Zufall in die Hände gefallen ist, lieber der Presse zukommen lasse. Oder ...«, Nick grinste hinterhältig, »oder gleich der Polizei. Dann sähe es schlecht aus mit Ihrem Karrieresprung, Herr Simnacher.« Er lachte erneut.

Plötzlich schien das Boot zu schwanken wie auf hoher See. Simnacher wurde schwindelig im Kopf. Zugleich setzten sich in seiner

Erinnerung Bilder zusammen, wo er den Mann, der sich Nick nannte, schon einmal gesehen hatte. Vor langer Zeit. Er versuchte, sich nicht von der Nacktheit ablenken zu lassen und sich das Gesicht jünger vorzustellen. Mit mehr Haaren und ohne Bartstoppeln.

»Ich brauche Luft, lassen Sie uns draußen weiterreden.«

Simnacher richtete sich auf, um sein Handtuch zu ergreifen. Doch Nick war schneller und drückte ihn mit seinen kräftigen Armen zurück auf die Holzbank.

»Zuerst will ich eine Antwort von Ihnen. Ja oder nein. Der Preis beträgt hundertfünfzigtausend Euro. Und das Angebot steht noch genau eine Minute.«

Simnacher schnappte nach Luft. »Sie … sind … ein … Verbrecher.«

Nick blieb seelenruhig. »Ich glaube, Sie bringen da etwas durcheinander. Ist Ihnen nicht gut?«

Jetzt wurde die Erinnerung klarer und klarer.

Simnacher keuchte. Dann sagte er: »Ich weiß, wer Sie sind.«

Das Thermometer zeigte sechsundneunzig Grad.

## ZWEI

Als Anneke aus dem BMW stieg, schlug ihr ein Geruch entgegen, der sie sofort in ihre Kindheit zurückversetzte, als sie jedes Jahr mit ihren Eltern den Urlaub auf einem nordfriesischen Bauernhof verbracht hatte. Das lang gezogene Muhen, das sie im selben Moment wahrnahm, passte auch dazu. Sie machte zwei Schritte zurück, um das Gebäude, vor dem Lukas den Dienstwagen geparkt hatte, mit ihrem Blick ganz erfassen zu können. Ein Hotel war das jedenfalls nicht.

»Wo sind wir hier?«, fragte sie, während auch Lukas aus dem Auto stieg und sogleich den Reißverschluss seines Anoraks hochzog. Das Bauernhaus wirkte alt, aber gepflegt und sah mit seinem schneebedeckten Dach, den langen Eiszapfen und den hell erleuchteten Fenstern auf der dunklen Anhöhe wie das Motiv eines Wintermärchens aus. Das schmale Holzschild neben der Tür mit der Aufschrift »Willkommen im Haus Pollinger« schien hier schon seit Ewigkeiten zu hängen. Neueren Datums waren die Plaketten, mit denen der Milchviehbetrieb mehrere Jahre in Folge für besondere Qualität ausgezeichnet worden war. Daneben war ein kleines Schild montiert, das das Haus Pollinger als Mitglied des örtlichen Tourismusverbandes auswies.

»Das hier ist ein Geheimtipp«, sagte Lukas. »Und günstig obendrein. Allerdings mussten wir es für vier Tage buchen. Aber das war immer noch preiswerter als eine Nacht im Hotel Zur Post.«

»Ich dachte, wir bekommen die Kosten für ein Hotel erstattet, während wir auf Außeneinsatz sind.« Anneke blickte sich ratlos um. So idyllisch es hier auch war: Auf einen Bauernhofausflug war sie nicht vorbereitet.

»Es gibt sowieso keine freien Hotels mehr von Kreuth bis Rottach-Egern«, sagte Lukas schulterzuckend und öffnete die Heckklappe, um seine und Annekes Reisetasche herauszuholen. In diesem Moment ging Licht hinter der Glasscheibe in der Eingangstür des Bauernhauses an, und kurz darauf wurde sie geöffnet.

»Grüß Gott, Sie müssen die Herrschaften von der Kripo ...« Die zierliche Mittdreißigerin mit burschikosem Haarschnitt hielt inne, als sie Anneke erblickte. Frauen im Polizeidienst schienen in Brunnbichl, einem Ortsteil von Kreuth, noch nicht zum alltäglichen Straßenbild zu gehören. Sofern man die Wege hier auf der verschneiten Anhöhe als Straßen bezeichnen konnte. »Kommen S' herein. Es ist schon alles hergerichtet. Ich bin die Frau Pollinger. Allerdings dachte ich ...«

»Grüß Gott, Frau Pollinger, mein Name ist Kriminalhauptkommissar Schmidtbauer«, sagte Lukas und streckte der Bäuerin die Hand entgegen. »Das ist meine Kollegin van Royen. Mit dem Zimmer ist alles in Ordnung?«

»Ja, natürlich. Es ist nur ... ich dachte ... ich hatte ja gesagt, dass wir nur dieses eine Fremdenzimmer haben. Und das ist ein Doppelzimmer.«

Anneke wunderte sich mal wieder, dass in Deutschland Gäste grundsätzlich als »Fremde« bezeichnet wurden. Noch mehr wunderte sie sich aber, dass Lukas für sie ein Doppelzimmer hatte buchen lassen, ohne das vorher mit ihr zu besprechen.

»Das passt schon, Frau Pollinger.« Lukas blickte Anneke beschwichtigend an, als wollte er sagen, dass er gleich alles erklären würde.

»Gehen S' den Gang durch und dann die Holzstiege hinauf«, sagte Frau Pollinger und drückte Anneke einen eisernen Schlüssel in die Hand, der aussah, als könnte sie damit eine alte Schatzkiste aufsperren. Die Stufen knarzten unter ihren Schritten. Eine Kuh muhte ihnen noch mal hinterher. Auf dem Weg zu ihrem Zimmer zeigte Frau Pollinger ihnen noch den Frühstücksraum, erläuterte die Essenszeiten und bat um Verständnis dafür, dass der Fernseher im Zimmer derzeit kein Programm empfing, weil die Satellitenschüssel auf dem Dach eingeschneit war. Zudem erklärte sie, dass man sich an den Getränkekisten unter der Treppe bedienen könne und die Flaschen bei der Abreise abgerechnet würden.

Wenige Minuten später saßen Anneke und Lukas mit dem Rücken zueinander auf der jeweils anderen Seite eines Doppelbettes. Das Zimmer war rustikal mit Holzmöbeln eingerichtet. Vor dem Fenster stand ein Tisch mit einer rot-weiß karierten Decke, davor ein brauner Holzstuhl mit einem ausgesägten Herz in der Lehne.

Neben einem Bauernschrank stand ein Sofa, lang genug, um als Nachtlager für einen erwachsenen Mann zu dienen, was Anneke beruhigte. Die Lampe an der Decke, in der eine Birne mit höchstens vierzig Watt brannte, flackerte ein bisschen, über dem Bett hing ein Ölgemälde, das ein Bergpanorama mit einem reißenden Fluss darstellte.

»Ich schlafe natürlich auf dem Sofa«, beeilte sich Lukas zu versichern.

Das wäre ja auch noch schöner gewesen, dachte Anneke. In den wenigen Monaten ihrer Zusammenarbeit hatte sie Lukas als zuverlässigen und fairen Partner schätzen gelernt, der charmant sein konnte, ohne die Grenze der Kollegialität zu überschreiten. Er hatte sie zu Beginn ihrer Hospitanz in der MK3, die im ganzen Präsidium den Beinamen »Männer-WG« trug, sofort als gleichwertige Kollegin behandelt und in die Ermittlungen eingebunden, während Kommissionsleiter Hubert Neidlinger keinen Hehl daraus machte, dass Frauen im Polizeidienst seiner Meinung nach allenfalls Strafzettel verteilen sollten. Neidlinger würde gut nach Brunnbichl passen, dachte Anneke.

»Ich schlafe auf dem Sofa«, wiederholte Lukas, als Anneke nicht reagierte, »und ich setz meine Brille nur auf, wenn du angezogen bist.«

Anneke musste schmunzeln über die unbeholfene Art ihres Kollegen, wollte sich aber nichts anmerken lassen.

»Im Ernst«, fuhr er fort. »Es war wirklich das einzige Zimmer, das wir hier in der Gegend bekommen konnten. Und das auch nur, weil ein anderer Gast wegen Krankheit abgesagt hat. Alle Hotels sind bis zum Dachboden mit Journalisten und Kamerateams belegt. Das gab's zum letzten Mal beim Stoiber-Putsch, haben sie im Tourismusamt erzählt.«

»Und warum sind jetzt so viele Medienvertreter hier?«, fragte Anneke. »Doch nicht wegen Faszantas, oder? Von der Morddrohung hat die Öffentlichkeit doch nichts erfahren.«

»Die interessieren sich nicht die Bohne für den IOC-Boss. Aber in diesem Jahr spukt wieder der Geist von Kreuth. So steht's in der Zeitung.«

»Der was?« Anneke setzte sich mit angewinkelten Beinen auf das

Kopfkissen und lehnte sich an die Wand. Ihre Turnschuhe, die sie am liebsten auch im Winter trug, hatte sie vor das Bett plumpsen lassen, den violetten Wollpullover behielt sie an. Die Heizung schien noch nicht lange zu bollern.

»Den Geist von Kreuth gibt es seit 1976. Damals tagte die CSU zum ersten Mal hier und kündigte unter FJS ...«

Sie blickte fragend auf.

»... unter ihrem legendären Vorsitzenden Franz Josef Strauß die Fraktionsgemeinschaft mit der Schwesterpartei CDU im Bundestag auf. Das gab großen Zoff und führte letztlich zu nichts. Aber Kreuth ist seitdem ein Symbol für das Selbstbewusstsein der kleinen bayerischen CSU gegenüber der großen CDU.« Auch Lukas setzte sich auf das Bett, nachdem er seine Schuhe abgestreift hatte.

»Warum gibt es die CSU nur in Bayern?«, wollte Anneke wissen, doch darauf hatte Lukas auch keine plausible Antwort.

»Vielleicht treffen wir morgen jemanden, der das erklären kann. Jedes Jahr im Januar jedenfalls kommt die CSU hier in Wildbad Kreuth zu ihrer Winterklausur zusammen. Die Journalisten erhoffen sich immer wieder etwas Spektakuläres. Meistens allerdings vergebens. Bis auf 2007, da wurde der damalige Ministerpräsident Edmund Stoiber gemeuchelt.«

»Und dieses Jahr?«, fragte Anneke.

»Dieses Jahr gibt es wieder Personalspekulationen. Ministerpräsident Franz Däxl ist für einen Wechsel nach Berlin in die Bundesregierung im Gespräch, und seit Wochen tobt in Bayern schon der Kampf um seine Nachfolge. Die Journalisten hoffen jetzt, dass es heuer in Kreuth zu einem schlagzeilenträchtigen Showdown kommt. Aber wenn die Erwartungen hoch sind, passiert meist gar nichts.«

»Ich bin müde, Lukas«, sagte Anneke. »Wir müssen morgen früh raus.«

»Du hast recht. Um halb acht ist Lagebesprechung mit dem Einsatzleiter im Wildbad. Trinken wir noch eine Flasche Tegernseer Bier zusammen?«

Anneke überlegte kurz. »Okay. Dann können wir besser schlafen. Ich hoffe, du schnarchst nicht.«

»Davon gehe ich aus.« Er lachte. »Und entschuldige, dass ich das mit dem Doppelzimmer nicht vorher gesagt habe. Aber ich wusste nicht, wie du reagieren würdest. Und ich wollte nicht, dass du mir irgendwelche Hintergedanken unterstellst. Aber es gab echt keine andere –«

»Schon gut, Lukas. Das weiß ich doch. Also, ein Bier trinken wir noch, auf unsere erste gemeinsame Dienstreise.«

***

Anders als in den Parlaments- oder Gremiensitzungen der Partei trugen sie keine Krawatten und hatten ihre Jacketts abgelegt. Trotz des Rauchverbots, das sie selbst nach langem politischen Hickhack für alle bayerischen Gasthäuser beschlossen hatten, hingen dichte Rauchwolken über dem Tisch in der Hinterstube des »Alten Bads«. Der Wirt hatte das vor fünfhundert Jahren von Abt Heinrich V. erbaute Gasthaus für die Zeit der Winterklausur komplett für die CSU reserviert, weshalb das Rauchverbot für diese »geschlossene Veranstaltung« nicht wirksam war.

Kultusminister Gustav Wiedemann nahm einen großen Schluck aus seinem Bierglas und widmete sich dann dem Rindergulasch mit frischem Marktgemüse und hausgemachten Spätzle von der Tageskarte. Gustl, wie ihn seine Parteifreunde nannten, war viele Jahre lang als CSU-Fraktionschef im Landtag ein machthungriger Strippenzieher gewesen. Seit seiner Berufung zum Schulminister war er zu einem besonnenen Sachpolitiker geworden, der im Alter von inzwischen sechsundsechzig Jahren auch beim politischen Gegner Anerkennung und Respekt gewonnen hatte. Sein Wort hatte bei seinen Parteifreunden nach wie vor großes Gewicht. Und so war es nicht ohne Bedeutung, dass sich Gustl Wiedemann im Nachfolgestreit um den Ministerpräsidentensessel sowohl intern als auch öffentlich eindeutig auf die Seite des populären Innenministers Max von Donnersberg geschlagen hatte.

»Er ist der richtige Mann zur richtigen Zeit«, sagte Wiedemann zu Generalsekretär Alfons Fasnacht, von dem bekannt war, dass er immer wieder das geringe Alter von Donnersbergs als Gegenargument ins Spiel brachte.

»Wir brauchen in diesen wirtschaftlich schwierigen Zeiten einen erfahrenen Politiker als Landesvater, der unseren Freistaat mit starker Hand in die Zukunft führt«, sagte Fasnacht, der gebratenes Lachsfilet mit Dillsoße auf Gemüsereis bestellt hatte. Alle Anwesenden wussten aber, dass Fasnacht, der sogar noch drei Jahre jünger war als der neununddreißigjährige Innenminister, das Altersargument nur vorschob. Wenn der beliebte Polit-Shootingstar von Donnersberg jetzt Ministerpräsident werden sollte, dann wäre der Posten auf Jahre hinaus blockiert. Und dass Fasnacht selbst ein ehrgeiziger Karrierist mit höchsten Ambitionen war, daraus machte er kein Geheimnis.

»Das Problem, dass man laut Verfassung erst mit vierzig wählbar ist«, schaltete sich Fraktionsvize Manfred Dobler ein, »das löst sich für Donnersberg von selbst, wenn er Geburtstag hat. Bis dahin würden wir eine Übergangslösung finden, davon bin ich fest überzeugt.« Dobler hatte seinen Hühnersuppeneintopf schon fast aufgegessen.

»Es geht doch nicht nur um Köpfe und Personen, die in Umfragen gerade gut abschneiden, weil sie sich bei Beckmann und Kerner charmant präsentieren können«, sagte der Münchner Abgeordnete Anton Markert. »Wir sind bei der Besetzung von Führungspositionen mit Personalvorschlägen aus Oberbayern immer gut gefahren. Die einzige Amtszeit eines fränkischen Ministerpräsidenten kann ja wohl getrost als gescheitertes Experiment betrachtet werden. Ich halte daher an meinem Vorschlag fest, Wiggerl Sanktjohanser ins Rennen zu schicken.«

Es war nicht das erste Mal, dass Markert den gescheiterten Münchner OB-Kandidaten für höhere Ämter vorschlug. Aber auch wenn niemand in der Partei an der Eignung von Ludwig Sanktjohanser zweifelte, so galt doch das ungeschriebene Gesetz, dass man Verlierertypen nicht noch einmal neu aufstellte. Da war es egal, wie knapp die Niederlage bei der Oberbürgermeisterwahl ausgefallen war.

»Guten Abend, die Herren«, sagte Alois Kandlinger, als er die Stube betrat, seinen dicken Wintermantel ablegte und warme Atemluft in seine geballten Fäuste pustete. Er blieb kurz vor dem grünen Kachelofen stehen, der eine behagliche Wärme ausstrahlte. »Handschuhe im Auto vergessen«, erläuterte der Justizminister und schaute sich suchend um. »Habt's ihr noch einen Platz frei? Ich will natürlich auch mitspekulieren, wenn's um die Däxl-Nachfolge geht.«

Alle lachten, und Markert und Fasnacht rückten auf der Bank unter dem mächtigen Hirschgeweih etwas näher zusammen.

»Wir bereiten nur die Sachthemen vor«, meinte Wiedemann schmunzelnd und trank sein Bierglas leer. »Setz dich, Alois.«

Kandlinger nahm seine beschlagene Brille ab, blickte kurz auf die Tageskarte und bestellte die hausgemachte Gemüselasagne mit Tomatensoße und ein Helles dazu.

»Was haltet ihr von einer Mitgliederbefragung, wenn sich in den nächsten Tagen kein eindeutiges Stimmungsbild herausstellt?«, schlug Wiedemann vor.

»Den Ministerpräsidenten nominiert die Fraktion«, widersprach Markert energisch. »Als Herzkammer der Partei sollten wir uns dieses Privileg nicht nehmen lassen. Mitbestimmung der Basis hin oder her.«

»Und hat schon mal jemand darüber nachgedacht, dass auch eine Frau –«, setzte Kandlinger an.

»Aber Alois!« Wiedemann lachte gönnerhaft. »So weit sind wir in Bayern noch nicht. Hast du etwa an die Lindinger gedacht? Die ist ja nicht nur eine Frau, sondern auch noch evangelisch und geschieden.«

»Das wäre ja fast so, als würden die Amerikaner einen Neger zum Präsidenten wählen«, tat Fasnacht empört und lachte lauthals über seinen eigenen Scherz. »Spaß beiseite. Ich bin dafür, dass wir gleich morgen zu Beginn der Klausur eine Mehrheitsentscheidung für Simnacher herbeiführen, damit alle Personaldebatten beenden und uns der Sachpolitik zuwenden. Das ist es, was der Wähler von uns erwartet. Klare Linie, schnelle Entscheidungen. Und nach außen Geschlossenheit demonstrieren.«

»Aber Donnersberg –«, wandte Dobler ein.

»Donnersbergs Zeit wird noch kommen«, schnitt ihm der Generalsekretär das Wort ab. »Was wir brauchen, ist Kontinuität und Erfahrung an der Spitze unseres Landes. Und jetzt sollten wir das Thema für heute beenden.«

»Noch etwas zu trinken, die Herren?«, fragte die rothaarige Kellnerin im Dirndl und erntete von allen dankbares Kopfnicken.

»Wann geht's eigentlich los morgen früh?«, fragte Dobler in die Runde.

»Acht Uhr dreißig, nebenan«, antwortete Kandlinger und wandte den Kopf in die Richtung der an das Wirtshaus angeschlossenen kleinen Badkapelle und fügte hinzu: »Gottesdienst.«

»Dann beten wir zum Heiligen Geist, dass bald weißer Rauch aufsteigen wird«, sagte Fasnacht mit vollem Mund.

Und Kandlinger fügte hinzu. »Lujah, sog i.«

***

Anneke lag wach im großen Bett, ihr Kopf dröhnte, und ein lästiges Ohrensausen plagte sie. Von einer Flasche Bier? Das konnte kaum sein. Vertrug sie keinen Alkohol mehr? Sie war noch keine dreißig. Lukas war schnell eingeschlafen. Sie hatte fast Mitleid mit ihm gehabt, wie er auf dem schmalen Sofa lag, während sie das große Doppelbett für sich allein hatte. Doch tauschen hätte sie auch nicht gewollt. Vielleicht würde sie ihm morgen anbieten, sich bei den Schlafstätten abzuwechseln. Zum Glück war nicht damit zu rechnen, dass ihr Personenschutzeinsatz länger dauern würde. Faszantas würde übermorgen Bayern verlassen und nach Madrid zurückfliegen.

Anneke trug einen Pyjama, den sie seit vielen Jahren nicht mehr angezogen hatte und nur für den Fall einer plötzlichen Klinik-Einlieferung zu Hause im Schrank hatte. Normalerweise schlief sie nur mit Slip und T-Shirt bekleidet. Nun war sie froh, dass sie den Schlafanzug mitgenommen hatte.

Seltsamerweise waren ihr tausend Gedanken durch den Kopf gegangen, bevor ihr bewusst wurde, dass sie zum ersten Mal seit dem schrecklichen Unfall wieder mit einem Mann im selben Zimmer schlief. Über zwei Jahre war es her, dass ihr Freund Henk mit seinem Corsa gegen einen belgischen Milchtransporter geprallt war, der ihm die Vorfahrt genommen hatte. Seitdem lag er in einem Pflegeheim in Breda im Wachkoma. Zwar hatten sie sich wenige Tage zuvor mal wieder getrennt. Doch in seiner Jackentasche hatten die Sanitäter einen Brief an sie gefunden, in dem er um einen Neuanfang gebeten hatte. Auch nach zwei Jahren fühlte sie sich immer noch gebunden und gehemmt, wenn sie anderen Männern begegnete. Doch wusste sie auch, dass sie sich irgendwann befreien musste. Die Prognosen für Henk waren schlecht. Die Chancen, dass er irgendwann wieder die Augen öffnen würde, sanken von Tag zu Tag, von Monat zu Monat. Doch was wäre, wenn er doch irgendwann zu sich käme? Hätte er dann nicht das Recht, dass seine Freundin zu ihm stünde?

Aber wir waren nicht mehr zusammen, versuchte sie sich klarzumachen. Vielleicht würde er sich überhaupt nicht an sie erinnern können.

Und warum kamen ihr all diese Gedanken jetzt, während sie mit einem durchaus attraktiven Kollegen in einem Zimmer schlief? Wie hätte Lukas reagiert, wenn sie vorgeschlagen hätte, das Doppelbett zu teilen? Jeder auf seiner Seite, ganz sittsam? Lukas hätte bestimmt keine Hintergedanken gehabt, und auch für sie war es oberstes Gebot, Privates und Dienstliches immer sauber zu trennen. Kollegen, die eine Beziehung am Arbeitsplatz führten, konnte sie nicht verstehen.

»Wer im selben Bett schläft, sollte nicht auf derselben Kostenstelle arbeiten«, hatte ihr Vorgesetzter beim DNR, Hoofdcommissaris Willem Tedsen, immer gesagt. Vermutlich hatte er recht damit. Dass Lukas sie in den ersten Wochen ihrer Zusammenarbeit mal abends auf ein Bier einladen wollte, hatte sie zunächst als Flirtversuch interpretiert und erst später gemerkt, dass das nur auf seiner kollegialen Art beruhte. Lukas war ein netter und charmanter Kollege, mit dem man Pferde stehlen konnte. Mehr sollte und durfte nicht sein.

Beim Tegernseer Bier hatte sie Lukas zum ersten Mal ein bisschen ausführlicher von ihrem Privatleben erzählt: Dass sie immer noch in der kleinen, schäbigen, ursprünglich nur für vier Wochen gemieteten Bude in der Studentenstadt wohnte, weil sie bisher keine Zeit gehabt hatte, sich etwas anderes zu suchen. Auch über Henk hatten sie gesprochen und darüber, dass sie vielleicht selbst in seinem Unfallwagen gesessen hätte, wenn sie nicht zur gleichen Zeit einen Einsatz im Drogenmilieu gehabt hätte, in dessen Verlauf sie in Notwehr einen Dealer erschossen hatte. Dass es sich bei dem Toten um Jan Tedsen, den Sohn ihres Dienststellenleiters, gehandelt und sie deshalb im Job keinen Fuß mehr auf den Boden bekommen hatte, diese Geschichte kannte Lukas schon.

Er war ein guter, verständnisvoller Zuhörer. Doch über sich selbst redete er kaum. Anneke fiel auf, wie wenig sie über den Privatmenschen Lukas Schmidtbauer wusste. Mit diesen Gedanken schlief sie ein.

## DREI

Am nächsten Morgen hatte Frau Pollinger ein üppiges Frühstück in der kleinen Speisestube angerichtet. Marmelade, Käse, Schinken, Eier, alles aus eigener Herstellung. Nur der Filterkaffee war etwas dünn geraten. Dabei hätte Anneke jetzt auch einen doppelten Espresso vertragen. Sie fühlte sich, als hätte sie die ganze Nacht kein Auge zugetan. Der Kopf dröhnte, der Rücken schmerzte. Vielleicht war die Matratze zu weich.

»Hast du ein Aspirin dabei?«, fragte sie Lukas, der ihr gegenübersaß und mit einem Plastiklöffel vorsichtig auf die Schale seines Frühstückseis klopfte.

»So viel haben wir doch gar nicht getrunken«, sagte er und blickte auf. »Im Handschuhfach im Wagen ist immer eine Schachtel Paracetamol.«

»Ich weiß auch nicht. Ich fühle mich tatsächlich total verkatert. Habe verdammt schlecht geschlafen und wirre Dinge geträumt. Vielleicht liegt's am fremden Bett. Dabei soll Bergluft doch müde machen, sagt man.«

»Du schläfst nicht oft in fremden Betten?« Er grinste sie an. Doch Anneke überging seine Anzüglichkeit und köpfte ihr Ei durch einen einzigen Schlag mit dem Messer.

»Oh, so brutal?«, fragte Lukas und lachte. Seine gute Laune im Morgengrauen empfand sie als noch größere Zumutung als das homöopathische, kaffeeähnliche Heißgetränk. Sie gähnte und rieb sich die Augen.

»Wir müssen uns nicht unterhalten, Frau Kollegin. Aber ich habe hier leider keine Zeitung, in die ich mich vertiefen könnte, um dich nicht zu stören.« Jetzt schien seine Stimmung ins Gegenteil zu kippen. »Ist irgendwas nicht in Ordnung?«

»Entschuldige, Lukas. Es wird gleich wieder gehen. Lass uns unterwegs irgendwo einen richtigen Kaffee holen, das wäre toll.«

Sie war froh, dass der heutige Einsatz keine intellektuellen Herausforderungen bieten würde. Der Auftrag lautete, sich während der Ankunft von Faszantas diskret im Hintergrund zu halten. Für den unwahrscheinlichen Fall eines Anschlags sollten erfahrene Kripobeamte vor Ort sein, damit die ersten Maßnahmen nicht den Kreuther Provinzpolizisten überlassen wurden. So jedenfalls hieß die Vorgabe aus dem Landeskriminalamt und dem Innenministerium, wo man den Beamten der örtlichen Polizeiinspektion offenbar nicht mehr zutraute, als die Nummernschilder und Presseausweise der akkreditierten Journalisten mit den Anmeldebögen zu vergleichen.

»Wir müssen langsam los«, sagte Lukas. »Bist du warm angezogen? Wir werden viel an der frischen Luft sein. Und die Betonung liegt dabei auf frisch. Es soll nicht wärmer als zwölf Grad werden. Minus.«

Anneke wollte gerade antworten und versichern, dass sie unter ihrer bordeauxroten wattierten Winterjacke einen dicken Fleecepullover tragen würde, als Lukas' Handy neben seiner Kaffeetasse mit der Titelmusik der »Lindenstraße« einen Anruf signalisierte.

»Oh, Steinmayr«, sagte Lukas, während er auf das Display schaute. »Um diese Zeit?«

»Schmidtbauer«, meldete er sich und sagte dann eine Weile nichts mehr. Anneke hörte am anderen Ende der Leitung eine laute und energische Stimme. Lukas' Gesichtszügen konnte sie entnehmen, dass der Dezernatsleiter nicht zum Plaudern angerufen hatte oder um zu fragen, wie das Wetter im Tegernseer Tal war.

»Ich hab nichts zu schreiben«, sagte Lukas schließlich. »Aber ich kann mir das merken. Hauptstraße 63 in Tegernsee … Das ist nicht weit von hier. Da sind wir gestern vorbeigefahren. Alles klar, Chef. Sie klären das mit der Einsatzleitung im Wildbad? … Okay, Ende.«

Lukas legte sein Telefon vor sich auf den Tisch und blickte Anneke an.

»Planänderung«, sagte er, und sie wusste nicht, ob das eine gute oder schlechte Nachricht war.

***

Nach dem Gottesdienst spazierten Generalsekretär Fasnacht und Justizminister Kandlinger hinter dem Gasthaus »Altes Bad« durch die idyllische Winterlandschaft. Ein kleines Bächlein bahnte sich den Weg durch den Schnee, ein provisorisch aufgestelltes Holzschild warnte vor Dachlawinen. In der Ferne sahen sie zwei schwer bewaffnete Bereitschaftspolizisten patrouillieren.

»Ein bisschen übertrieben sind die Sicherheitsvorkehrungen schon, oder?«, meinte Fasnacht. »Es geht hier um den Präsidenten des IOC und nicht der Vereinigten Staaten.«

»Sicher ist sicher«, erwiderte Kandlinger. »Wenn wir irgendwann noch einmal eine Chance haben wollen, Olympia nach Bayern zu holen, dann können wir es uns nicht einmal erlauben, dass ein Sachbearbeiter des IOC eine Weißwurst nicht verträgt. Außerdem wollen wir der Weltöffentlichkeit zeigen, dass wir hier in Bayern mit unserem seit Jahren bewährten Null-Toleranz-Konzept Kriminalität und Terrorismus im Griff haben.«

Krähen flogen durch die Luft, am Wegrand wies ein Schild gesundheitsorientierten Hobbysportlern die Fährte fürs »Heilklima-Walking«.

»2018 hätte Simnacher als amtierender Ministerpräsident die Olympischen Spiele in Garmisch-Partenkirchen mit eröffnen und sich damit seinen Lebenstraum erfüllen –«

»Und zufrieden abtreten können, um dir als Kronprinzen das Amt zu übergeben, stimmt's?« Kandlinger klopfte Fasnacht auf die Schulter. »Das ist es doch, woran du denkst. Das ist doch *dein* Lebenstraum, hab ich recht? Und jetzt überlegst du, wie du es ohne Olympia hinbekommst?«

Fasnacht schwieg einen Moment und wirkte ertappt.

»Der Beste soll unser Land führen. Und ich werde mich immer bemühen, der Beste zu sein«, sagte der etwas untersetzte Mittvierziger mit dem Bürstenhaarschnitt.

»Ich weiß, Alfons.«

Der Schnee knirschte unter ihren Stiefeln. An einer Gabelung deutete auf einem Schild ein Pfeil nach rechts, wo der Weg abwärts zu einer Forellenaufzuchtstation an der Hofbauernweißach führte. »Heute Saiblinge« stand auf dem Schild. Sie ließen den Weg rechts liegen und gingen weiter in Richtung Siebenhütten.

»Es wird schwierig sein, dem jungen Medienliebling Donnersberg einen Polit-Senior entgegenzusetzen«, gab der Minister zu bedenken. »Schau, da fällt mir ein …« Kandlinger deutete auf eine Tafel mit der Aufschrift »Kiem-Pauli-Weg«. Darunter war erläutert, dass der 1960 gestorbene Kiem Pauli eine Volksmusikgröße und Ehrenbürger der Gemeinde Kreuth war.

»Dieser Pauli hat nichts mit der ehemaligen Landrätin zu tun, aber deshalb komm ich drauf. Sie war auch jung, schön, beliebt. Sie war eine Rebellin, sie ließ sich auf Motorrädern und mit Latexhandschuhen ablichten. Ja, sie war auch anders als das etablierte politische System. Und was ist aus ihr geworden? Wer spricht heute noch vom Lächeln der schönen Landrätin? Eine Weile lang himmeln die Leute die jungen Popstars in der Politik an, weil sie von den Medien hochgejubelt werden. Aber dann kommt wieder eine Krise, eine wirtschaftlich schwere Zeit. Und dann verlangt das Volk nach starker Führung, nach bewährten Kräften. Und außerdem … Ich bin kein Freund von Gerüchten und übler Nachrede …« Kandlinger stockte. Auf einer weiteren Tafel konnten sie lesen: »Siebenhütten – kein Ruhetag«. Darunter war ergänzt: »Geschlossen bis Ostern«.

»Wir wissen doch alle, welche Gerüchte über den Baron im Umlauf sind.« Fasnacht wurde energisch. »Nur weil Donnersberg der Darling der Medien ist, hat noch niemand darüber berichtet. Die Story über seine Affäre und sein uneheliches Kind dürfte doch schon lange im Giftschrank der Bild-Zeitung oder beim Spiegel liegen.« Seine Stimme wurde lauter. »Ich verstehe auch nicht, warum hier in der Partei keiner etwas sagt, wo es doch jeder weiß. Es ist sicher nur noch eine Frage der Zeit, bis –«

Kandlingers Handy meldete sich mit einem altmodischen Klingelton, wie man ihn von den Wählscheibentelefonen vergangener Zeiten kannte.

»Entschuldige«, sagte er zu Fasnacht, holte mit den behandschuhten Fingern sein Mobiltelefon aus der Manteltasche und räusperte sich, bevor er den Anruf entgegennahm: »Kandlinger.« Und nach einer kurzen Pause sagte er: »Grüß Gott, Herr Generalstaatsanwalt.« Der Justizminister lauschte seinem Gesprächspartner und wurde dabei bleicher und bleicher im Gesicht. Ohne ein weiteres Wort zu verlieren, beendete er das Gespräch. Das Telefon fiel aus seiner Hand und versank im Schnee. Einen Augenblick lang schien Kandlinger den Halt zu verlieren, und Fasnacht packte ihn am Arm.

»Alois, was ist los?«

»Es ist ...«, Kandlinger antwortete mit gebrochener Stimme, »etwas Schreckliches passiert.«

***

»Ein Toter in der Sauna?«, fragte Anneke. »Warum werden wir deshalb von unserem Einsatz abgezogen? Das klingt eher nach Routine. Herz, Kreislauf, das kennt man ja.«

»Die Beamten von der hiesigen Kripo sind alle mit dem Schutz der Klausurtagung beschäftigt, und sie haben mit ungeklärten Todesfällen wenig Erfahrung, meint Steini.« Lukas verringerte das Tempo. »Faszantas muss jedenfalls ohne unseren Schutz auskommen. Dafür kriegen wir die Gelegenheit, unserem täglichen Handwerk nachzugehen. Ich gebe zu: Tod in der Sauna klingt zunächst mal nicht spektakulär. Aber in diesem Fall ...« Er machte eine Kunstpause, um dann hinzuzufügen: »Der Tote ist erfroren.«

Anneke schaute ihn ungläubig an, als fragte sie sich, ob er einen Scherz machte. Wenig später waren sie am Ziel angekommen.

»Warst du schon mal in einer Sauna?«, fragte Lukas und parkte den Dienstwagen direkt vor dem Holzgebäude mit zwei Dachgiebeln und einer gläsernen Front, hinter der ein Weihnachtsbaum hell erleuchtet war. »Seesauna Tegernsee« stand in weißen Lettern an der Fassade.

»Ja, regelmäßig. Mit Henk bin ich sicher jeden Monat gegangen«, sagte Anneke. »In München war ich erst einmal, im Müllerschen Volksbad. Und du?«

»Nicht mein Ding«, gab Lukas mit einem gutturalen Ton von sich. »Das brauch ich nicht.«

Sie stiegen aus dem Auto und näherten sich der Eingangstür, über der mit Kreide das Symbol der Sternsinger gezeichnet war und an der ein handgeschriebener Zettel klebte: »Wegen Betriebsunfall heute geschlossen.«

Lukas klopfte an die Glastür, um die Aufmerksamkeit einer jungen Frau zu erregen, die etwas verloren hinter einem Tresen stand und Papiere sortierte.

»Ist aber gut für den Kreislauf«, flüsterte Anneke, während Lukas seinen Dienstausweis hochhielt, woraufhin die Tür geöffnet wurde.

»Wir kommen wegen des …«, Lukas deutete auf den Zettel, »wegen des Betriebsunfalls.«

Die Sauna-Angestellte war Anfang zwanzig und trug von Kopf bis Fuß weiße Kleidung, bis hin zu den Birkenstocklatschen. Sie wies Lukas und Anneke den Weg in den Saunabereich mit den Worten: »Sie werden von Ihren Kollegen schon erwartet.«

Dann sperrte sie die Tür wieder ab. »Würde es Ihnen etwas ausmachen, im Nassbereich die Schuhe auszu…«

Doch Lukas und Anneke waren schon im Umkleideraum und befanden sich kurz darauf im Liegebereich der Sauna, wo sich normalerweise die Gäste entspannten. Links ging es zu einem Restaurant, das auch aus aktuellem Anlass geschlossen war. Neben einem halbrunden, leeren Tresen hing eine Tafel mit den Aufgusszeiten, daneben war mit Kreide die heutige Temperatur des Tegernsees notiert: eins Komma vier Grad.

Sie schritten über den schwarzen Steinfußboden in den Außenbereich, gingen an der hölzernen Kelo-Sauna vorbei und sahen ein halbes Dutzend Kollegen von der örtlichen Polizei geschäftig am Ufer herumwuseln. Auf dem Steg lag unter einem weißen Leichentuch eine leblose Gestalt.

»Kollegen, grüß Gott«, sagte Lukas und blickte sich um in der Hoffnung, einen verantwortlichen Beamten auszumachen. Ein hagerer Uniformierter mit zwei Sternen auf der Schulter gab sich als POK Mrotzek zu erkennen.

»KHK Schmidtbauer«, stellte sich Lukas vor und streckte Mrotzek die Hand entgegen. »Das ist meine Kollegin van Royen.«

»Schön, dass Sie so schnell kommen konnten«, erwiderte Mrotzek, und seine Worte verursachten Dampfschwaden in der kalten Luft. »Ich bin der stellvertretende Inspektionsleiter, unsere Führungsriege ist komplett mit der CSU im Wildbad beschäftigt. Dem ersten Augenschein nach handelt es sich hier um eine heikle Angelegenheit.«

Beim Wort »hier« deutete der Polizeioberkommissar auf die verdeckte Leiche auf den Holzplanken.

»Wer hat den Toten gefunden, und wie ist der Mann ums Leben gekommen?«, fragte Anneke und holte einen kleinen Block und einen Kugelschreiber aus ihrer Jackentasche, um sich Notizen zu machen.

»Gegen sechs Uhr kam wie jeden Morgen die Putzkolonne. Eine Frau Swadek war für die Reinigung des Außenbereichs zuständig. Sie sah einen nackten Mann mit dem Gesicht nach unten im Wasser liegen, direkt hier vorne, wo die Stufen in den See führen. Sie hat einen Schock, sitzt jetzt im Restaurant und wartet auf den Psychologen, den wir angefordert haben. Der Betreiber der Sauna, Herr Gönner, hat sofort einen Notarzt verständigt, der jedoch nur den Tod festgestellt hat.«

Anneke versuchte, ein paar Stichworte mitzuschreiben. Doch ihr Kugelschreiber versagte.

»Nehmen Sie den«, sagte Mrotzek gütig lächelnd und reichte Anneke einen Bleistift. »Graphit friert nicht ein. Im Gegensatz zur Kugelschreibermine.«

So dumm, wie sie in München tun, sind die Provinzpolizisten gar nicht, dachte Anneke und bedankte sich. Eisiger Wind blies ihr ins Gesicht.

»Allerdings hat der Arzt«, fuhr Mrotzek fort, »auf dem Totenschein ›ungeklärte Todesursache‹ angekreuzt. Und deshalb sind Sie hier.«

»Wo ist der Arzt?«, fragte Anneke. »Warum hält er einen unnatürlichen Tod für möglich? Wäre es nicht denkbar, dass der Mann nach der Sauna den See als … Wie nennt man das auf Deutsch? Kältebecken?«

»Tauchbecken, sagt man«, schaltete sich ein Schutzpolizist mit nur einem Stern auf der Schulter ein.

»Danke. Also, ist es möglich, dass der Mann den See als Tauchbecken benutzt und dabei einen Kälteschock erlitten hat und gestorben ist?«

»Der Arzt wurde gleich danach zu einem Herzinfarkt in der Neureuthstraße gerufen. Es klang dringend. Deshalb konnte er nicht warten«, sagte Mrotzek. »Aber soweit ich mitbekommen habe, hatte er vor allem deshalb Bedenken, weil er den Toten erkannt hat.«

Der Oberkommissar sprach nicht weiter, als hätte er Angst vor seinen eigenen Worten. Anneke und Lukas schauten ihn erst fragend, dann fordernd an. Es schien Mrotzek unangenehm zu sein.

»Also, wir haben die Identität des Toten noch nicht bestätigt. Und ein nackter Mann ist auch nicht so leicht zu identifizieren, wenn man ihn sonst nur aus dem Fernsehen kennt.«

Anneke wurde ungeduldig. »Müssen wir jetzt raten? Oder sollen wir einen Publikumsjoker einsetzen?«

»Entschuldigen Sie. Das hier ist mein erster Toter, der nicht im Straßenverkehr oder durch andere Unfälle ums Leben gekommen ist. Und dann ist es gleich ein Prominenter.«

Jetzt riss auch Lukas der Geduldsfaden.

»Dann schauen wir uns den Herrn doch einfach mal an.« Er ging zur Leiche, bückte sich nieder und schlug das weiße Tuch zurück.

***

Polizeipräsident Hartmut Stapper war aufgeregt. Es gab wenige Situationen in seinem Arbeitsalltag, in denen er nicht als Vorgesetzter auftrat. Als Leiter der größten Polizeibehörde im Freistaat war er der Chef von rund siebentausend Mitarbeitern und für die Sicherheit von über einer Million Münchnern verantwortlich. In der Hierarchie kamen über ihm nur noch seine vorgesetzten Abteilungen im Innenministerium, der Ministerpräsident und der liebe Gott.

Nun hatte er selbst – nach fast zehn erfolgreichen Jahren als Polizeipräsident – die Chance, in die Regierungsebene aufzusteigen. In wenigen Augenblicken stand das entscheidende Gespräch mit Innenminister Max von Donnersberg und dem Personalreferenten des Ministeriums am Odeonsplatz bevor. Stapper trug seinen besten schwarzen Anzug. Die Beförderung zum Amtschef und ein eigenes Büro in dem prächtigen klassizistischen Bau, der von Leo von Klenze entworfen worden war und bis zum Krieg als Konzerthaus gedient hatte, wäre die Erfüllung aller beruflichen Träume und ein krönender Abschluss seiner Beamtenlaufbahn, die vor fast vierzig Jahren als Streifenpolizist in Kirchseeon begonnen hatte.

Er musste nur wenige Augenblicke vor der Tür des Ministerbüros warten, bis Donnersberg ihn hereinbat.

»Kommen Sie rein, Herr Stapper«, sagte der Minister und deutete mit seiner Hand auf einen Stuhl an einem großen runden Holztisch, wo Dr. Siegbert Barowski, der Personalchef des Hauses, bereits Platz genommen hatte.

Donnersberg strahlte allein aufgrund seiner ein Meter einundneunzig Körpergröße und seiner sportlichen, kräftigen Figur Macht und eine natürliche Autorität aus, die er mit einer charmanten, einnehmenden Art verband, die Besuchern innerhalb von Sekunden jegliche Furcht nahm. Den Respekt verloren sie dennoch nicht. Respekt forderte Stapper in diesem Moment neben der bevorstehenden Beförderung aber vor allem der Gedanke ab, dass er dem vielleicht künftigen Ministerpräsidenten gegenüberstand, der schon bald in die nur wenige hundert Meter entfernte Staatskanzlei umziehen könnte.

Sie setzten sich an den Tisch, auf dem Kaffee, Tee, Mineralwasser und Gebäck bereitstanden. Barowski hatte eine rote Mappe vor sich liegen, die Stapper als seine Personalakte erkannte. Der Besuchertisch wirkte fast verloren in dem großen Büro, an dessen anderem Ende der Schreibtisch des Ministers vor einem riesigen Wandteppich stand.

»Das Büro des Amtschefs ist nicht ganz so groß«, sagte Donnersberg, als er bemerkte, dass Stapper sich umblickte und von der Größe des Raumes beeindrucken ließ. »Die Heizkosten für meine bescheidene Stube steigen in diesen kalten Tagen ins Unermessliche.« Er lachte. »Wenn das so weitergeht, werden wir einen Nachtragshaushalt beantragen müssen.«

Auch Stapper lächelte höflich, während Barowski ein eher humorfreier Beamter zu sein schien, der keine Miene verzog und lieber gleich zur Sache gekommen wäre.

Kurz darauf saßen die drei Männer auf ihren Stühlen, und der Minister lehnte sich entspannt zurück. Seine pechschwarzen Haare waren wie immer streng nach hinten gekämmt und mit Gel in Form gebracht und ließen seine strahlenden Augen noch blauer wirken. Unter seiner beigefarbenen Anzugjacke trug Donnersberg einen schwarzen Rollkragenpullover von Boss.

»Herr Stapper«, begann der Minister, »wie Sie schon wissen, begrüßen wir Ihre Bewerbung für den Posten des Amtsleiters ausdrücklich.«

Wen meinte er mit »wir«? Sprach er auch im Namen Barowskis,

oder benutzte er den Pluralis Majestatis, wie es dem prunkvollen Amt angemessen wäre, das 1806 als Erster Maximilian Graf von Montgelas bekleidet hatte, als König Max I. Joseph das »Departement des Innern« gegründet hatte? Nun saß wieder ein adeliger Maximilian auf dem Chefsessel im ehemaligen Odeon.

»Wir haben Ihre Unterlagen und Referenzen ausführlich geprüft und sind zu dem Schluss gekommen, dass Sie ...«

Aufgrund Ihrer hervorragenden Fähigkeiten der richtige Mann für diese verantwortliche Position in unserem Hause sind, vervollständigte Stapper den Satz in Gedanken und lächelte zufrieden.

»... zum engsten Kreis der in der Schlussphase des Auswahlverfahrens favorisierten Kandidaten zählen und ...«

Stappers Lächeln fiel in sich zusammen. Was hatte der Minister eben gesagt? Engster Kreis der favorisierten Kandidaten?

Er hatte sich nicht verhört. Es gab noch andere Kandidaten. Stapper hatte erwartet, dass heute über die Konditionen und Rahmenbedingungen seiner Beförderung verhandelt wurde. Dass es noch Mitbewerber gab, damit hatte er nicht gerechnet.

»... und wir werden mit allen Bewerbern in den nächsten Tagen noch einmal intensive Gespräche führen.«

»Wer ...«, setzte Stapper an und biss sich im selben Moment auf die Zunge. Es war klar, dass weder Donnersberg noch Barowski Auskunft über die Konkurrenten geben würden.

Doch Donnersberg schien die Gedanken Stappers lesen zu können. »Sie können sich vorstellen, dass bei der Besetzung eines solchen politischen Postens nicht nur Lebenslauf und Qualifikation eine Rolle spielen. Und ich verrate sicher nicht zu viel, wenn ich sage, dass der möglicherweise scheidende Ministerpräsident vor einem Wechsel nach Berlin noch die eine oder andere Personalentscheidung beeinflussen wird.«

Däxl hatte also seine Finger mit im Spiel. Stapper versuchte, seine Empörung nicht zu zeigen.

Im nächsten Moment schienen seine Chancen ganz auf den Nullpunkt zu sinken: Sein Handy begann mit schrillen Pieptönen zu klingeln. Er fingerte danach und stammelte eine Entschuldigung. Vor Aufregung fand er das Gerät in seiner Innentasche nicht sofort, sodass es weiter tönte.

»Kein Problem, Herr Stapper«, beschwichtigte ihn Donnersberg väterlich, was aufgrund ihres Altersunterschieds absurd erschien. »Sie sind ein gefragter Mann. Und der Anruf wird sicher wichtig sein. Gehen Sie nur dran.« Donnersberg holte seine Taschenuhr hervor und sprach leise zu Barowski: »Ich muss in spätestens zehn Minuten nach Kreuth aufbrechen, um noch rechtzeitig zum Beginn der Klausurtagung dort zu sein.«

Der Anrufer zum unpassenden Zeitpunkt war Kriminaldirektor Horst Steinmayr. Wenn der Leiter des Morddezernats den Polizeipräsidenten auf dem Handy anrief, war es tatsächlich wichtig. Und so drehte sich Stapper zur Seite und nahm das Gespräch an.

Mit wenigen präzisen Sätzen schilderte Steinmayr, dass in der Tegernseer Seesauna, nur wenige Kilometer von der CSU-Klausurtagung in Kreuth entfernt, eine Leiche gefunden worden war.

»Der Tote ist noch nicht eindeutig identifiziert«, sagte der Kriminaldirektor, »aber sowohl dem Augenschein nach und nach Überprüfung der Gegenstände, die in seinem Spind in der Umkleidekabine gefunden wurden, erfordert die Identität des Toten, dass wir die Ermittlungen an uns ziehen. Wir haben zwei Beamte vom K11 vor Ort, Lukas Schmidtbauer und Anneke van Royen.«

An die begabte Holländerin, deren Übernahme in den bayerischen Polizeidienst er aufgrund zahlreicher unbesetzter Planstellen im Dezernat 1 hatte befürworten können, erinnerte sich Stapper. Ein hübsches Ding, blond, jung.

»Also, wer ist der Tote, dass wir unsere Münchner Leute für die Ermittlung abstellen sollen?«, fragte Stapper und erregte damit auch das Interesse des Ministers und des Personalchefs.

»Wie gesagt, es ist noch nicht hundertprozentig.«

»Steinmayr!« Stapper wurde lauter und wollte damit auch vor den Herren Führung demonstrieren.

»Es handelt sich mit an Sicherheit grenzender Wahrscheinlichkeit um Friedrich-Joseph Simnacher, den Landtagsfraktionsvorsitzenden der CSU.«

Einen Moment war es still in der Leitung.

FJS, dachte Stapper. Simnacher war möglicher Spitzenkandidat für die Däxl-Nachfolge. Und damit politischer Erzrivale Donnersbergs.

Nach einer Schrecksekunde zeigte Stapper, dass er die Lage im Griff hatte: »Sie übernehmen die Verantwortung, Steinmayr. Beauftragen Sie Ihre besten Leute und halten Sie mich ständig auf dem Laufenden. Ich will schnell Ergebnisse sehen.«

Stapper beendete das Gespräch und wandte sich an Donnersberg. »Herr Minister.« Er schluckte. »Simnacher ist tot.«

# VIER

Vor dem gelb gestrichenen Gebäude der Hanns-Seidel-Stiftung in Wildbad Kreuth harrten die Journalisten in der bitteren Kälte aus. Zwar waren die meisten CSU-Abgeordneten schon am Vorabend zur Klausurtagung angereist, aber die beiden Hauptprotagonisten, die das Interesse der Medien aus der ganzen Republik auf sich zogen, hatten sich noch nicht blicken lassen. Weder Innenminister Donnersberg noch Fraktionschef Simnacher hatten am Frühgottesdienst teilgenommen. Das war nicht ungewöhnlich, weil viele Spitzenpolitiker wegen dringender Verpflichtungen erst in letzter Minute eintrafen.

Sönke Michels war das siebte Jahr in Folge als Reporter der Berliner Zeitung nach Kreuth gekommen. Seitdem er nach seinem ersten Einsatz zwei Wochen lang mit einer heftigen Erkältung das Bett hatte hüten müssen, reiste er nur noch in Skiunterhosen, mit gefütterten Handschuhen und einer Fellmütze an, die er in Ostberlin auf einem Flohmarkt aus alten Beständen der Sowjetarmee erstanden hatte. Seit vergangenem Jahr besaß er sogar Wollfäustlinge, die sich an den Fingerspitzen umklappen ließen, damit man einen Stift halten konnte. Die alljährliche Reise nach Kreuth zwischen Neujahr und Dreikönig war für die Hauptstadtkorrespondenten eine Expedition in eine exotische Welt.

»Glaubst du, es hat was zu bedeuten, dass Donnersberg und Simnacher noch nicht da sind?«, fragte ihn ein RTL-Kameramann, dessen Gesicht mit einem roten Wollschal und einer blauen Pudelmütze vermummt war. Warum er ihn duzte, wusste Michels nicht. Es schien eine Eigenart von Technikern, Fotografen und Kameramännern zu sein, jeden x-beliebigen Kollegen zu duzen.

»Keine Ahnung. Donnersberg soll bald kommen. Von FJS hab ich gar nix gehört.«

»Da vorne!« Ein anderer Kameramann deutete auf die schmale Zufahrtsstraße, über die jeder fahren musste, der zur Tagungsstätte wollte. Eine schwarze Limousine näherte sich mit langsamem Tempo auf dem verschneiten Weg. »Das könnte er sein.«

»Glaub ich nicht«, sagte Michels. »Donnersberg hat immer Blaulicht auf dem Dach. Das hatte er sogar in Gebrauch, als er sich zum Rockkonzert ins Olympiastadion fahren ließ.«

Die TV-Reporter schalteten die Kameras ein, die Fotografen gingen in Habachtstellung, und die Korrespondenten zückten ihre Schreibblöcke. Einige forsche Fotografen machten Anstalten, dem Fahrzeug entgegenzulaufen, wurden jedoch von der wartenden Meute barsch zurückgepfiffen. Gleiches Recht und gleiche Bilder für alle, war eins der ungeschriebenen Gesetze von Kreuth.

Der schwarze Wagen mit Münchner Kennzeichen blieb etwa zehn Meter vor dem Journalistenpulk stehen, die Beifahrertür öffnete sich, und ein mittelgroßer Mann mit Stirnglatze, schwarzem Trenchcoat und Pilotenkoffer stieg aus. Er lächelte den Reportern freundlich zu, die ihm ihre Mikrofone unter die Nase hielten.

»Wird es heuer in Kreuth einen Putsch geben?«, fragte einer mit Pudelmütze aus der Menge.

»Wir werden wie immer im Januar Kreuth nutzen, um das vergangene Jahr Revue passieren zu lassen und einen Ausblick auf die bevorstehenden politischen Herausforderungen vorzunehmen.«

»Wird es in Kreuth ein eindeutiges Votum für die Däxl-Nachfolge geben?«, fragte eine junge Reporterin, die ganz hinten stand und den Hals reckte.

»Wir werden Geschlossenheit demonstrieren. Nach innen und nach außen«, antwortete der Politiker. »Der Geist von Kreuth ist ein Geist der Versöhnung und der Verantwortung geworden.«

Keiner der Reporter bemerkte, dass unterdessen ein weiterer schwarzer Wagen vorgefahren war und der Beifahrer seelenruhig an ihnen vorbeispazierte und die Tagungsstätte betrat.

»Was ist mit Simnacher und Donnersberg?«, fragte Michels. »Wird es hier zum großen Showdown kommen? Und warum sind beide noch nicht hier? Die Klausur beginnt in wenigen Minuten. Wird FJS sie nicht eröffnen?«

»Was den Fraktionsvorsitzenden Simnacher betrifft, vermute ich, dass er irgendwo auf der Autobahn feststeckt bei dieser Witterung. Die Eröffnung wird in dem Fall Ministerpräsident Däxl übernehmen. Und was den Kollegen von Donnersberg angeht ...«, er lächelte die Reporter provozierend an, »der ist gerade hinter Ihnen ins Haus gegangen. Und das werde ich jetzt auch tun. Habe die Ehre.«

Er drängelte sich freundlich, aber bestimmt durch die Menge und betrat das Gebäude, das einst als Sanatorium gedient hatte, bevor es die CSU-nahe Stiftung als Bildungszentrum übernommen hatte.

»Und wer war das jetzt?«, fragte Michels, der alle Zitate auf seinem Block mitgeschrieben hatte, in die Runde.

Er erntete nur allgemeines, ratloses Schulterzucken.

»Woaß i ned«, sagte der Landtagsreporter des Münchner Merkur, der eigentlich alle politischen Köpfe des Freistaats kennen musste.

»Dann war's vielleicht der Hausmeister«, mutmaßte Michels.

***

Magdalena Swadek hatte sich inzwischen beruhigt. Mit dem Polizeipsychologen wollte sie gar nicht mehr sprechen, sondern schnell ihre Aussage zu Protokoll geben, weil sie mittags ihr Kind aus der Krippe holen musste.

Anneke saß mit Frau Swadek im Sauna-Restaurant und notierte zuerst die Personalien der neunundvierzigjährigen Putzkraft, die über eine Zeitarbeitsfirma engagiert war und seit einem halben Jahr jeden Werktag zu dem fünfköpfigen Team gehörte, das die Seesauna vor der Öffnung für den Publikumsverkehr reinigte.

»Eigentlich bin ich diese Woche für die Dusch- und die Umkleideräume eingeteilt, aber weil die Evi seit gestern krank ist – Magen-Darm, falls das wichtig ist –, musste ich auch noch das Bootshaus, die Kelo-Sauna und die ›Irmingard‹ putzen.«

»Die ›Irmingard‹ putzen?« Anneke schaute auf.

»Das Saunaschiff. Kein dankbarer Job. Es ist ja eisig kalt da draußen, bevor die Sauna an ist.«

»Wie genau haben Sie dann den Toten gefunden, Frau Swadek?«

»Also, es war ja noch dunkel um die Zeit. Und als ich die Eisentreppe wischen wollte, die runter ins Wasser führt, da sah ich ihn liegen. Es war ein Riesenschreck, wissen Sie?«

Anneke nickte verständnisvoll.

»Ich seh hier ja sonst nie die Nackerten. Die kommen ja erst, wenn wir fertig sind mit dem Putzen. Und ich selbst geh nie in die Sauna. Und dann liegt da so ein nackerter Mann ...«

»Haben Sie die leblose Person berührt? Oder haben Sie gleich gemerkt, dass er tot war?«

»Ich habe vor Schreck erst mal laut geschrien. Dann ist gleich eine junge Kollegin, die Petra, rausgelaufen, die am Whirlpool zugange war. Die Petra macht ja ihren Führerschein und hat deshalb gerade einen Erste-Hilfe-Kurs absolviert. Dann haben wir den Mann gemeinsam aus dem Wasser gezogen und dabei sofort gemerkt, dass er nicht mehr zu retten war. Der Körper war ganz steif, und da waren ja auch so Flecken überall am Leib. Er war eindeutig mausetot. Dann sind wir reingegangen und haben die eins eins null gewählt und direkt danach Herrn Gönner angerufen, der ist ja hier der Chef.«

»Und Sie haben den Toten nicht erkannt?«

»Nein. Das Gesicht habe ich mir gar nicht anschauen können.« Nach einer kurzen Pause fragte sie: »Kann ich jetzt gehen? Ich muss ja ...«

»Vielen Dank, Frau Swadek. Sie sind eine wichtige Zeugin. Und Sie werden Ihre Aussage noch unterschreiben müssen.«

Anneke wusste im Moment nicht, wohin sie Frau Swadek bestellen sollte. Schließlich konnten sie nicht jeden Zeugen nach München ins Präsidium beordern. Da kam Lukas durch die gläserne Tür in den Gastronomiebereich und half ihr weiter.

»Das PP Oberbayern stellt uns in der PI Bad Wiessee einen Raum zur Verfügung.« Dann wandte er sich an die Zeugin. »Kommen Sie doch morgen früh ab neun Uhr nach Bad Wiessee in den Hügelweg 1. Und halten Sie sich zu unserer Verfügung, falls weitere Fragen auftauchen.« Zu Anneke sagte er leise: »Polizeirevier Hill Street. Das war eine US-Serie in den achtziger Jahren.« Dann wieder in normaler Lautstärke: »Handynummer hast du notiert?«

Anneke nickte und verabschiedete Frau Swadek. »Hinaus finden Sie ja.«

»Sachdienliche Hinweise?«, fragte Lukas, als die Putzfrau den Raum verlassen hatte. Er nahm seine Brille von der Nase und wischte die Gläser am Ärmel seines braunen Rollkragenpullovers ab. »Egal wo man hinkommt, es beschlägt einem sofort die Gläser.«

»Ihre Aussage bringt uns kaum weiter«, antwortete Anneke. »Ich hatte den Eindruck, dass sie mehr über die Nacktheit des Mannes schockiert war als über die Tatsache, dass er tot war. Hast du es schon mal mit Kontaktlinsen probiert?«

»Wieso? Ich finde, Brille steht mir.«

»Ja, wenn die Haare weniger werden, braucht man etwas anderes Markantes im Gesicht.«

»Schön, dass du wieder gut gelaunt bist«, frotzelte Lukas zurück. »Ob die hier einen Kaffee für uns haben?« Er deutete auf einen Tresen, hinter dem es zur Küche ging, aus der sie jedoch bislang kein Lebenszeichen vernommen hatten.

»Ich glaub nicht«, sagte Anneke. »Und, hast du was erreicht?«

»Arthur Gönner scheint nur eine Sorge zu haben: wann hier der Normalbetrieb weitergehen kann. In den Weihnachtsferien ist wohl immer viel los. Diese Seesauna scheint ein beliebtes Ausflugsziel für die ganze Region zu sein.«

»Stimmt. Ich hatte auch schon mal überlegt herzufahren. Aber die Therme in Erding soll noch schöner und vor allem größer sein. Ich kann dir Saunagänge echt empfehlen: Du fühlst dich wie neugeboren, wenn du mal so richtig alles rausgeschwitzt hast.«

»Ne, lass mal«, wehrte er ab. »Ich will keine fremden lebendigen Nackten sehen. Die toten Nackten, die wir bei der Arbeit zu sehen kriegen, reichen mir. Und wir sind schließlich dienstlich hier. Aber ich fürchte, dass Herr Gönner heute und morgen ohne Umsatz überstehen muss. Die Spurensicherung hat noch viel zu tun.«

»Wissen wir inzwischen mehr über die Todesursache?«

»Der Gerichtsmediziner verweist natürlich auf die Obduktion. Aber er geht davon aus, dass Simnacher bewusstlos ins Wasser gefallen und dann erfroren ist.«

»Kein Wunder bei weniger als zwei Grad. Und warum ist er ins Wasser gefallen?«

»Da ist alles möglich. Natürlich liegt ein Kälteschock nahe. Aber Simnacher hat eine Platzwunde am Kopf. Es ist offen, ob er sich die beim Sturz am Geländer zugezogen oder ob ihm jemand eins über die Rübe gehauen hat.«

»Und solange das nicht geklärt ist ...«

»Ist der tote CSU-Politiker unser Mann. Ah, da kommt er ja.« Lukas schaute zur Tür. »Das ist Herr Gönner.«

Der Saunachef war etwa fünfzig Jahre alt, trug einen grauen Maßanzug und ein offenes hellblaues Hemd. Unpassend waren nur die Badeschlappen, in denen seine nackten Füßen steckten.

»Herr Kommissar, ich habe noch etwas für Sie, das Ihnen vielleicht behilflich sein könnte.«

»Ja?« Lukas sah ihm entgegen, und Gönner winkte mit ein paar weißen Blättern in seiner Hand.

***

Die CSU-Abgeordneten saßen versammelt im großen Sitzungssaal des Bildungszentrums. Ein Getuschel und Gemurmel hing im Raum, an dessen Fensterseite der Platz des Tagungsvorsitzenden, den man an der großen Glocke auf dem Pult erkannte, immer noch leer blieb. Der Fraktionschef leitete stets die Versammlungen der Abgeordneten, selbst dann, wenn der Ministerpräsident anwesend war. Doch jetzt ging Däxl zum Platz des Tagungsleiters und läutete dreimal mit der Glocke. Schlagartig wurde es ruhig.

»Liebe Freunde und Kollegen«, begann der Ministerpräsident, der wie die meisten Anwesenden einen legeren Pullover und Cordhose statt des sonst obligatorischen Anzugs trug. Er blieb stehen und setzte sich nicht auf den Stuhl, der für Simnacher vorgesehen war. »Ich bedauere, dass ich unsere traditionelle Zusammenkunft an dieser Stelle mit einer traurigen Nachricht eröffnen muss.« Man hätte eine Stecknadel fallen hören können. »Friedrich-Joseph Simnacher, der eigentlich jetzt hier stehen sollte«, Däxls Stimme brach, »ist tot.«

Nach zwei Schrecksekunden setzte ein gespanntes Raunen ein, das Däxl mit seinen weiteren Worten beendete.

»Unser Kollege starb vermutlich gestern Abend in Tegernsee. Die näheren Umstände sind noch nicht bekannt. Allerdings wurde die Polizei zu routinemäßigen Ermittlungen eingeschaltet. Sobald wir mehr erfahren, werde ich euch berichten.« Däxl räusperte sich, dann fuhr er fort: »Ich bitte euch alle, euch zu einer Schweigeminute für Friedrich-Joseph Simnacher zu erheben.«

Das Schieben der Stühle auf dem Holzfußboden machte für einen kurzen Augenblick heftigen Lärm, danach war es wieder totenstill. Nach rund dreißig Sekunden durchbrach Däxl die schier unerträgliche Ruhe und sagte: »Vielen Dank. Ich bitte nun den stellvertretenden Fraktionsvorsitzenden Manfred Dobler, die Tagungsleitung zu übernehmen. Wir unterbrechen die Sitzung für eine halbe Stunde.«

Die Politiker verließen nach und nach den Versammlungsraum und bildeten auf den Fluren der Tagungsstätte kleine Grüppchen, in denen sie über die politischen Konsequenzen des plötzlichen Ablebens eines der beiden Kandidaten für die Däxl-Nachfolge spekulierten.

»Wir sollten dieses schreckliche Ereignis als Zeichen betrachten«, sagte Kultusminister Wiedemann und bat einen jungen Hinterbänkler um Feuer für seine Zigarette.

»Als Zeichen von wem?«, fragte Kandlinger, der einen tiefen Zug aus seiner Pfeife nahm. Kurz darauf standen er und sein Gegenüber in einer dichten Rauchwolke. »Gustl, glaubst du, der liebe Gott mischt sich hier ein?«

»Sicher wäre FJS genauso geeignet gewesen für den Posten wie Max«, gab sich Wiedemann versöhnlich. »Es wäre so oder so eine schwere Entscheidung gewesen, die unsere Fraktion und vielleicht sogar die Partei zerrissen hätte. Jetzt ist uns die Entscheidung aus der Hand genommen worden.« Er blickte an die Decke, wo eine Neonröhre unruhig flackerte, und fügte hinzu: »Durch höhere Gewalt.«

»Ich denke auch«, schaltete sich Dobler ein, »dass wir die traurige Gelegenheit als Chance nutzen sollten, eine friedliche Lösung herbeizuführen. Ich bin überzeugt, das wäre auch im Sinne Simnachers gewesen.«

Jetzt platzte Kandlinger der Kragen, und ihm fiel beinahe die Pfeife aus dem Mund. »Herrschaftszeiten, spinnt's ihr denn alle miteinander? Der Kollege Simnacher ist noch nicht unter der Erde, und ihr wollt jetzt schon Tatsachen schaffen? Und dann bist du, Manfred, auch noch so zynisch und tust so, als würdest du im Namen vom FJS sprechen.« Kandlinger stieß noch ein empörtes »Du sollst dich schämen!« aus und wandte sich ab. Auch Dobler verließ die Gruppe und ging Richtung Sitzungssaal.

»Dem hat's aber zugesetzt«, sagte Generalsekretär Fasnacht, der ebenfalls in der Nähe stand. »Kein Wunder, ist ja auch eine derbe Angelegenheit, so was ...«

Wiedemann nickte zustimmend.

»Also, ich denke«, sagte Fasnacht, »dass es dem Max nicht guttäte, wenn es in der Öffentlichkeit so aussehen würde, dass er nur wegen Simnachers Tod Ministerpräsident wird. Außerdem ...«

Das Läuten der Glocke unterbrach ihn, und sofort setzten sich alle in Bewegung, um ihre Plätze wieder einzunehmen.

***

Lukas schaute den Saunabesitzer gespannt an.

»Wir haben jedes Jahr eine Weihnachts-Aktion«, erläuterte Gönner. »Viele Saunafreunde legen Gutscheine von uns unter den Weihnachtsbaum. Im Dezember geben wir auf alle Gutscheinbestellungen zehn Prozent Rabatt. Das hier«, er winkte mit einem Blatt, »ist die Liste aller Gutschein-Besteller mit Adresse und Kontoverbindung. Und das hier«, er wedelte mit einem Papierstapel in der anderen Hand, »sind die Gutscheine, die gestern eingelöst wurden. Ich kann mir vorstellen, dass Ihnen das weiterhilft.« Gönner stockte kurz. »Ich nehme an, dass es erlaubt ist, wenn ich Ihnen diese persönlichen Daten einfach so gebe? Ich meine, ohne richterlichen Beschluss und so?«

»Wir werden dafür Sorge tragen, dass die Daten nicht in die falschen Hände geraten«, versicherte Anneke. »Diese Unterlagen sind wirklich eine große Hilfe, Herr Gönner. Wenn jeder so mitdenken würde ...«

»Ich möchte alles dafür tun, dass Sie die Sache rasch aufklären können. Die Seesauna hat den besten Ruf zu verlieren. Wenn ich noch irgendwie helfen kann, Frau Kommissarin, Herr Kommissar ...«

»Danke, Herr Gönner«, sagte Lukas. »Wie hoch ist an einem Tag wie gestern der Anteil der Besucher, die mit Gutschein in Ihre Sauna kommen?«

»So kurz nach Weihnachten ist der Anteil sehr hoch. Ich würde sagen, nur ein Drittel zahlt den Eintritt an der Kasse. Nehmen Sie das. Außerdem gebe ich Ihnen noch einen Blankogutschein. Den können Sie natürlich auch jederzeit einlösen, wenn Sie mit Ihren Ermittlungen fertig sind.«

»Das hilft uns wirklich sehr weiter«, sagte Anneke und nahm Gönner die Blätter ab. »Das schauen wir uns doch mal genauer an.«

***

Dobler, ein einundvierzigjähriger Nürnberger, der weniger wegen seines politischen Talents als seiner mittelfränkischen Herkunft vor anderthalb Jahren in die Fraktionsführung gewählt worden war, läutete seine Glocke. Däxl setzte sich neben ihn und starrte wie versteinert auf die neueste Ausgabe des Bayernkuriers, die wie bei allen anderen auch am Platz lag. Daneben befanden sich ein weißer Kugelschreiber mit blauem CSU-Logo und ein Schreibblock, auf dem ebenfalls das Signet der Partei prangte mit dem Motto »Wir für Bayern«.

Dobler drückte das Mikrofon vor sich auf die passende Höhe hinab und überprüfte mit einem Klopfen, ob die Ton-Anlage funktionierte.

»Liebe Kollegen«, sprach er in das Mikrofon, und aufgrund einer Rückkopplung drohte ein schrilles Pfeifen kurzzeitig, allen Anwesenden das Trommelfell zu zerreißen. Dobler betätigte den Drehknopf vor sich und versuchte es noch einmal.

»Liebe Kollegen. Die tragische Nachricht hat uns alle wie ein Blitz getroffen. Aber es wäre auch im Sinne von Friedrich-Joseph Simnacher, dass wir unsere erfolgreiche Arbeit fortsetzen und die personelle Neuaufstellung unserer Partei zügig und geschlossen voranbringen. Nach Beratungen mit unserem amtierenden Ministerpräsidenten Franz Däxl sind wir zu dem Schluss gekommen, dass wir hier und heute eine Abstimmung herbeiführen sollten, mit der wir von Kreuth ein Signal der Geschlossenheit aussenden und Max von Donnersberg zu unserem Kandidaten für die Nachfolge des Landesvaters erklären. Nach der Abstimmung werden wir für die draußen wartenden Journalisten eine Pressekonferenz ansetzen und unser Votum verkünden. Ich gehe davon aus, dass alle mit diesem Vorgehen einverstanden sind? Gut. Wenn es keine Gegenstimmen gibt …«

Dobler blickte in die Reihen und war sichtlich überrascht über die einzige Wortmeldung.

Max von Donnersberg stand auf, räusperte sich und sprach ohne Mikrofon. Trotzdem durchdrang seine feste Stimme den ganzen Raum.

»Liebe Kollegen, auch ich bin natürlich geschockt über die Ereignisse, von denen wir heute erfahren haben. Auch mir ist klar, dass trotz des Todes des geschätzten Kollegen Friedrich-Joseph Simnacher das Leben und auch die politische Arbeit für uns weitergehen müssen. Und selbstverständlich werde ich meiner Verantwortung gerecht und stehe bereit, wenn die Partei mich ruft. Allerdings«, er atmete tief durch, »zu gegebener Zeit. Die Pietät und der politische Anstand verlangen es, das ist meine feste Überzeugung, dass wir die Frage der Nachfolge von Franz Däxl nicht heute entscheiden. Ich schlage vor, dass wir die Personaldiskussion aussetzen, und zwar so lange, bis der hochverehrte Kollege Simnacher ein würdiges Begräbnis bekommen hat und auch die Umstände seines überraschenden Todes vollständig aufgeklärt sind. Vielen Dank.«

Donnersberg setzte sich wieder. Einige Sekunden lang herrschte gespannte Stille. Justizminister Kandlinger war der Erste, der zaghaft zu applaudieren begann. Nach und nach setzten auch alle übrigen Abgeordneten ein, bis der gesamte Saal den ergreifenden Worten Donnersbergs Beifall und Respekt zollte.

# FÜNF

Anneke stand am Fenster des Besprechungsraums im dritten Stock des Münchner Morddezernats und schaute auf die noch leere Hansastraße hinab.

ADAC-Zentrale statt Frauenkirche, dachte sie mit Blick auf die gegenüberliegende Straßenseite und erinnerte sich wehmütig an das prächtige Polizeipräsidium in der Ettstraße, wo sie ihre Europol-Hospitanz sowie die ersten Wochen nach der Übernahme in den bayerischen Polizeidienst verbracht hatte. Als sie erfahren hatte, dass aufgrund der bevorstehenden Renovierung des ehemaligen Klostergebäudes in der Innenstadt zwischen Marienplatz und Stachus sämtliche Dezernate ausgelagert werden sollten, war nicht nur bei ihr die Ernüchterung groß gewesen. Statt der edlen Fußgängerzone lag hier im Westend der Straßenstrich vor der Tür. Das hier war nicht das München, von dem sie geträumt hatte. Aber der hochmoderne Bürokomplex der Polizei, der aufgrund seiner dreigliedrigen Architektur Trix-Gebäude genannt wurde und neben dem Mord-, dem Staatsschutz- und dem Rauschgiftdezernat auch noch Teile des Fraunhofer-Instituts und eine Kinderkrippe beherbergte, hatte zweifellos auch seine Vorteile: Die Fenster waren dicht, die Toilettenschüsseln hatten keine Rostwasserschlieren, und statt eines Paternosters, der notorisch außer Betrieb war, führte ein Hightech-Fahrstuhl in den dritten Stock, wo das Kommissariat auf einer ganzen Etage residierte.

Mit einem lauten »Kaffee?« riss Lukas Anneke aus ihren Gedanken, als er den Konferenzraum betrat. »Wir haben noch fünf Minuten bis zur Lagebesprechung.«

»Oh, danke, nein«, sagte Anneke. Sie hatte ihren maximalen Koffeinpegel schon erreicht; die Begrenzung des Kaffeekonsums auf vier Tassen täglich gehörte zu den zwei Vorsätzen, die sie sich bei ihrem Wechsel von Waalwijk nach München vorgenommen hatte. Dem zweiten Vorsatz, sechs Kilo in sechs Monaten, hatte sie inzwischen die zeitliche Komponente genommen, nachdem klar war, dass ihr Aufenthalt in München nicht mehr begrenzt war.

»Vermisst du manchmal die Ettstraße?«, fragte Anneke.

Lukas stellte seine Tasse auf einen der Tische, die in Hufeisenform angeordnet waren.

»Was ich vor allem vermisse, ist die U-Bahn-Verbindung und die zentrale Lage. Ich brauche von hier aus nach Hause doppelt so lange wie früher.« Er blickte auf die Uhr über der Tür. »Die anderen müssten gleich kommen. Neidlinger hat sich die Liste der Gutscheinbesitzer vorgenommen, und Kies prüft Simnachers Verwandtschaftsverhältnisse.«

In diesem Moment öffnete sich die Tür, und Hubert Neidlinger betrat den Raum. Der etwas kleinwüchsige Leiter der MK3, der Anneke mit seinem grauen Vollbart schon seit dem ersten Tag an Paulus de Boskabouter erinnerte, beschränkte sich seit seinem Eintritt in die Altersteilzeit auf Innendienstrecherchen und administrative Büroarbeiten, während er Lukas immer mehr die Ermittlungen vor Ort und die operative Leitung der Kommission überließ. Wie immer, wenn der Chef der Männer-WG einen Raum betrat, zog er eine Wolke Zigarillorauch hinter sich her.

»Ich dachte schon, ich wär zu spät«, sagte er und blickte sich um. »Ist Kies noch nicht da?«

»Wir fangen trotzdem an.« Lukas setzte sich auf seinen festen Platz direkt unter dem Jahreskalender und dem an die Wand gepinnten München-Stadtplan.

»Machst du jetzt nebenher eine Schweißer-Ausbildung?«, fragte Neidlinger, kicherte in seinen Bart hinein und deutete auf Lukas' schwarz umrandete Ray-Ban.

»Sehr lustig, Chef«, erwiderte Lukas beleidigt. Eine schlagfertige Replik fiel ihm allerdings nicht ein.

»Also, wo bleibt Kies?«, fragte Neidlinger. »Ich habe nämlich ein paar interessante Namen auf der Liste gefunden.«

***

Die Vernehmung, die Kies Grötzinger zur gleichen Zeit durchführte, war eher privater Natur, auch wenn sie während der Dienstzeit und in polizeilichen Räumen stattfand, im Zentralbereich im Erdgeschoss, den die Kriminalfachdezernate gemeinsam nutzten.

Der Hauptkommissar aus der Mordkommission 3 saß auf der schwarzen Plastikunterlage des dunkelgrauen Schreibtisches und die junge, attraktive Kommissarsanwärterin vom K15, Helena Frings, ihm zugewandt auf seinen Knien, die Beine hinter ihm verschränkt, während sie sein weißes Hemd aufknöpfte, das sich über seinen muskulösen Oberkörper spannte. Er küsste ihren Hals, während sich seine Hände unter ihrem Rollkragenpullover langsam hocharbeiteten.

Hier im Erdgeschoss befanden sich Haftzellen sowie Vernehmungsräume in allen Größen; Letztere hatten den Vorteil, dass man sie verriegeln und damit das überraschende Eintreten anderer Kollegen vermeiden konnte. Seit dem Umzug des Dezernats von der Ett- in die Hansastraße nutzten Kies und Helena den fensterlosen Raum mehrmals pro Woche. Während sie anfänglich nur gelegentlich ihre Mittagspausen hier im Erdgeschoss verbracht hatten, anstatt wie die meisten anderen in die Fraunhofer-Kantine zu gehen, war das fünfminütige Stelldichein im Raum E26 inzwischen fast zu einem Ritual für beide geworden, und der schmucklose Schreibtisch aus Pressholz hatte schon oft als Unterlage für dezernatsübergreifende zwischenmenschliche Kontaktpflege zum ausgerechnet für Sexualdelikte zuständigen K15 gedient.

Sanft berührte er ihre kleinen, festen Brüste, und sie warf ihren Kopf zurück und stöhnte leise auf.

»Du geiles Stück«, flüsterte sie, was Kies als Kompliment auffasste und sinngemäß erwidert hätte, wenn sie nicht im selben Moment ihren Mund auf seine Lippen gepresst hätte.

Gelegentlich nahm sich Kies vor, seine diskrete Sekundärbeziehung zu Helena bei nächster Gelegenheit zu beenden und auf das übliche kollegiale Niveau zurückzufahren. Dies war immer der Fall, wenn er sich die möglichen Konsequenzen ausmalte, sollte seine Freundin Babette von seiner Dezernatsaffäre erfahren. Doch dann wischte er regelmäßig seine Bedenken beiseite und verließ sich auf die einvernehmliche Abmachung mit Helena, die schließlich in ihrer thüringischen Heimat auch einen Primärpartner hatte, mit dem sie eine Wochenendbeziehung führte. Was hier fast täglich im Erdgeschoss mit Leidenschaft und Hingabe gepflegt wurde, war eine NvA – eine Nur-vögeln-Affäre, die nichts mit den Beziehungen zu ihren Lebenspartnern zu tun hatte, da waren sich beide einig. Und Kies verließ sich darauf, dass sie sich das nicht nur einredeten.

Helena fingerte an seinem Joop-Gürtel und öffnete dann den obersten Knopf seiner Jeans. Dass sich dieses unschuldig und brav aussehende Mädchen mit dem charmanten Neue-Bundesländer-Akzent bei Ausschluss der Öffentlichkeit in einen heißblütigen Vamp verwandelte und ihm schon mal verdächtige Kratzspuren auf dem Rücken beibrachte, die er zu Hause mit einer Handgreiflichkeit bei einer Festnahme erklären musste, steigerte sein Verlangen ins Unermessliche. Er spürte, wie Helenas Finger in seine Hose glitten.

Dann spürte er nur wenige Zentimeter davon entfernt ein völlig unerotisches Vibrieren, das von einem ebenso unerotischen Klingelton begleitet wurde.

Verdammt, dachte er, fischte sein Handy aus der Tasche und erkannte die Durchwahl des Apparats im Besprechungsraum.

»Grötzinger«, meldete er sich. Es war Neidlinger, der ihn fragte, wo er stecke, und an die Lagekonferenz im Fall Simnacher erinnerte.

»Ich … komme gleich«, versicherte Kies und schwor sich im selben Moment mal wieder, die Sache mit Helena noch heute zu beenden, bevor er die Kontrolle vollends verlieren würde. »Ich hatte noch eine Adressnachfrage beim KVR wegen Simnachers Tochter«, schwindelte er spontan und versuchte, so entspannt wie möglich zu klingen, während Helena ihre Hand immer noch in seiner Hose hatte und die Finger spielen ließ. Kies beendete das Gespräch. Seinen Schwur hatte er schon wieder vergessen.

***

Wenige Minuten später betrat Kies den Besprechungsraum 320 im Mordkommissariat.

»Entschuldigt, aber ich hab was rausgefunden«, sagte er und setzte sich neben Anneke, die ihm etwas zuflüstern wollte. Doch Kies bemerkte es nicht, sondern legte seinen Notizblock vor sich auf den Tisch.

»Simnacher war Witwer«, berichtete er. »Seine Frau Hannelore ist vor acht Jahren gestorben, seitdem lebte er nur noch für die Politik. In einem Porträt der Süddeutschen zu seinem zehnten Jubiläum als CSU-Fraktionschef steht, dass er mit der Partei verheiratet sei – und zwar glücklich. In seiner Funktion als Fraktionsvorsitzender war er der mächtigste Strippenzieher nach dem Ministerpräsidenten und saß bei allen wichtigen Entscheidungen mit am Tisch. Er war vorher fünf Jahre Finanzminister und drei Jahre CSU-Generalsekretär. In den letzten Jahren hat Däxl ihm mehrfach eine Rückkehr ins Kabinett angeboten, jedes Ministerium hätte ihm offengestanden. Aber er hat immer abgelehnt.«

»Warum?«, fragte Neidlinger. »Welcher Politiker lehnt es ab, Minister zu werden?«

Anneke versuchte noch einmal, Kies' Aufmerksamkeit zu erlangen, doch der breitete weiter seine Erkenntnisse aus.

»Simnacher, der sich selbst in Anlehnung an sein großes Vorbild Franz Josef Strauß ebenfalls FJS nannte, wollte nicht mehr auf ein Fachgebiet beschränkt werden. Er sah sich als Generalist. Das einzige Amt, das für ihn noch eine Herausforderung bedeutet hätte, war der Posten des Ministerpräsidenten. Das war sein Lebenstraum: Er wollte 2018 als Landesvater die Olympischen Winterspiele in seiner Heimat Garmisch-Partenkirchen eröffnen.«

»Feinde?«, fragte Lukas routiniert.

»In der Politik war er eigentlich sehr geachtet, auch beim politischen Gegner. Allerdings hat er in der Zeit des Bewerbungsverfahrens für Olympia sehr polarisiert und die Aktivisten des Nolympia-Bündnisses gegen sich in Stellung gebracht. Er ist da wohl manchmal etwas emotional und ausfällig geworden und hat mit militanten Naturschützern durchaus nachhaltige Feindschaften aufgebaut.«

»Heißt das, er könnte dieselben Gegner haben, die Faszantas ins Visier genommen haben?«, mutmaßte Lukas. »Nach einem Mordanschlag von Öko-Terroristen sieht Simnachers Tod in der Seesauna jedenfalls nicht aus.«

»Nein, stimmt«, antwortete Kies. »Einen ideologischen Terroranschlag hätte man wohl anders in Szene gesetzt. Obwohl … wer weiß? Vielleicht haben wir nur irgendein Symbol nicht erkannt?«

»Tod in der Sauna. Erfrieren. Hitzetod.« Lukas dachte laut nach. »Erfroren in der Sauna. Vielleicht soll das den Klimawandel symbolisieren? Na, ich weiß nicht. Etwas weit hergeholt.«

»Bleiben wir bei den Fakten, die wir haben«, mahnte Neidlinger, der nun endlich seine Ergebnisse vortragen konnte. »Die Liste der Namen, die einen Sauna-Gutschein eingelöst haben, ist sehr aufschlussreich. Eine Google-Abfrage hat ergeben, dass –«

»Eine was?«, rief Lukas dazwischen. Und Kies fragte zeitgleich: »Hast du gerade wirklich Google gesagt?«

Neidlinger war bekannt dafür, mit Computern und Internet auf Kriegsfuß zu stehen. Der E-Mail-Korrespondenz verweigerte er sich hartnäckig. Der direkteste Weg, Neidlinger zu erreichen, war das Telefon oder ein brauner Hauspostumschlag. Dass er ein Diensthandy besaß, war sein größtmögliches Zugeständnis an die moderne Kommunikation. Er lehnte es ab, sich in den letzten Jahren vor der Pensionierung noch dem schnelllebigen Diktat der neuen Technologien zu unterwerfen. Dass sie aber zuweilen nicht nur nötig, sondern auch sinnvoll und effektiv waren, sah er ein. Und inzwischen wusste er, wen er zu fragen hatte.

»Fräulein Steinberg aus der MK1 war so freundlich und hat den Google-Computer mit den Namen gefüttert. Zwei Namen haben dabei Ergebnisse geliefert, die wir weiterverfolgen sollten.«

»Nämlich?« Lukas blickte ihn fragend an.

»Daniel Jacobi. Er ist Landesgeschäftsführer bei den Grünen. Ein Jungspund, der in der Partei noch Karriere machen will, bislang in der Öffentlichkeit aber kaum in Erscheinung tritt. Er zählt zu den Stammgästen der Tegernseer Seesauna.«

»Interessant«, meinte Anneke, während sie auf einem Zettel etwas in kleinen Buchstaben aufschrieb. »Und der zweite Name?«

»Leander Heiland«, las Neidlinger aus seinen Notizen vor. »Ein Geschäftsmann, der in ganz Bayern aktiv ist, vor allem in der Immobilienbranche. Der Google-Computer hat Dutzende Zeitungsartikel ausgespuckt, in denen beide Namen vorkommen: Heiland und Simnacher. Natascha Steinberg hat sie alle ausgedruckt. Die müssten wir uns dann noch genauer anschauen. Es muss eine Verbindung zwischen den beiden Männern geben – nicht nur, dass sie dieselbe Sauna besuchen.«

»Was ist denn?«, zischte Kies Anneke zu, die jetzt versuchte, ihm möglichst unauffällig ein kleines Blatt Papier hinüberzuschieben.

»Psst«, erwiderte sie und deutete auf den Zettel, wobei sie es vermied, ihn anzuschauen.

Als Kies die Notiz las, wurde er knallrot im Gesicht: »Dein Hemd ist völlig falsch geknöpft.«

***

Sophie Simnacher wohnte in der Hohenzollernstraße, unweit der Münchner Freiheit.

Für eine Studentenbude keine üble Gegend, dachte Kies, als er im Rückgebäude des topsanierten Altbaus die hölzerne Treppe emporstieg. Das Knarzen der Stufen und der Geruch von Bohnerwachs erinnerten ihn an das Haus seiner Großeltern, mit dem Unterschied, dass hier im edelsten Teil von Schwabing die Monatsmiete für eine Zweizimmerwohnung den Preis eines kleinen Gebrauchtwagens verschlang.

Die Tochter des toten CSU-Politikers stand im zweiten Stock in der Tür. Sie war vierundzwanzig, wusste Kies aus den Unterlagen der Meldebehörde. Als er sie sah, vergewisserte er sich unauffällig noch einmal, dass sein Hemd jetzt richtig geknöpft war, um sich nicht ein weiteres Mal zu blamieren. Sie war umwerfend schön. Das Sonnenlicht, das hinter ihr durch ein großes Fenster in den Hausflur strahlte, ließ sie im Türrahmen wie eine Madonna erscheinen. Ihre Gesichtsfarbe war blass, die dunkelblonden Haare hatte sie zu einem Pferdeschwanz gebunden. Sie trug eine enge schwarze Leggings, ein weißes T-Shirt und darüber eine dunkelgraue taillierte Strickjacke, die bis an die Knie reichte. In ihrem fein gezeichneten Gesicht blitzte ein Nasenstecker auf.

Kies zeigte seine Dienstmarke und stellte sich vor. Er war froh, dass Sophie bereits am Vortag von Beamten der Schwabinger Inspektion 13 über den Tod ihres Vaters informiert worden war. Das Überbringen von Todesnachrichten gehörte zu den Schattenseiten der Arbeit in der Mordkommission. Zum Glück gab es inzwischen psychologisch besonders geschulte Beamte, die in solchen Fällen zum Einsatz kamen.

Die Simnacher-Tochter wirkte gefasst, als hätte sie den ersten Schock bereits verarbeitet.

»Kommen Sie rein, Herr Kommissar«, sagte sie und trat zur Seite. »Ich habe Sie bereits erwartet.« Der Lichtstrahl traf jetzt mit voller Kraft auf Kies, der kurz mit den Augen blinzelte und dann ihrer Aufforderung folgte.

»Ich bin heute nicht zur Uni gegangen«, sagte sie, als wollte sie sich dafür entschuldigen, um diese Uhrzeit zu Hause zu sein. »Gehen Sie rechts und nehmen Sie Platz.«

Kies zählte im Korridor fünf Türen, was darauf hindeutete, dass diese Wohnung nicht nur von der Lage, sondern auch von der Fläche her für eine junge Studentin im Grunde nicht erschwinglich war. Allein das Wohnzimmer mit Parkettfußboden schätzte er auf mindestens vierzig Quadratmeter. Auf der linken Seite stand, mit gebührendem Abstand von einem raumhohen Bücherregal, das die ganze Wand ausfüllte, ein schwerer, alter Schreibtisch aus Eichenholz, darauf ein weißes Apple-Notebook. Als Bildschirmhintergrund lächelte Lukas das Gesicht eines jungen Mannes an. Auf der gegenüberliegenden Seite befand sich eine Sitzgruppe aus edlen ledernen Designermöbeln, die man in der Katalogsprache wohl als Wohnlandschaft bezeichnet hätte. Dazwischen war Platz genug, um bequem Badminton zu spielen. Auch die Stuckdecke wäre hoch genug dafür gewesen.

»Sie wohnen allein hier?« Er konnte sich die Einstiegsfrage nicht verkneifen.

Sophie lachte. Vermutlich war sie entsprechende Reaktionen gewohnt, wenn jemand ihre Wohnung zum ersten Mal betrat.

»Ja. Viel Platz für eine Person, nicht wahr? Das wollten Sie doch sagen.«

Sophie setzte sich in den schwarzen Ledersessel, auf dessen Lehne ein Papierstapel lag, und griff zu einer Porzellanteekanne, die auf einem niedrigen Glastisch stand.

»Mögen Sie Roibuschtee? Sonst kann ich Ihnen auch gern einen Espresso machen.«

»Nein danke, Frau Simnacher.« Kies schaute sich um wie in einem Museum. Er fühlte sich wie in der Wohnung eines Chefarztes oder eines Rechtsanwalts, nicht wie in einer Studentenbude. »Ich bin immer noch ganz platt. So eine Residenz für eine Studentin habe ich noch nie gesehen. Wenn Sie die Frage erlauben: Hat Ihr Vater die Miete gezahlt?«

Sophie lachte verlegen. Sie schien sich vor dem Polizeibeamten für ihre Wohnsituation zu genieren.

»Nein, hier zahlt niemand Miete. Es ist eine Eigentumswohnung. Meinem Vater gehörten vier Wohnungen hier im Haus. Kurz nachdem ich mit dem Studium begonnen habe, ist der Vormieter dieser Wohnung, ein erfolgreicher Literaturagent, gestorben. Mein Vater hat die Situation genutzt und mir die Wohnung überlassen, sozusagen als Unterstützung für das Studium und als Belohnung für das Einser-Abitur. Allerdings hat er die Bedingung gestellt, dass ich bis zum Examen allein hier wohnen bleibe. Er hatte wohl Angst, dass eine Studenten-WG seine Wertanlage ruinieren könnte.«

Wieder trat ihr bezauberndes Lächeln in ihr Gesicht. Sie beugte sich vor und griff zu ihrer Teetasse, was Kies einen kurzen Blick in ihren Ausschnitt ermöglichte. Sie trug offensichtlich nichts drunter, und Kies schämte sich dafür, eine Frau zu begehren, die gerade ihren Vater verloren hatte.

»Wie war Ihr Verhältnis zu ihm?«, kam er zur Sache zurück. »Erben Sie das alles hier?«

»Er hat sich nie viel um seine Familie gekümmert. Als Kind habe ich meinen Vater nur selten zu Gesicht bekommen. Wir haben in Garmisch gewohnt, und er ist morgens früh in sein Landtagsbüro nach München gefahren und abends erst zurückgekommen, als ich schon im Bett lag.« Sie schaute an Kies vorbei in die Ferne, während sie sprach. »Kurz nachdem meine Mutter gestorben ist, bin ich nach München gezogen und habe mit dem Jurastudium angefangen. Seitdem habe ich meinen Vater so oft gesehen wie nie zuvor in meinem Leben. Die Wohnung hat er mir vielleicht auch gegeben, um irgendwas wieder wettzumachen. Und ob ich die Wohnung jetzt erbe? Ich weiß es nicht. Kann sein. Vermutlich hat mein Vater ein detailliertes Testament gemacht.«

Kies nickte verständnisvoll. »Wann haben Sie ihn zum letzten Mal getroffen?«

Sophie überlegte kurz. »Wir haben Weihnachten zusammen verbracht. Heiligabend sind wir in St. Michael in die Christmette gegangen und haben danach hier Zwiebelrostbraten mit Blaukraut und Knödeln gekocht. So wie es meine Mutter immer gemacht hat.«

»Hat Ihr Vater viel von seiner politischen Arbeit erzählt? Hatte er Schwierigkeiten? Oder gar Feinde? Sie wissen, dass wir Fremdverschulden nicht ausschließen können.«

Sie seufzte tief. »Ich dachte, das wären Routinefragen Ihrer Kollegen gewesen. Sie halten wirklich ein Tötungsdelikt für möglich?«

»Wir ermitteln in alle Richtungen. Und wenn ein Spitzenpolitiker auf ungeklärte Weise ums Leben kommt, dann wird alles in Bewegung gesetzt.«

»Warum ermittelt eigentlich die Münchner Mordkommission?«, fragte Sophie. »Das ist doch ungewöhnlich, wenn das Delikt nicht in München oder im Landkreis passiert ist.«

»Sie kennen sich aus«, sagte Kies anerkennend. »Aufgrund der politischen Brisanz hat das Innenministerium das PP München mit den Ermittlungen beauftragt. Wir arbeiten natürlich mit den Behörden vor Ort eng zusammen. Um auf meine Frage zurückzukommen ...«

»Feinde? Sie fragten nach Feinden. Dass er in seiner Position politische Feinde hatte, liegt auf der Hand. Aber mir fällt niemand ein, der ihm nach dem Leben trachten könnte. Getrachtet *haben* könnte.«

»Sagt Ihnen der Name Leander Heiland etwas?«

»Ja.« Sophie dachte kurz nach. »Ist das nicht dieser Nachtclubbetreiber, der in Garmisch ein Stundenhotel eröffnen wollte? Ich erinnere mich, dass mein Vater sehr viel Energie investiert hat, dieses Projekt in seinem Stimmkreis zu verhindern. Aber ich persönlich bin diesem Herrn Heiland nie begegnet.«

»Sind Sie selbst auch politisch aktiv?«

»Ich bin in der Jungen Union. Vor einem Jahr wurde ich zur stellvertretenden Vorsitzenden des Bezirksverbandes Oberbayern gewählt. Und bei der Frauen-Union kandidiere ich mit guten Chancen für den Landesvorstand. Aber das läuft für mich im Moment alles nebenher. Das Erste Staatsexamen hat absolute Priorität.«

»Verstehe«, sagte Kies. »Ich selbst hätte auch gern Jura studiert.

Aber das schien mir dann zu langwierig. Ich wollte lieber gleich in den Beruf einsteigen und bin deshalb zur Polizei gegangen.«

Ich muss mich nicht vor dieser ehrgeizigen Studentin rechtfertigen, warum ich kein Akademiker bin, dachte er. Und diese Geschichte war auch nur die halbe Wahrheit. Mit seinem Abiturdurchschnitt hätte er nirgendwo die Chance auf einen Studienplatz in Jura gehabt.

»Sind Sie schon lange bei der Mordkommission?«

Interessierte sie sich wirklich für ihn, oder wollte sie mit ihrer Gegenfrage nur höflich sein?

»Ich war lange beim SEK, das war eine aufregende Zeit. Ich werde nie vergessen, wie ich mit einem Wirkungstreffer aus zweihundert Metern Entfernung einen Geiselnehmer kampfunfähig gemacht habe. Aber ich langweile Sie.«

Jetzt hatte er sich selbst ertappt. Die SEK-Episode von der Geiselnahme in Ottobrunn erzählte er immer dann, wenn er Frauen imponieren wollte. Als Nächstes erwähnte er meist, dass er beste Aussichten hatte, aufgrund seiner langjährigen Erfahrung irgendwann das Kommissariat und sogar das Dezernat zu leiten. Es wäre vielleicht besser, die Vernehmung abzubrechen. Mit Zeugen flirtet man nicht. Das war eine eiserne Regel, an die er sich bislang stets gehalten hatte.

»Wenn wir noch Fragen haben, melden wir uns, Frau Simnacher.« Kies stand auf und ging auf dem Weg zur Tür an ihrem Notebook vorbei. »Ihr Freund?«, fragte er und deutete auf den Bildschirmhintergrund. Er betrachtete kurz das Gesicht eines Jünglings, der offenbar versuchte, mit einem Dreitagebart älter auszuschauen, als er war.

»Ja«, sie nickte. »Das ist Daniel.«

Kies nahm sich vor, sich keine Sekunde mit der Frage zu beschäftigen, warum die attraktivsten Frauen die langweiligsten Kerle abschleppten, und verabschiedete sich.

***

Anneke und Lukas saßen in ihrem Büro im dritten Stock des Kommissariats. Ihre Schreibtische standen sich gegenüber, durch das Fenster konnten sie auf die Hansastraße hinabblicken, wo es um diese Zeit, viele Stunden nach dem allgemeinen Büroschluss, fast menschenleer war.

»Ob das eine gute Idee ist, dass wir jetzt hier in München sind und einen Fall bearbeiten, dessen Tatort etwa fünfzig Kilometer entfernt liegt?«, murmelte Anneke, zog einen Teebeutel aus ihrer Tasse und drückte mit einem Löffel die restliche Flüssigkeit heraus. Auch wenn ihr Pensum noch nicht ausgeschöpft gewesen wäre: Kaffee nach zweiundzwanzig Uhr hatte sie sich abgewöhnt.

»Ist nicht unsere Entscheidung«, antwortete Lukas. »Wenn's nötig ist, sind wir in vierzig Minuten in Tegernsee. Und unser Zimmer in Brunnbichl steht uns auch noch zur Verfügung. Bist du froh, dass du jetzt nicht noch eine Nacht mit mir auf dem Bauernhof verbringen musst?«

Sie kam nicht mehr zum Antworten, weil in diesem Moment Lukas' Telefon klingelte.

»MK3, Schmidtbauer«, meldete er sich. Dann hielt er die rechte Hand kurz über die Sprechmuschel und zischte Anneke den Namen Preuschhof zu. Professor Edgar Preuschhof war der Leiter des rechtsmedizinischen Instituts, und sein Anruf bedeutete, dass es erste Erkenntnisse von der Obduktion geben könnte. Lukas hörte seinem Gesprächspartner aufmerksam zu.

Während er sich einige Stichpunkte auf seiner Schreibtischunterlage notierte, überlegte Anneke, ob ihr eine weitere Nacht mit Lukas im Haus Pollinger unangenehm gewesen wäre. Sie kam zu dem Schluss, dass ihr seine Nähe gefiel. Das war für sie nicht sonderlich überraschend, aber richtig bewusst hatte sie es sich zuvor nicht gemacht. Denn an all ihren bisherigen Arbeitsstellen hatte sie zu ihren Kollegen immer größtmögliche Distanz gewahrt, und das Privateste, was sie einem Büronachbarn anvertraut hatte, war die Ankündigung, nach Feierabend zum Friseurtermin zu gehen. Aber vielleicht hätte sie sich mit jedem Kollegen so gut verstanden wie mit Lukas, der sie in einer fremden Stadt von Anfang an so freundlich behandelt hatte. Dass sich zwischen ihnen mehr als gute Kollegialität entwickeln könnte, daran wollte sie nicht denken. Heute amüsierte sie sich über das Missverständnis zu Beginn ihrer Zusammenarbeit, als sie seinen Namen Schmidtbauer für einen Doppelnamen gehalten hatte, Schmidt-Bauer. Dass die Kinder, um die er sich wochenlang immer wieder während der Dienstzeit kümmern musste, nicht die eigenen waren, sondern die seiner kranken Schwester, hatte sie aus unerfindlichen Gründen erleichtert.

Lukas legte den Hörer auf und riss Anneke aus ihren Gedanken.

»Preuschhof kann noch nichts Endgültiges sagen«, berichtete er. »Die Todesursache ist zwar eindeutig Unterkühlung, aber es ist anzunehmen, dass sich niemand freiwillig für mehrere Stunden ins eiskalte Wasser legt und darauf wartet, dass er erfriert. Eine akute Herzkrankheit scheint Simnacher jedenfalls nicht gehabt zu haben. Dennoch ist ein tödlicher Kreislaufkollaps denkbar, sagt der Professor, ausgelöst etwa durch besondere Aufregung.«

»In die Sauna geht man eigentlich zum Entspannen und nicht, um sich aufzuregen«, merkte Anneke an und hoffte im selben Moment, nicht zu altklug zu wirken. Sie klemmte sich eine Strähne hinters Ohr, wie sie es oft tat, wenn sie von ihren eigenen Worten ablenken wollte.

»Was sagt er zum Todeszeitpunkt?«, fragte sie.

Lukas schaute auf seine Notizen und las vor: »Die komplette Ausbildung der Totenflecken auf der rückwärtigen Körperpartie und das Aufquellen des Hautepithels bei extrem niedriger Außentemperatur deuten darauf hin, dass Simnacher zum Auffindezeitpunkt etwa zehn Stunden tot war. Vermutlich hat es drei bis fünf Stunden gedauert, bis Simnacher im kalten Wasser gestorben ist. Preuschhof sagt, dass er diesen Wert aus der Literatur über entsprechende Experimente in Dachau ableitet.«

Hatte Lukas wirklich Dachau gesagt? Anneke wusste, dass dort eins der berüchtigten Konzentrationslager der Nazis gewesen war. Die Besichtigung der Gedenkstätte in der Nähe von München hatte sie sich ebenso vorgenommen wie die der Königsschlösser, des Oktoberfests und der Pinakotheken.

»Du meinst … Dachau? Das ...« Ihr fiel das deutsche Wort nicht ein. »Concentratiekamp« war der holländische Begriff.

»Das KZ, ja. Als Leichenschnippler scheint der Professor ziemlich abgebrüht zu sein. Es klang tatsächlich so, dass er sich auf Untersuchungen bezieht, die die Nazis mit erfrierenden Menschen gemacht und säuberlich aufgezeichnet haben.«

Anneke lief es eiskalt den Rücken hinunter. Durfte man die Ergebnisse von menschenverachtenden Experimenten der Nazis zur Aufklärung eines Verbrechens heranziehen? Heiligte der Zweck immer die Mittel?

»Gehen wir jetzt von Fremdverschulden aus oder nicht?«, fragte sie.

»Wir ermitteln in alle Richtungen«, zitierte Lukas das nichtssagende Pressestatement von Steinmayr. »Fest steht jedenfalls, dass man nicht einfach so in der Sauna an Unterkühlung stirbt.«

Anneke nickte zustimmend, als sich die Tür öffnete und Neidlinger, wie immer das Rauchverbot ignorierend, mit einem Zigarillo in der einen und einer Mappe in der anderen Hand eintrat.

»Kies hat sich eben gemeldet. Er war bei Simnachers Tochter, die lebt auf großem Fuß auf Kosten ihres Vaters. Vielleicht erbt sie sein Vermögen.«

Lukas stand auf und öffnete demonstrativ das Fenster. Allein die Aussicht auf ein stets rauchfreies Büro war ein Grund, auf die vorzeitige Pensionierung des Kommissionsleiters zu hoffen.

»Und Kies hat auch was über den zweiten Namen von der Liste der Sauna-Besucher erfahren: Leander Heiland hat wohl lange einen öffentlichen Streit mit Simnacher ausgefochten, weil er in dessen Wahlkreis ein Stundenhotel bauen wollte. Simnacher hat die Öffentlichkeit dagegen mobilisiert.«

»Interessant«, sagte Lukas, und Anneke fragte sich, ob das Wort »Stundenhotel« das bedeutete, was sie sich darunter vorstellte. Aber sie wollte sich hier in der Männer-WG keine Blöße und Neidlinger keine Vorlage für sexistische Bemerkungen geben.

»Dieser Heiland könnte ein vielversprechender Ermittlungsansatz sein«, sagte Neidlinger und blies eine Rauchwolke in das Zimmer. »Seht euch das mal an!« Er legte die Mappe auf Lukas' Schreibtisch. »Das ist seine Personenakte.«

Lukas öffnete die Mappe und las ein Vorstrafenregister vor, das von leichter Körperverletzung bis zur räuberischen Erpressung reichte. »Alles Milieugeschichten. Das letzte Delikt liegt allerdings schon fünf Jahre zurück«, stellte er fest. »Entweder ist er sauber geworden –«

»Oder er lässt sich nicht mehr erwischen«, vermutete Anneke

und dachte an ihre Erfahrung als Drogenfahnderin im deutsch-holländischen Grenzgebiet, wo es manchen Dealern jahrelang gelungen war, sich nichts nachweisen zu lassen. »Jedenfalls Grund genug, uns diesen Heiland mal vorzunehmen.«

»Sein gemeldeter Wohnsitz ist Rosenheim, Klosterweg 9. Ausgerechnet«, kommentierte Lukas.

»Fehlanzeige«, sagte Neidlinger. »Ich habe, nachdem ich die Akte gesehen hatte, natürlich gleich eine Streife hingeschickt. Er war nicht anzutreffen.«

»Wir sollten nach ihm fahnden«, schlug Lukas vor. »Und all seine Etablissements überprüfen lassen. Der hat ja Läden in ganz Bayern. Und im Frankfurter Rotlichtmilieu ist er auch nachtaktiv.« Lukas gähnte und schaute auf die Uhrzeitanzeige seines Telefons. »Ich denke, für heute sollten wir Schluss machen.« Um keinen Zweifel an der Ernsthaftigkeit seines Vorschlags aufkommen zu lassen, knipste er die Schreibtischlampe aus und sagte: »Feierabend.«

»Dann bis morgen früh«, sprach Neidlinger das offizielle Schlusswort.

»Soll ich dich mitnehmen?«, fragte Lukas Anneke, als Neidlinger den Raum verlassen hatte, und schloss das Fenster.

»Nein danke«, antwortete sie reflexartig.

»Alles klar, dann bis morgen.« Lukas schnappte seine Lederjacke von der Garderobe hinter der Tür und war wenige Augenblicke später verschwunden.

Anneke blieb etwas verloren zurück. Warum hatte er nicht noch mal nachgefragt? War sein Angebot gar nicht ernst gemeint gewesen? Vielleicht hätte sie sich ja doch überreden lassen. Kurz überlegte sie, ihm mit dem Lift in die Tiefgarage hinterherzufahren. Aber wie hätte das ausgesehen? Und wenn sie es sich genau überlegte, hatte sie gar nichts dagegen, in Bus und U-Bahn nach einem turbulenten Arbeitstag etwas zur Ruhe zu kommen. Sie hatte keine Angst, nachts in der Großstadt allein unterwegs zu sein. Auch wenn sie keine Glock 17 unter der linken Schulter getragen hätte: München war die sicherste deutsche Metropole. Erst vor Kurzem hatte Innenminister Donnersberg in einem Interview gesagt, dass statistisch betrachtet eine alte Frau eher vom Blitz getroffen als in München nachts Opfer einer Gewalttat würde. Anneke war trotzdem froh, dass sie seit der Übernahme in den deutschen Staatsdienst auch wieder ihre Waffe tragen durfte – und zwar mit Sondergenehmigung sogar ihre holländische Glock. Sie schaute auf die Uhr. Der letzte Bus zum Harras fuhr in knapp zehn Minuten.

***

Es hatte fünfzehn Minuten gedauert, bis Lukas einen Parkplatz in Fußnähe seiner Wohnung in der Brahmsstraße im Münchner Osten gefunden hatte. Immer wenn er den Dienstwagen während der Bereitschaftszeit mit nach Hause nahm und mehrere Straßen entfernt parken musste, fragte er sich, ob er sich im Falle eines nächtlichen Einsatzes ein Taxi bestellen sollte, um sich zu seinem Fahrzeug chauffieren zu lassen – oder besser direkt zum Tatort. Privat besaß Lukas kein Auto, das Geld dafür investierte er stattdessen in einen riesigen Plasmafernseher und jede Menge DVDs und Blu-Rays mit amerikanischen und deutschen TV-Serien sowie – weniger freiwillig – in die monatlichen Unterhaltszahlungen an seine Exfrau Vera. Mit ihr war er ganze zwei Jahre verheiratet gewesen. Sie hatte ihn mit ihrer neugeborenen Tochter Jasmin über Nacht verlassen, weil er kurz vor der Geburt wegen eines Amoklaufs zu einem Einsatz in einer Schule in Ottobrunn gerufen worden war. Dort hatte er Kies Grötzinger kennengelernt, der damals als SEK-Beamter den Amokläufer mit einem finalen Rettungsschuss getötet hatte. Etwa zur gleichen Zeit, als sie das Leben von einem Dutzend Schulkindern vor einem schwer bewaffneten Wahnsinnigen gerettet hatten, war Jasmin im Klinikum Großhadern zur Welt gekommen.

Heute war sie acht Jahre alt und ging in die zweite Klasse. Im Leben des Vaters tauchte sie jedoch nur als Dauerauftrag auf dem Girokonto auf, weil die Mutter ihn für verantwortungslos und egomanisch hielt. Lukas war bis heute davon überzeugt, dass der wahre Grund für die Trennung Veras zuständiger AOK-Sachbearbeiter war, mit dem sie sich kurz darauf liiert hatte und in die Nähe ihrer Mutter nach Saarbrücken gezogen war. Lukas wusste, dass er rechtliche Möglichkeiten gehabt hätte, den Umgang mit seiner Tochter zu erzwingen. Doch Kontakt zum eigenen Kind mit einem Gerichtsurteil in der Hand zu verlangen, das wäre eine Horrorvorstellung für ihn gewesen. Und so hoffte er darauf, dass Jasmin irgendwann vor seiner Wohnungstür stehen würde mit dem Wunsch, ihren Vater kennenzulernen.

Jetzt stand niemand vor seiner Tür, und die Wohnung in der zweiten Etage war dunkel und kalt. Seit fast vier Tagen war die Ölheizung im Keller defekt, während der Hausmeister seine Ferien auf den Malediven verbrachte und die Hausverwaltung über ihren Anrufbeantworter mitteilen ließ, dass sie bis zum Dreikönigstag nicht erreichbar sei.

Lukas sperrte gewohnheitsmäßig die Wohnungstür hinter sich zu und schaltete als Erstes den Stromradiator im Schlafzimmer ein, den er aus dem Keller hochgeholt hatte. Die übrigen Räume der Zwei-Zimmer-Wohnung waren ungeheizt nicht bewohnbar. Kurz überlegte er, ob es eine gute Idee wäre, die Nacht im Haus Pollinger in Brunnbichl zu verbringen. Dort war es gemütlich warm, und er hätte ein gutes Frühstück serviert bekommen. Er bedauerte, nicht früher auf den Gedanken gekommen zu sein. Wenige Minuten später lag er grübelnd in seinem Bett.

Was hätte eine Ehefrau oder Freundin gesagt, wenn er wieder mal völlig unberechenbar erst kurz vor Mitternacht von der Arbeit nach Hause gekommen wäre? Vielleicht war es gut, dass Vera schon so früh die Beziehungsnotbremse gezogen hatte. Wie lange hätte sie diese ständigen Schicht- und Bereitschaftsdienste aushalten sollen? Manchmal fragte er sich, ob eine Kollegin aus dem Polizeidienst mehr Verständnis für seinen Job hätte. Doch die Zahl der ledigen Frauen im Dezernat, die sich im heiratsfähigen Alter befanden, war überschaubar. Die einzige, die auch noch attraktiv war, war Natascha Steinberg aus der MK1 – eine bekennende Lesbe.

Bis Anneke gekommen war. Auch wenn sie inzwischen ein gutes Team waren, so war Lukas sich nicht immer sicher, was er von der sympathischen Holländerin halten sollte. Seine ersten Versuche gleich zu Beginn ihrer Hospitanz, mit ihr auch mal privat in Kontakt zu kommen, hatte sie recht kühl zurückgewiesen. Manchmal glaubte er jedoch zu spüren, dass es zwischen ihnen funkte, dass sie sich vielleicht auch von ihm angezogen fühlte. Oder bildete er sich das nur ein? Warum hatte sie sich heute nicht von ihm nach Hause fahren lassen? Es wäre völlig unverfänglich gewesen. Konnte es wirklich sein, dass sie sich noch ihrem seit Jahren im Koma liegenden Exfreund verpflichtet fühlte? Lukas schien das ein Vorwand für eine unsichtbare Mauer zu sein, die sie um sich herum aufbaute. Vielleicht sollte er Anneke irgendwann mal ganz direkt fragen, was mit ihr los sei. Mit diesen kühnen Gedanken fiel er in einen tiefen, traumlosen Schlaf.

## SECHS

Anneke fiel es immer noch schwer, sich an den frühen Dienstbeginn um Viertel nach sieben bei der Münchner Polizei zu gewöhnen. Täglich um halb acht fand die allgemeine Lagebesprechung des Dezernats statt, in der die Leiter aller Kommissionen einen Überblick über den Stand ihrer Ermittlungen gaben und das weitere Vorgehen besprachen. Wenn eine MK nicht mit einem aktuellen Fall beschäftigt war, bekam sie von Dezernatsleiter Horst Steinmayr einen der ungelösten Altfälle übertragen, die immer und immer wieder von vorne aufgerollt wurden. Ein Mordfall wurde niemals zu den Akten gelegt, bevor er gelöst war.

»In Deutschland wird üblicherweise tagsüber gearbeitet«, hatte Lukas einmal ihre Verwunderung über den frühen Arbeitsbeginn kommentiert. Doch ihr fiel es schwer, sich um diese Uhrzeit nicht wie in dunkelster Winternacht zu fühlen.

Der mannshohe Nespresso-Automat im neonbeleuchteten Flur lief seit fünfzehn Minuten auf Hochtouren, das ständige Surren und Brühen der Hightech-Kaffeemaschine sorgte für eine betriebsame Stimmung auf der Etage.

Auch wenn es keine festen Sitzplätze im Raum gab, saß Anneke wie jeden Morgen neben Lukas. Er war neben Kies einer der wenigen Männer im K11, die nicht mit Anzug und Krawatte zum Dienst erschienen. Manchmal hatte sie den Eindruck, dass sich die Münchner Mordermittler, so locker und sympathisch sie im persönlichen Umgang auch waren, als die Elite im Polizeiapparat sahen. Lukas aber war anders. Er hatte auch keine Skrupel, mal im Kapuzenpulli zur Arbeit zu kommen. Heute trug er einen grauen Rollkragenpullover und immerhin ein schwarzes Wollsakko darüber, dazu eine, wie sie fand, sehr gut sitzende Bluejeans. Vorne neben Steinmayr saß ein glatzköpfiger Mann Ende vierzig mit vernarbtem Gesicht, den sie nicht kannte und den Steinmayr jetzt als Paul Brenner, den Leiter des Kommissariats 35, vorstellte. Er trug einen eleganten dunkelgrauen Anzug mit einem rosafarbenen Hemd, dessen oberste zwei Knöpfe geöffnet waren und den Blick auf eine Goldkette freigaben.

Steinmayr wandte sich, bevor es losging, noch leise an Lukas: »Herr Schmidtbauer, kommen Sie bitte im Anschluss noch kurz in mein Büro?« Der Dezernatsleiter wartete keine Antwort ab, sondern sprach direkt zu allen: »Kriminalrat Brenner hat einige interessante Erkenntnisse für uns.«

»Das ist der Porno-Paul«, flüsterte Lukas in Annekes Ohr.

»Wofür ist das Kommissariat 35 zuständig?«, fragte sie ihn leise.

»Das K35 gehört zum Dezernat 3, Organisierte Kriminalität. Die Kollegen kümmern sich um Menschenhandel, milieubezogene Kriminalität, Zuhälterei, illegale Ausübung der Prostitution, Überwachung des Sperrbezirks und so was. Als er noch einfacher Fahnder bei der Sitte war, hat er reihenweise illegale Händler von Gewalt- und Kinderpornos hochgehen lassen. Es gab mal Gerüchte, dass er selbst auch mehr mit der Szene zu tun hat, als erlaubt ist. Aber ihm wurde nie etwas nachgewiesen.«

Anneke nickte. »Was will der Steini von dir?«, fragte sie, und Lukas zuckte nur mit den Schultern.

»Keine Ahnung, vielleicht ein Anschiss wegen nicht abgebauter Überstunden.«

»Herr Brenner wird uns berichten«, fuhr Steinmayr fort, »welche Informationen uns über Leander Heiland vorliegen, der möglicherweise eine Schlüsselrolle im Fall Simnacher spielen könnte. Ich denke, dass wir so weit gehen können, von einer heißen Spur zu sprechen. Aber ich will Ihnen nicht zu sehr vorgreifen, Herr Kollege.«

Steinmayr setzte sich, und Brenner stand auf. Jetzt sah Anneke, dass er im linken Ohr einen goldenen Ohrring trug, was ihm bei anderer Kleidung etwas Piratenähnliches verliehen hätte.

»Moin, Moin«, begrüßte Brenner die Runde und machte damit aus seiner norddeutschen Herkunft keinen Hehl.

»Ich vergaß zu erwähnen«, flüsterte Lukas wieder, »dass Porno-Paul als Fahnder vor allem auf der Reeperbahn unterwegs war und erst vor acht Jahren nach München gekommen ist, als er in der Hamburger Szene bei einem Undercovereinsatz aufzufliegen drohte. Das norddeutsche Pflaster wurde ihm zu heiß, als er eines Tages eine Neun-Millimeter-Kugel in einem Kuvert in seinem Briefkasten fand.«

»Irgendwelche Unklarheiten auf den billigen Plätzen?«, raunzte Brenner und brachte Lukas damit zum Verstummen.

»Heiland ist eine der gewichtigsten Größen in der süddeutschen Unterwelt. Allein in München betreibt er im Euro-Industriepark, in Trudering und Riem die drei umsatzstärksten Laufhäuser in Bayern.«

»Was sind Laufhäuser?«, wisperte Anneke, und Lukas antwortete nur: »Puffs, die keine Clubs sind, also nur Laufkundschaft haben.«

»An der A8 kurz vor Stuttgart betreibt er ein Motel, das fast ausschließlich von Prostituierten belegt wird, und in Frankfurt ist er an einem riesigen Sexshop beteiligt, der unserer Ansicht nach eine Geldwaschanlage ist. Wir haben Hinweise, dass Einkünfte aus illegaler Prostitution von nicht angemeldeten Sex-Arbeiterinnen in diesem Geschäft als scheinbar legale Einkünfte versteuert werden. Heiland geht sehr geschickt vor und verteilt seine Aktivitäten über verschiedene Bundesländer. Nachdem er in den achtziger und neunziger Jahren als Zuhälter mehrfach in gewalttätige Auseinandersetzungen geraten und straffällig geworden war, ist ihm seit einigen Jahren nichts mehr nachzuweisen. Der letzte Eintrag in seinem Strafregister«, Brenner schaute in seine Unterlagen, »datiert von Juli 2006. Damals wurde ihm für zwei Monate der Führerschein entzogen, als er mit zwei Komma vier Promille einen Auffahrunfall verursachte. Weshalb Leander Heiland im Zusammenhang mit dem Fall Simnacher von Interesse ist«, er blickte in die Runde, »ist ein neues Geschäftsmodell, das er vor zwei Jahren in München gestartet hat und jetzt auf Südbayern ausdehnen will. Kennt jemand den ›Goldenen Bären‹ in der Dachauer Straße?«

Niemand reagierte.

»Ist er auf gutbürgerliche Küche umgestiegen?«, fragte Kies Grötzinger. »Das würde erklären, warum er nicht mehr aktenkundig geworden ist.«

»Mitnichten«, antwortete Brenner. »Aber genau diese Assoziation ist gewollt. Der ›Goldene Bär‹ hieß unter dem Vorbetreiber ›Love Room Deluxe‹ und war ein billiges Stundenhotel. Die Kunden waren, ähnlich wie bei dem erwähnten Stuttgarter Motel, vorwiegend Callgirls, die über kein eigenes Appartement verfügten. Unter dem neuen Namen hat sich die Kundschaft verändert: Gebucht wird es von Hobby-Casanovas, denen ein Hotel zu teuer ist, die aber für eine heimliche Affäre ein Liebesnest brauchen – fünfundzwanzig Euro pro Stunde, inklusive Präservativen, Hand- und Kosmetiktüchern.«

»Aber warum der spießige neue Name?«, fragte Kies, der anscheinend sehr interessiert zuhörte.

»Weil so der seitenspringende Geschäftsmann die Hotelrechnung auch noch in seiner Buchhaltung als Spesen einreichen kann, ohne dass es jemandem komisch vorkommt.«

»Die Kondome stehen also nicht mit auf der Rechnung?«, brummte Neidlinger, und alle lachten. Bei ihm wusste man mal wieder nicht genau, ob er einen seiner trockenen Späße gemacht hatte oder die Frage vielleicht sogar ernst meinte.

»Sozusagen eine Filiale des ›Goldenen Bären‹ hatte Heiland in Farchant in der Nähe von Garmisch-Partenkirchen geplant. Direkt an der Abfahrt von der B2 auf dem Grundstück einer ehemaligen Großtankstelle, die wegen des Tanktourismus nach Österreich Pleite gemacht hat. Der Bauantrag der Heiland & Bartholomäus GmbH für ein Hotel ohne gastronomischen Betrieb ging routinemäßig durch alle Gremien. Gerade im Hinblick auf eine Olympiabewerbung war die Kommune froh über jeden Investor, der zusätzliche Übernachtungskapazitäten schafft.«

»Wer Heiland und Bartholomäus heißt, muss auch fromme Absichten haben, oder?«, meinte Neidlinger.

»Heiner Bartholomäus ist Heilands Steuerberater, den er zum Mitinhaber seines kleinen Rotlicht-Imperiums gemacht hat«, erläuterte Brenner. »Nur durch einen Zufall fiel einem CSU-Gemeinderatsmitglied auf, wer hinter dem Investor steckte. Die bereits erteilte Baugenehmigung wurde wieder zurückgezogen und auf Eis gelegt, was juristisch nicht ganz einwandfrei ist. Aber es gab Druck von ganz oben, vor den Toren von Garmisch kein Stundenhotel zu erlauben.«

»Von ganz oben heißt in dem Fall ...?«, fragte Anneke, die die Antwort schon kannte.

»Der Garmischer CSU-Landtagsabgeordnete Friedrich-Joseph Simnacher schaltete sich ein und machte den Vorgang sogar zum Thema im Landtag. Weil es rechtlich schwierig war, das Projekt noch zu stoppen, erzeugte Simnacher ungeheuren politischen Druck, vor allem mit dem Argument, dass eine mögliche erneute Olympia-Bewerbung von Garmisch nicht durch einen Sündenpfuhl befleckt werden dürfte.«

»Dabei hätten sich bestimmt einige der Olympia-Touristen gefreut, wenn sie zwischen den Wettkämpfen selbst etwas Matratzensport betreiben könnten«, sagte Kies. »Was bedeutet Simnachers Tod jetzt für das sündige Projekt?«

»Du willst wohl ein Zimmer buchen?«, warf ein Kollege von der MK5 ein.

»Wie gesagt, der Vorgang liegt auf Eis. Ob mit Simnachers Tod der Widerstand gebrochen ist oder andere in die Bresche springen, ist offen.«

Brenner nahm wieder Platz, und Kriminaldirektor Steinmayr ergriff das Wort.

»Was ich noch hinzufügen darf und was der Kollege Brenner in seiner Bescheidenheit zu erwähnen vergaß: Seine Leute haben heute Nacht im Rahmen einer bereits seit zwei Wochen andauernden verdeckten Ermittlung im Milieu den Aufenthaltsort von Leander Heiland ausfindig gemacht. Was gibt es aus dem Team der MK3 zu diesem Fall noch zu ergänzen, Herr Neidlinger, Herr Schmidtbauer?«

Lukas fühlte sich angesprochen und ging nach vorne, um den Beamer einzuschalten und eine Internetseite auf die Leinwand zu projizieren.

»Zu den Personen, die am Tattag die Tegernseer Sauna besucht haben, zählt neben Leander Heiland auch Daniel Jacobi.« Ein Porträtfoto auf der Webseite der bayerischen Grünen erschien an der Wand.

»Hey, ich weiß, wer das ist«, rief Kies plötzlich dazwischen.

»Respekt, Kollege«, sagte Lukas schmunzelnd. »Damit gehörst du wohl zu den wenigen, die wissen, wer der Landesgeschäftsführer der bayerischen Grünen ist. Jacobi tritt eher selten in der Öffentlichkeit in Erscheinung –«

»Quatsch«, unterbrach ihn Kies. »Jacobis Foto hab ich bei der Simnacher-Tochter gesehen. Der ist ihr Macker.«

***

»Kommen Sie rein«, sagte Steinmayr, nachdem Lukas an die Tür seines Eckbüros am Ende des Ganges geklopft hatte. »Ich weiß, Sie haben keine Zeit und müssen ermitteln, aber es geht auch ganz schnell. Neue Brille? Ein schönes Gesicht kann nichts entstellen!«

Steinmayr lachte über seinen Scherz. Es schien nicht so, als habe Lukas eine Standpauke zu erwarten. Steinmayr hatte sich in den vergangenen Jahren immer als strenger, aber fairer Vorgesetzter erwiesen. Weil er selbst lang genug als Mordermittler und Kommissionsleiter gearbeitet hatte, wusste er, mit welchen Forderungen und gut gemeinten Hinweisen von oben er seine Leute konfrontieren konnte, welche er filtern musste und welche er besser komplett vom Team fernhielt. Zugleich hatte er ein Gespür für Probleme in der Mannschaft und für jeden Mitarbeiter stets ein offenes Ohr. Dass sich die allgemeine Missstimmung nach dem erzwungenen Umzug der Dienststelle vom Herzen der Stadt ins Westend nicht zu einer dauerhaften atmosphärischen Krise ausgeweitet hatte, war auch Steinmayrs Führungs- und Motivationsstärke zu verdanken.

Steini, wie ihn hinter seinem Rücken alle nannten, war von seinem Schreibtisch aufgestanden und setzte sich an den Besuchertisch im vorderen Teil des Büros, das für einen Dezernatsleiter seiner Besoldungsstufe eine eher bescheidene Größe hatte, und wies Lukas einen freien Stuhl zu. Auf ein eigenes Vorzimmer verzichtete er zugunsten des Teamsekretariats, obwohl er als Leiter des Dezernats 1 und des untergeordneten Kommissariats 11 sogar eine doppelte Führungsrolle innehatte.

»Ich will es kurz machen, Herr Schmidtbauer. Sie kennen aus Ihrer erfolgreichen Zeit in Ainring noch den stellvertretenden Institutsleiter, Herrn Gerhard Rossmann.«

Lukas hatte nur gute Erinnerungen an seine Seminare im Fortbildungsinstitut der bayerischen Polizei direkt an der österreichischen Grenze und nickte, ohne zu ahnen, worauf Steinmayr hinauswollte.

»Herr Rossmann tritt in wenigen Monaten aus gesundheitlichen Gründen in den vorzeitigen Ruhestand. Seit einiger Zeit wird ein geeigneter Nachfolger gesucht, die Stelle wird heute intern ausgeschrieben.« Er machte eine verschwörerische Pause. »Und nach allen internen und inoffiziellen Gesprächen, die in diesem Zusammenhang geführt wurden, kann ich Ihnen dringend empfehlen, sich umgehend zu bewerben. Ich denke, wir verstehen uns.«

Lukas verschlug es den Atem. »Sie meinen, ich soll mich um den Vizeposten in Ainring bewerben? Ich bin doch erst fünfunddreißig, und Rossmann ist ...«

»… einundsechzig, ich weiß. Sie müssen sich auch keine Sorgen machen, dass Sie bis zur Pensionierung am Alpenrand leben müssen. Ich kann Ihnen versichern, dass Ihnen nach einigen Jahren als stellvertretender Institutsleiter im Rang eines Polizeidirektors bei einer Rückkehr nach München für Ihre weitere Karriere alle Türen offen stehen. Sie haben sich in den vergangenen Jahren als hervorragender Ermittler profiliert, Sie werden von Kollegen und Vorgesetzten gleichermaßen geschätzt für Ihre Kompetenz und Ihr Auftreten. Und wir wissen alle, dass Sie de facto die Leitung der MK3 längst von Neidlinger übernommen haben. Es ist das erklärte Ziel, auch die Führungsspitze in der Polizeiausbildung zu verjüngen. Und jetzt müssen Sie mich entschuldigen. Ich habe einen Termin bei Dr. Barowski im Ministerium. Es liegt an Ihnen, wie es weitergeht.«

Steinmayr ließ keine Rückfragen mehr zu und war kurz darauf aus seinem Büro verschwunden. Lukas blieb überrumpelt zurück. Das hatte er nicht erwartet. Seit Langem rechnete er sich Chancen aus, Neidlinger als Leiter der MK3 zu beerben. Bei einer Beförderung nach Ainring würde er einige Hierarchie- und Gehaltsstufen überspringen. War das überhaupt möglich? Aber wenn Steinmayr es sagte … Es klang so, als hätte er den Job, wenn er ihn wollte. Doch dazu müsste er München verlassen. So nett die Kurse in der grenznahen Einöde auch gewesen waren, so wenig konnte er sich vorstellen, dort zu leben, auch wenn es nicht für immer sein sollte. Und wie sehr würde er die praktische Ermittlungsarbeit vermissen, die Recherche, die Vernehmungen?

»Lukas, wo steckst du?« Er hörte eine Stimme auf dem Flur. »Wir sollten dringend zu Heiland fahren, damit er uns nicht durch die Lappen geht.«

Es war Anneke.

***

Der »Goldene Bär« war ein Flachbau in einem tristen Gewerbegebiet im Münchner Norden und teilte sich mit einer Autolackierwerkstatt einen großen Parkplatz, auf dem ein kleiner, bärtiger Mann mit dicker Wollmütze und einer großen Schaufel gegen die in der Nacht niedergegangenen Schneemassen kämpfte. Trotz des bürgerlichen Hotelnamens ließ die Fassade mit den roten Laternen und kitschigen Malereien keinen Zweifel daran, worum es hier ging.

Lukas parkte den Dreier-BMW auf einem freien Platz.

»Hoffentlich hat uns niemand hier reinfahren sehen«, sagte er schmunzelnd. »Das könnte rufschädigend sein.«

»Wieso?«, tat Anneke erst empört, dann kicherte sie. »Was ist daran rufschädigend, mit mir ein Schäferstündchen zu verbringen? Pah!«

»Das wäre natürlich schmeichelhaft für mich«, versuchte Lukas, die Situation zu retten. »Aber wir bräuchten doch kein Stundenhotel. Wir haben ja noch das Zimmer in Brunnbichl.«

Jetzt wurde Anneke das Gespräch zu heikel, und sie war froh, dass sie aussteigen und das Thema wechseln konnten.

»Vorsicht, rutschig«, sagte sie, als sie ihren rechten Fuß auf dem verschneiten Boden aufsetzte.

»Mal sehen, wie schlüpfrig es hier im Hotel zugeht«, erwiderte Lukas.

Das Innere des »Goldenen Bären« war alles andere als schummrig. Grelle Neonbeleuchtung erstrahlte im Empfangsraum, den man in einem gewöhnlichen Hotel als Lobby bezeichnet hätte. Der Empfangstresen war nicht besetzt, aus einem der hinteren Zimmer ertönte Italo-Pop von Al Bano und Romina Power.

»Hallo, jemand zu Hause?«, rief Lukas und schaute sich um.

»Noch nix offen«, ertönte eine raue Frauenstimme mit türkischem Akzent, die aus einem Raum kam, über dessen Tür in schnörkeligen Lettern »Klinikzimmer« stand. »Müssen Sie kommen nach zehn Uhr. Dann wir geöffnet.«

Anneke ging in den Raum hinein und sah eine Frau im Putzkittel, die mit der Reinigung eines Stuhls beschäftigt war, wie sie ihn nur von ihrer Gynäkologin kannte.

»Wir sind von der Polizei und wollen zu Herrn Heiland«, sagte sie.

»Polizei?«, fragte die Putzfrau, warf einen nassen Schwamm in einen Wassereimer und richtete sich auf. »Darf isch mal Ihre Ausweise sehn?«

Sie zückten ihre Dienstausweise. Anneke blickte sich neugierig im »Klinikzimmer« um. Links vom Eingang stand ein beleuchteter Whirlpool mit Schwanenhalsarmaturen, den Mittelpunkt des Raumes bildete ein schweres Holzbett, an dessen Fußende eine Winde montiert war, mit der eine Art Spreizstange von der Decke heruntergelassen werden konnte. An den Seiten des Bettes waren Schlaufen befestigt, die wohl der Fixierung von Armen und Beinen dienten. Der Fußboden war im selben Rot gehalten wie die Wandverkleidung. Dass der Teppich nicht mehr ganz taufrisch und an manchen Stellen sehr abgenutzt und fleckig war, fiel den Hotelgästen vermutlich nicht auf, wenn die dunklen Vorhänge zugezogen waren. Nach Blümchensex sah das hier nicht aus.

»Sie müssen hochgehen die Treppe draußen, dann links. Da ist das Büro von Herrn Heiland. Aber isch weiß ned, ob –«

»Geht schon in Ordnung, Frau Ünal«, sagte ein groß gewachsener dunkelhaariger Mann im hellgrauen Anzug, der plötzlich hinter ihnen stand. »Wenn sich jemand für unser Haus interessiert, wollen wir ihn freundlich empfangen. Guten Tag, Sie wollen zu mir?«

Anneke wich unbewusst zurück vor der einnehmenden Gestalt mit dem akkuraten Haarschnitt und dem gepflegten Dreitagebart, der zwei Fingerbreit über dem Adamsapfel ausrasiert war. Sein Anzug war nicht von der Stange, sondern offenbar von einem teuren Designer, die Schuhe glänzten frisch poliert. Heiland war das, was man nach üblichen Kriterien als einen attraktiven Mann bezeichnet hätte. Dennoch war er ihr durch und durch unsympathisch, ohne dass sie einen konkreten Grund dafür hätte nennen können.

»Darf ich Sie an die Bar bitten, die Dame, der Herr?«, fragte Heiland galant. »Wir öffnen zwar erst um zehn Uhr. Aber ich bin sicher, dass wir etwas für Sie da haben. Was darf ich Ihnen anbieten?« Heiland trat hinter den Tresen. »Einen Whiskey vielleicht? Auf Eis oder pur?«

Jetzt wusste Anneke, was sie an Heiland verwirrte. Seine dünne Stimme passte nicht zu seiner eindrucksvollen Erscheinung. Und sein kalter Blick passte nicht zu seinen freundlichen Worten. Bei diesem Mann passte nichts bis auf den Maßanzug.

»Nein danke«, antwortete Lukas.

»Verstehe. Sie trinken nichts im Dienst. Es ist alles noch wie früher. Sie wissen sicher, dass ich schon sehr lange nichts mehr mit der Polizei zu tun hatte.« Heiland lächelte jovial.

Anneke hätte gern ein Wasser getrunken, doch sie wollte sich von diesem Schleimbeutel nichts einschenken lassen.

»Also, was kann ich für Sie tun? Sie können sich denken, dass ich nicht viel Zeit habe.«

»Herr Heiland.« Lukas wurde ungeduldig. »Wenn es Ihnen lieber ist, bekommen Sie eine Vorladung ins Präsidium. Und dann bestimmen wir, wie viel Zeit Sie für uns haben.«

Heiland zuckte unmerklich zurück. Er schien es nicht gewohnt zu sein, mit seiner Art auf Widerstand zu stoßen.

»Es geht um Ihr Hotelprojekt in Farchant. Können Sie uns dazu ein paar Details verraten?«

Heiland schien beim Wort Farchant für Sekundenbruchteile unsicher zu werden. Er griff zu einer Flasche hinter sich und füllte ein Whiskeyglas.

»Sie erlauben doch«, sprach er, offenbar um Zeit zu gewinnen. »Es gibt einen fertigen Bauplan und eine vorliegende Baugenehmigung für ein Hotel der besonderen Art. Eine Unterkunft für gewisse Stunden sozusagen. Ich sehe daran nichts Anrüchiges.«

»Der Gemeinderat in Farchant ist der Meinung, dass es sich um kommerzielle Förderung der Prostitution handelt«, warf Lukas trocken ein.

»Das ist doch ausgemachter Unsinn. Wenn ich ein Auto verleihe und sich ein verliebtes Paar darin vergnügt, ist das auch keine Zuhälterei. Wir vermieten Zimmer für kurze Zeit. Übrigens auch an Ehepaare, die ihrer Beziehung mal wieder einen Kick geben wollen und die zu Hause keinen Whirlpool haben. Was im Zimmer passiert, interessiert uns nicht und geht uns auch nichts an. Und wir hätten alle Auflagen der Gemeinde erfüllt, zum Beispiel Sichtblenden am Straßenrand, keine offensichtliche Werbung und so weiter.«

»Aha«, sagte Anneke. »Und was ist mit diesen Folterinstrumenten, die da am Bett installiert sind?«

Heiland zuckte mit den Schultern. »Wir bieten Service für jeden Geschmack. Ich weiß ja nicht, wie Sie es zu Hause am liebsten mögen. Aber ein bisschen Abwechslung –«

»Herr Heiland«, fuhr Lukas dazwischen. »Bleiben wir bei der Sache! Wir wissen, dass Sie mit Ihrem Projekt auf politischen Widerstand stoßen. Sagt Ihnen der Name Friedrich-Joseph Simnacher etwas?«

Heiland lachte laut auf. »FJS? Ja, und ob mir der Name etwas sagt. Ein bigotter Großkotz von der CSU, der mit pseudokatholischen Parolen um Wählerstimmen buhlt. Es wäre mir ein großes Vergnügen, ihm einen Privatdetektiv an die Fersen zu heften, der Beweise bringt, dass er genauso in fremden Betten hurt wie alle anderen auch. Es ist das Glück von Herrn Simnacher, dass er es bei mir mit einem seriösen Geschäftsmann zu tun hat.« Er trank sein Glas mit einem Schluck aus.

»Es ist allerdings das Pech von Herrn Simnacher«, erwiderte Lukas, »dass er jetzt tot ist.«

Heiland verschluckte sich an seinem letzten Whiskeytropfen.

»Eine gute Nachricht, oder?«, versuchte Anneke, ihn zu provozieren. »Wussten Sie das noch nicht? Hören Sie kein Radio und lesen keine Zeitung?«

»Simnacher ist tot? Nein, das wusste ich nicht. Ich war die letzten Tage ständig unterwegs. Das habe ich nicht mitbekommen.«

Anneke wunderte sich über diese Aussage, da jede Zeitung groß über den spektakulären Todesfall berichtet hatte.

»Wo waren Sie vorgestern Abend zwischen neunzehn und dreiundzwanzig Uhr?«, fragte Lukas.

Wenn er jetzt leugnet, dass er in der Seesauna war, dann wissen wir, dass er lügt, dachte Anneke. Zuerst glaubte sie, Heiland würde ihr diesen Gefallen tun.

»Ich war mit einem Geschäftspartner im Spielkasino Bad Wiessee.« Doch dann fügte er zu Annekes Enttäuschung hinzu: »Danach waren wir in der Sauna in Tegernsee. Ich hoffe, Sie haben Verständnis, dass ich Ihnen den Namen des Geschäftsfreundes nicht nennen kann.«

»Warum hatten Sie einen Gutschein für die Sauna?«, fragte Anneke.

»Eine Gefälligkeit von Geschäftspartnern zu Weihnachten, die ich gern angenommen habe. Spielbank und Sauna ist eine sehr entspannende Kombination. Besonders, wenn man vorher eine kleine Glückssträhne hatte.« Er lächelte überlegen. »Warum fragen Sie das alles überhaupt? Brauche ich ein Alibi? Wie ist Simnacher ums Leben gekommen?«

»Das herauszufinden, ist unser Job«, antwortete Lukas. »Und: Ja, Sie brauchen ein Alibi. Denn Sie hätten ein erstklassiges Motiv, Simnacher zu töten. Sie könnten mit Ihrem Stundenhotel in Farchant viel Geld verdienen.«

»Das ist doch Unfug, was Sie da sagen«, erwiderte Heiland selbstsicher. »Wenn ich mein Hotel nicht in Farchant bauen kann, baue ich es woanders. Es ist ärgerlich, gewiss, dass möglicherweise alles umsonst geplant wurde. Aber dafür begehe ich keinen Mord, also bitte! Wie ich schon sagte: Meine wilden Jahre sind vorbei, und ich habe mir nie mehr als eine Schlägerei zuschulden kommen lassen. Ich bin ein seriöser Geschäftsmann, illegale Aktivitäten sind mir zuwider.« Er schaute auf die Rolex an seinem rechten Arm und fragte höflich: »Haben Sie weitere Fragen?«

»Im Moment nicht«, sagte Lukas. »Aber wir werden Ihre –«

»Sehr gut«, fiel ihm Heiland ins Wort. »Dann werden Sie mich jetzt bitte entschuldigen, ich habe zu tun. Wenn Sie noch etwas trinken möchten, greifen Sie zu.« Er blickte Anneke an und setzte ein breites Grinsen auf: »Und wenn Sie einen unserer Love Rooms ausprobieren wollen – fühlen Sie sich frei. Sie sind meine Gäste.«

Anneke spürte, wie sie knallrot wurde.

»Auf Wiedersehen«, sagte Lukas nur und erinnerte sich an eine Derrick-Folge, in der Stephan und Harry vor einem Pornokino stehen und der Oberinspektor zu seinem Assistenten sagt: »Harry, das ist nur für Erwachsene.«

## SIEBEN

Daniel Jacobi saß in seinem Büro in der bayerischen Grünen-Zentrale. Er war allein in der Geschäftsstelle am Sendlinger Tor, die in den ersten Januartagen nur sporadisch von einer Halbtagsbürokraft besetzt war. Nachdem er den Landesvorsitzenden Rolf Kleinert zu einem späten Abendtermin ins niederbayerische Pfarrkirchen begleitet hatte, war er gleich am Morgen danach mit dem Zug zurück nach München und vom Ostbahnhof ins Büro gefahren, um die Post zu sichten und die Zeitungen zu durchforsten auf der Suche nach Themen, zu denen eine Reaktion der Ökopartei erforderlich war. Doch bis auf die Winterklausur der CSU, den Besuch von Pablo Faszantas und den merkwürdigen Tod von Friedrich-Joseph Simnacher herrschte in der Landes- und Bundespolitik immer noch Weihnachtsruhe. Und mit Kleinert hatte er im Zugabteil besprochen, mit einer offiziellen Kondolenzerklärung für Simnacher zu warten, bis die Umstände aufgeklärt waren. Vom Tod des CSU-Fraktionschefs hatte er nicht erst aus der Zeitung erfahren, sondern durch eine SMS von Simnachers Tochter, seiner Freundin Sophie, die ihn telefonisch im tiefsten Niederbayern nicht erreicht hatte. Und jetzt war Sophie nicht zu erreichen. Zu Hause ging sie nicht an den Apparat, und ihr Handy schien keinen Empfang zu haben. Daniel griff noch einmal zu seinem Telefon, um es erneut zu probieren. In dem Moment klingelte der Apparat und zeigte im Display Sophies Nummer an.

»Maus!«, begrüßte er sie. »Wo steckst du?«

»Ich sitze im ›Tambosi‹ und trinke Kaffee«, antwortete sie. Ihre Stimme klang belegt. »Ich halte es zu Hause nicht aus, die Decke fällt mir auf den Kopf. Habe die Nacht kein Auge zugetan. Gestern war alles noch wie im Traum, und jetzt erst fange ich an zu begreifen … Und dich habe ich nicht erreichen können.« Es schien, als bemühte sie sich, Tränen zu unterdrücken.

»Ich hab versucht zurückzurufen. Aber ich hatte kaum Handyempfang. Können wir uns sehen? Wir müssen reden, wie es weitergeht.«

»Wie meinst du das?« Ihre Stimme klang auf einmal gefasst und scharf.

»Na ja. Ich meine, die Situation ändert sich jetzt für uns.« Er versuchte, möglichst harmlos zu klingen. »So traurig und schrecklich der Tod deines Vaters auch ist … Für uns kann die neue Situation auch Chancen bieten!«

Nun brach Sophie am Telefon in Tränen aus, und Daniel bereute im gleichen Moment, was er ausgesprochen hatte.

»Maus! Entschuldige. So meine ich das doch nicht. Ich wollte doch nur sagen, dass wir einen kühlen Kopf bewahren und genau überlegen müssen, wie es mit uns weitergeht. Es kann sich auch finanziell einiges ändern.«

Er biss sich im selben Moment auf die Zunge, weil alles, was mit Geld zu tun hatte, zwischen ihnen schon immer ein heikles Thema war.

Sophie wurde laut: »Du hast vollkommen recht: Wir müssen genau überlegen, wie es mit uns weitergeht. Und ich sehe, dass du mir bei meinen Überlegungen keine Hilfe bist.«

»Aber Maus!« Er versuchte, sie zu beschwichtigen. »Lass uns reden. Ich komme ins ›Tambosi‹, okay? Jetzt sofort.«

»Du kannst bleiben, wo du bist. Ich will dich nicht sehen.«

»Sag nicht so etwas«, rief er in den Hörer. Aber das Piepen in der Leitung zeigte ihm, dass er ins Leere sprach.

Mehrere Sekunden schaute er den Hörer ratlos an. Dann wählte er die Nummer von Sophies Handy, bekam jedoch nur die automatische Ansage zu hören, dass der Teilnehmer derzeit nicht erreichbar sei und man Namen und Nummer auf der Mobilbox hinterlassen möge. Kurz überlegte er, ob er eine Nachricht aufsprechen sollte. In diesem Moment läutete es an der Tür. Er legte den Hörer wieder auf.

***

Es hatte eine Weile gedauert, bis Anneke und Lukas die Büroräume der Grünen-Geschäftsstelle gefunden hatten. Zuerst standen sie vor den verschlossenen Türen des Münchner Kreisverbandes, dann vor dem Rechtsanwaltsbüro eines Bundestagsabgeordneten. Der Zugang zu den Räumen der Partei führte durch einen dunklen Gang im Treppenhaus. Daniel Jacobi begrüßte sie in der Tür. Er trug einen braunen Cordanzug und ein hellgrünes Hemd, dessen oberste zwei Knöpfe geöffnet waren.

»Grüß Gott, Herr Jacobi«, begrüßte ihn Lukas. »Wir sind von der Kriminalpolizei und haben einige Fragen zum Tod von Friedrich-Joseph Simnacher.«

»Kommen Sie herein«, sagte Jacobi und führte Lukas und Anneke in einen kleinen dunklen Besprechungsraum. Anneke musterte den Jung-Funktionär und stellte fest, dass sein Hemd farblich mehr zu seiner politischen Einstellung als zu seinem Anzug passte. Sein Zehntagebart deutete darauf hin, dass er sich seit Weihnachten nicht mehr rasiert hatte. Die abgelaufenen Turnschuhe waren für einen Grünen noch verzeihlich, wenn auch längst nicht mehr obligatorisch, nicht jedoch die grauen Frotteesocken. Vermutlich hatte Jacobi keinen Besuch erwartet. Und auch sonst schienen die Büroräume heute verwaist.

»Ich kann Ihnen nur Wasser anbieten«, sagte Jacobi, schaltete die Neonbeleuchtung ein und füllte zwei Gläser mit Leitungswasser. »Um so was kümmert sich normalerweise unsere Sekretärin, aber wir sind bis zum Ende der Weihnachtsferien etwas ausgedünnt.« Er lächelte verlegen und setzte sich mit an den weißen Resopaltisch.

»Weshalb wir hier sind ...«, begann Lukas und nahm einen Schluck Wasser. »Wo waren Sie vorgestern Abend zwischen neunzehn und dreiundzwanzig Uhr?«

Jacobi kratzte an seinem etwas zerzausten Bart. Anneke war immer aufgeregt in den Momenten, in denen aus einem Zeugen ein Verdächtiger werden konnte, und bemühte sich, nicht nervös zu wirken. Doch Jacobi tappte in keine Falle. Er leugnete den Saunabesuch nicht.

»Ich bin jede Woche einmal in der Seesauna, so auch vorgestern. Die Saunen in München haben mir alle zu sehr Hallenbadflair. Ich habe schon gehört, dass Simnacher dort gestorben ist.«

»Sind Sie ihm dort begegnet?«, fragte Lukas.

»Nein. Zum Glück. Ich hätte ihn auch nicht unbedingt nackert treffen wollen. Und wenn, hätte ich ihn vermutlich nicht erkannt. Ich trage Kontaktlinsen und nehme sie in der Sauna meist heraus.

Da hätte ich niemanden erkannt, der weiter als anderthalb Meter entfernt ist.«

»Kurzsichtig?«, fragte Lukas verständnisvoll nach.

»Minus fünf Dioptrien«, bestätigte Jacobi. »Ich denke über eine Laser-OP nach.«

Das wäre auch für Lukas eine Möglichkeit, sich dieser merkwürdigen Brille zu entledigen, dachte Anneke.

»Aber Sie kannten Herrn Simnacher auch privat.« Lukas hatte es eher als Feststellung formuliert denn als Frage.

Jacobi antwortete nach kurzem Zögern: »Ja. Ich nehme an, Sie wissen, dass ich mit Sophie Simnacher liiert bin.« Dann fügte er hinzu: »Sie ist meine Verlobte.«

»Eine schwarz-grüne Koalition, interessant«, sagte Lukas.

»Ja, nicht immer ganz unkompliziert. Auch nicht für den alten Herrn.«

»Wie meinen Sie das?«, fragte Anneke.

»Sophie ist in der JU aktiv, und ihr Vater hätte es sicher gern gesehen, wenn sie bei der CSU in seine Fußstapfen treten würde. Ein grüner Schwiegersohn wäre dafür ebenso problematisch gewesen wie für seine Ambitionen, Ministerpräsident zu werden.« Etwas leiser fügte er hinzu: »Von unserer Verlobung wusste er nicht.«

»Verstehe«, sagte Anneke. »Für Ihre Beziehung ist sein Tod also von Vorteil, kann man das so sagen?«

Sie versuchte, ihn aus der Reserve zu locken, und es schien, als hätte sie ihn getroffen. Er ging in die Defensive.

»Ich glaube nicht, dass wir uns von ihm Vorschriften hätten machen lassen.«

»Wie haben Sie Sophie Simnacher kennengelernt?«

»Im Studium. Wir haben in Passau die ersten Semester zusammen studiert. Und schließlich sind wir beide in München gelandet.«

»Ihre Verlobte könnte nach dem Tod ihres Vaters Alleinerbin sein, wissen Sie das?«, fragte Lukas. »Es scheint ein beträchtliches Vermögen im Raum zu stehen, nicht nur die Schwabinger Eigentumswohnung.«

»Das weiß ich nicht. Und das interessiert mich auch nicht«, erwiderte er patzig und stand auf. Anneke beobachtete ihn dabei, wie er auch für sich ein Glas Wasser eingoss. Dabei sah sie an der Wand ein grellgelbes Plakat mit der Aufschrift »Nolympia – gegen den olympischen Wahnsinn in Garmisch«.

»Dagegen sein ist alles, oder?«, sagte sie und deutete auf den Slogan.

»Nolympia war eine unserer erfolgreichsten Kampagnen der letzten Jahre«, erwiderte Jacobi. »Die klare Positionierung gegen den Mainstream hat uns sehr viel Sympathie und Stimmen gebracht. So viel Zulauf hatten wir seit dem Nichtraucher-Volksbegehren nicht mehr.«

»Und wer ist der Junge daneben?« Lukas deutete auf ein weiteres Nolympia-Plakat, das einen milchgesichtigen Kopf mit Pferdeschwanz zeigte mit der Textzeile: »Was man liebt, betoniert man nicht.« Er erinnerte sich an das Gesicht, das er im Zusammenhang mit den Protesten gegen die Winterspiele oft in der Zeitung gesehen hatte.

»Felix Loewe. Er hatte die Kampagne gegen Olympia in Garmisch eigentlich erst ins Rollen gebracht mit seiner Unterschriftensammlung. Er war sozusagen das Gesicht des Protestes, unser Vorzeigemann für Talkshows und Interviews, obwohl er kein Parteibuch hat. Ich kenne ihn bereits aus Studentenzeiten, wir waren mal Geschäftspartner und haben ein kleines Internet-Start-up gegründet. Aber egal, lassen wir das ...«

»Nein, wieso?«, hakte Anneke nach. »Das ist interessant. Was war das für ein Start-up?«

»Das hat nichts mit dem Tod von Simnacher zu tun. Ich rede ungern darüber.« Jacobi schob sein Wasserglas auf dem Tisch unruhig hin und her. »Wir haben eine Meta-Suchmaschine namens Skysearch entwickelt. Also ein Programm, das die Ergebnisse verschiedener Suchmaschinen auswertet. Sie erinnern sich an die Zeit, als es noch zahlreiche Suchmaschinen gab, die gegeneinander konkurrierten?« Er lachte höhnisch. »Doch dann kam Google. Der Rest ist bekannt.«

»Sie haben durch Skysearch viel Geld verloren?«, fragte Anneke und glaubte, ein mögliches Motiv erahnen zu können.

»Eine Bank hat uns damals einen großzügigen Kredit gegeben, weil sie dachte, Felix und ich könnten die deutschen Web-Giganten werden. Na ja«, Jacobi lachte, »wir haben unsere Idee schon gut verkauft. Kurzum: Ja, wir sind auf einer Menge Schulden sitzen geblieben, die wir heute noch abzahlen. Aber warum interessiert Sie das?«

»Wenn Sie Sophie Simnacher heiraten, könnten Ihre finanziellen Sorgen erledigt sein«, sagte Anneke.

»Und deswegen bringe ich meinen künftigen Schwiegervater um? Das ist aber etwas weit hergeholt!«

»Es sind schon aus nichtigerem Anlass Menschen ermordet worden«, dozierte Lukas eine Polizistenweisheit. »Haben Sie noch Kontakt zu Herrn Loewe?«

»Wir gehen uns aus dem Weg. Nachdem unsere Kampagne mit der Vergabe der Spiele 2018 nach Südkorea eigentlich zu Ende war, hat er weitere Aktionen betrieben, von denen wir uns als Partei distanzieren mussten.«

»Mussten?« Anneke schaute ihn fragend an.

»Ja. Er bewegte sich zuletzt am Rande der Legalität. Als gegen ihn ein Ermittlungsverfahren wegen Nötigung eröffnet wurde, haben wir die Notbremse gezogen und jede Zusammenarbeit eingestellt.«

»Was für ein Ermittlungsverfahren, Herr Jacobi?« Lukas wurde hellhörig. »Lassen Sie sich doch nicht alles aus der Nase ziehen!«

»Er hat einen Protestbrief an das IOC geschrieben. Ich kenne den Wortlaut nicht. Aber in der Strafanzeige hieß es, dass einige Passagen darin als Morddrohungen gegen IOC-Präsident Faszantas interpretiert werden könnten. Und in der aufgeheizten Stimmung hat das IOC keinen Spaß verstanden.«

Warum wissen wir nichts davon, wenn wir zum Schutz für Faszantas abgestellt wurden?, fragte sich Anneke. Und sie sah Lukas an, dass er Ähnliches dachte.

»Hat dieser Loewe auch Briefe an Simnacher geschrieben?«, fragte Lukas. »Er galt ja als der Olympia-Befürworter schlechthin.«

»Keine Ahnung. Ich habe seit Monaten keinen Kontakt mehr zu Felix. Und Sophie hat mir auch nichts Derartiges erzählt.«

»Aber die Adresse von Felix Loewe werden Sie noch haben, oder?« Anneke sah ihn auffordernd an.

»Ja, natürlich«, sagte Jacobi und zog sein iPhone aus der Innentasche seines Cordsakkos.

***

Felix Loewe wohnte in einem Altbau in der Klenzestraße und konnte von seinem Schreibtisch aus auf das Gärtnerplatztheater schauen. In der kleinen Wohnung herrschte ein derartiges Chaos, dass es schwerfiel, zu erkennen, ob es sich um einen Parkettfußboden handelte oder ob sich unter den überall ausgebreiteten Papierstapeln ein Teppich verbarg. Nur eine schmale Schneise ermöglichte es Lukas und Anneke, durch den Flur in das Arbeits-, Wohn- und Esszimmer des jugendlich wirkenden Aktivisten mit Pferdeschwanz vorzudringen. Er nahm einen Stapel Unterlagen von einem Stuhl, legte diesen auf den Boden und bot Anneke an, sich zu setzen. Für Lukas schob er auf einem moosgrünen Sofa einen Berg Bücher beiseite. Er selbst hockte sich auf ein Kissen, das vor einem alten Röhrenfernseher auf dem Boden lag. Es roch nach Pfefferminz.

»Ich kann Ihnen versichern, dass ich keine Briefe mehr geschrieben habe«, sagte Loewe. Er trug verwaschene Jeans, einen hellblauen Kapuzenpullover und grob gestrickte Wollsocken. »Das Schreiben an Faszantas war eine Dummheit, das gebe ich im Nachhinein zu. Wenn ich auch vom Inhalt kein Wort zurücknehme. Aber das habe ich Ihren Kollegen schon gesagt. Wollen Sie mich jetzt jede Woche aufsuchen? Stehe ich unter Polizeiaufsicht, bis das Ermittlungsverfahren abgeschlossen ist?«

»Wir sind von der Mordkommission«, stellte Lukas fest.

»Wir kommen wegen des Todes von Friedrich-Joseph Simnacher, dem CSU-Fraktionsvorsitzenden«, ergänzte Anneke.

»Ja, ich hörte davon«, sagte Loewe. »Wurde er ermordet?«

»Das untersuchen wir«, erwiderte Anneke. Sie sah jetzt, woher das Minz-Aroma kam. Auf der Fensterbank brannte eine kleine Duftkerze. »Um ganz direkt zu fragen, Herr Loewe: Haben Sie an Simnacher auch Briefe geschickt?«

Loewe lachte verlegen. »Ja, ich habe ihm einen offenen Brief geschrieben. Der wurde auch als Leserbrief im Merkur gedruckt. Den kann ich Ihnen gern raussuchen. Er müsste hier irgendwo ...« Er blickte auf einen kniehohen Stapel neben einem schwarzen Ikea-Schreibtisch. »Oder doch in der Ablage? Ich müsste ihn suchen. Oder ich drucke den Brief noch mal neu aus. Das wäre kein Problem.«

»Sie können uns alle Dokumente auch mailen.« Lukas reichte ihm seine Visitenkarte. »Ich gehe davon aus, dass Sie mit uns kooperieren. Das würde das Ermittlungsverfahren möglicherweise positiv beeinflussen.«

»Selbstverständlich«, beeilte sich Loewe zu versichern. »Mit Mord habe ich nichts zu tun. Und auch die Sache mit Faszantas war ein schreckliches Missverständnis. Okay, ich gebe zu: Die Erwähnung des Begriffs Heckenschütze war nicht sehr geschickt. Ich sehe ein, dass man das in den falschen Hals kriegen kann. Aber ich hoffe, das ist bald vom Tisch.«

»Wie viele Schulden haben Sie noch im Zusammenhang mit Skysearch abzuzahlen?«, fragte Anneke.

»Oh, Sie wissen davon?«, wunderte sich Loewe. »Aber was hat das mit dem Tod von Simnacher zu tun?«

»Wir stellen hier die Fragen«, sagte Lukas. Wieder so ein Satz, wie Anneke ihn in den deutschen TV-Krimis schon hundertmal gehört hatte.

»Ich zahle jeden Monat knapp neunhundert Euro an die Bank, inklusive Zinsen. Und das noch etwa vier Jahre lang.«

»Und die Belastung für Daniel Jacobi beläuft sich auf dieselbe Höhe?«

»Jacobi? Warum fragen Sie nach Daniel?«

Lukas zog die Augenbrauen hoch und signalisierte, dass er auch jetzt nicht gewillt war, auf Gegenfragen einzugehen.

»Ja, die Schulden sind fifty-fifty. Viel Geld. Aber zu wenig, um einen Mord zu begehen, wenn Sie mich fragen.«

Anneke wollte schon nachfragen, ab welcher Summe sich für Loewe ein Mord lohnen würde, verkniff sich aber die Bemerkung. »Sie haben derzeit keinen Kontakt zu Jacobi?«, fragte sie stattdessen.

»Nein. Es herrscht Funkstille. Die Grünen waren *not amused* über die Sache mit Faszantas. Das kann ich gut verstehen. Und ich hoffe, dass rasch Gras darüber wachsen wird. Der Daniel ist ein guter Typ. Der wird noch was bei den Grünen, und ich glaube, dass wir gemeinsam viel bewegen können.«

»Kann man sagen«, fragte Lukas, »dass Simnacher für Sie der politische Hauptgegner in der öffentlichen Auseinandersetzung um Olympia war?«

»Dieser Eindruck konnte entstehen«, stimmte Loewe zu, »weil sich kein anderer Politiker so wie Simnacher in der Öffentlichkeit für dieses Wahnsinnsprojekt eingesetzt und aus dem Fenster gelehnt hat. Das war fast ein Glaubenskrieg, den Simnacher mit seinen Interviews und Talkshow-Auftritten geführt hat. Natürlich hat er damit auch die Olympia-Gegner provoziert und gegen sich auf die Barrikaden gebracht.« Loewe atmete tief durch. »Aber bloß weil Simnacher mit seinen Thesen am häufigsten in den Medien zitiert wurde, heißt das nicht, dass er der härteste Kämpfer für Olympia war.«

»Aha?«, sagte Anneke fragend.

»Ich glaube, man kann sagen, dass Innenminister von und zu Donnersberg im Kabinett nicht weniger missionarisch für die Olympia-Bewerbung getrommelt hat. Allerdings wohl weniger aus sportlichen Motiven, wie mir zu Ohren gekommen ist ...«

Als er nicht weitersprach, forderte Lukas ungeduldig: »Jetzt machen Sie es nicht so spannend und sagen Sie, was Ihnen zu Ohren gekommen ist!«

»Ich hatte Besuch von einem Journalisten, Jäger war sein Name. Der recherchiert in der Sache und hat herausgefunden, dass Donnersberg ein sehr materielles Interesse an einer erfolgreichen Olympia-Bewerbung hatte. Die Baufirma seines Vaters ist federführend an einem Konsortium beteiligt, das mit dem Bau der Sportanlagen in Garmisch beauftragt gewesen wäre. Das ist ein Millionengeschäft. Und man munkelt, dass die Donnersberger Bau AG finanziell angeschlagen sei und nur durch den Olympia-Auftrag vor der Insolvenz hätte gerettet werden können.«

»Interessant«, sagte Anneke. »Wie heißt dieser Reporter? Jäger?«

»Alexander Jäger, ein freier Journalist, der irgendwo am Tegernsee wohnt und über alles schreibt: von der Landespolitik bis zum Restauranttipp. Ein guter Rechercheur.«

»Vielen Dank, Herr Loewe«, sagte Lukas. »Sie halten sich zu unserer Verfügung?«

»Selbstverständlich. Ach herrje, jetzt merke ich erst: Ich habe Ihnen ja überhaupt nichts angeboten. Und wenn Sie das nächste Mal kommen und sich vorher ankündigen, räume ich auch auf.«

Sein Blick verriet, dass er selbst nicht daran glaubte, sein Versprechen einlösen zu können.

***

Anneke stand auf dem dunklen Flur vor der Tür ihres Appartements in der Studentenstadt. Jedes Mal, wenn sie den Schlüssel in das wackelige Schloss steckte, nahm sie sich vor, umgehend eine neue Unterkunft zu suchen. Die knapp zwanzig Quadratmeter kleine Ein-Zimmer-Wohnung im zwölften Stock sollte eigentlich nur eine zeitlich befristete Bleibe während ihrer Europol-Hospitanz sein. Nachdem ihre Übernahme in den deutschen Staatsdienst und damit ihr längerfristiger Aufenthalt in München besiegelt waren, wollte sie sich etwas Schöneres suchen. Der Alpenblick, den der Föhn ihr gelegentlich vom Fenster aus ermöglichte, entschädigte nur bedingt für das schäbige Ambiente des möblierten Zimmers, das vermutlich heutige Professoren schon im selben Zustand zu ihrer Studentenzeit bewohnt hatten.

Sie drehte den Schlüssel nach rechts, doch dann hielt sie inne beim Gedanken, was sie hinter der Tür erwartete: ein trostloser Abend vor dem Fernseher mit Casting-, Kuppel- oder Quizsendungen und ungesundem Junkfood aus der Mikrowelle, das ihrem Diät-Vorsatz zuwiderlief.

Warum hatte sie sich immer noch nicht beim Frauen-Fitness-Studio angemeldet oder sich die Angebote vom Polizeisportverein genauer angeschaut? Dort hätte sie auch die Möglichkeit, endlich mal andere Leute kennenzulernen. Weshalb war sie denn nach München gekommen? Es war eine Flucht, das hatte sie sich inzwischen längst eingestanden. Eine Flucht vor der Vergangenheit. Auch wenn sie sich beruflich bei der Münchner Polizei aufgehoben und akzeptiert fühlte – privat war sie in der Gegenwart noch nicht angekommen. Das spürte sie in diesem Moment so heftig wie selten.

Ihre Hand gab dem Druck des Schnappschlosses wieder nach, die Tür blieb abgesperrt. Sie ekelte sich auf einmal vor dem grünen Sofa, das ihr als Sitz- und Schlafgelegenheit in Doppelfunktion diente und so durchgelegen war, dass sie sich darin wie in einer Hängematte fühlte.

Sie war müde nach einem anstrengenden Arbeitstag, die Augen fielen ihr fast zu. Nach nichts sehnte sie sich jetzt mehr als nach einem richtigen Bett.

Anneke zog den Schlüssel wieder heraus und ging den Flur zurück. Mit dem Lift fuhr sie hinunter in die Tiefgarage, wo ihr Bereitschafts-Dienstwagen stand.

***

Eine Dreiviertelstunde später bog Anneke in den kleinen Weg in Brunnbichl ein und parkte den Wagen vor dem Haus Pollinger. Es brannte noch Licht in der Stube der Bauernfamilie, doch Anneke hatte den Schlüssel für das Gästezimmer dabei und musste die Vermieter nicht wegen ihrer überraschend späten Rückkehr behelligen. Sie bediente sich aus dem Kasten mit Tegernseer Hell, der unter der Holztreppe stand, öffnete leise die Tür und ließ sich in das weiche Bauernbett fallen, das Frau Pollinger offenbar am Tag zuvor ordentlich gemacht hatte. Anneke öffnete sämtliche Schubladen im Raum auf der Suche nach einem Flaschenöffner. Erst dann fiel ihr ein, dass das Taschenmesser, das sie immer in ihrer Jacke stecken hatte, einen kleinen Öffner eingebaut hatte, den sie noch nie gebraucht hatte. Sie hatte allerdings auch noch nie allein in einem bayerischen Bauernhaus geschlafen, mit einer Flasche Bier auf dem Zimmer.

Natürlich hatte sie nach ihrer spontanen Entscheidung, vor der engen Studentenbude zu fliehen und die Nacht in einer Pension zu verbringen, weder Zahnbürste noch Pyjama dabei. Sie zog sich ganz aus und kuschelte sich nackt in die rot-weiße Daunendecke.

Jetzt war sie überhaupt nicht mehr müde. Während der Autofahrt hatte sie kaum die Augen offen halten können und schon erwogen, auf einem Rastplatz Pause zu machen, bevor sie einschlafen würde. Doch jetzt war sie aufgedreht und ruhelos. Auch das Sausen im Ohr, das sich im Auto bemerkbar gemacht hatte, war verschwunden. Sie wusste selbst nicht, warum sie wieder nach Brunnbichl gefahren war. Sie hatte erneut die Flucht ergriffen. Aber Fliehen konnte nicht immer die Lösung sein. Wann lernte sie endlich, sich den Problemen zu stellen, die Konfrontation zu suchen, anstatt auf Tauchstation zu gehen? Und warum passierte es ihr immer wieder, dass sie nachts stundenlang wach lag und ständig über die Vergangenheit nachgrübelte?

Immer wieder kam ihr der Gedanke, was Jan Tedsen wohl heute

tun würde, wenn sie ihn nicht vor zwei Jahren erschossen hätte. Vielleicht wäre er jetzt im Knast, oder er hätte seine Strafe abgesessen und wäre inzwischen ein anständiger Bürger geworden, ein braver Familienvater mit Kombi und Vorgarten. Vielleicht würde er auch immer noch sein Teufelszeug an jugendliche Junkies verkaufen. Wer weiß, wie viele Drogentote er bis heute zusätzlich auf dem Gewissen hätte. Doch vermutlich hatten sich die Junkies ihren Stoff nach Tedsens Tod woanders besorgt. Ein anderer Dealer war gewiss dankbar an seine Stelle getreten und hatte die Kundschaft übernommen. Natürlich war es zweifelsfrei Notwehr gewesen. Wer eine Waffe auf eine Polizistin richtete, war selbst schuld. Das hatte auch das Disziplinarverfahren bestätigt, das routinemäßig eingeleitet worden war, unabhängig davon, dass der Vater des Toten einen hohen Dienstgrad beim DNR hatte.

Ihre Einsamkeit, die sie immer wieder besonders nachts spürte, hatte aber weniger mit Jan Tedsen zu tun als mit Henk Leerkes, dessen leerer Blick in diesem Moment wohl an die weiße Decke seines Krankenzimmers in Breda gerichtet war. Was mochte in seinem Kopf vorgehen? Nahm er alles um sich herum wahr? Träumte er? Oder befand er sich in einem tiefen Schlaf ohne Bewusstsein? Und was war sein letzter Gedanke gewesen, bevor sein Wagen gegen den Milchlaster prallte?

Nein, sie war nicht mehr mit Henk liiert. Er war ihr Exfreund. Ex! Ex! Ex! Sie war ihm zu nichts verpflichtet. Sie hatten Schluss gemacht. Sein Brief mit dem Versöhnungsversuch hatte sie nicht erreicht. Jedenfalls nicht, solange sie noch darauf hätte reagieren können.

Manchmal wünschte sie sich für Sekundenbruchteile, Henk wäre bei dem Unfall gestorben, dann hätte sie mit ihm und der Vergangenheit abschließen können. Doch im selben Moment hasste sie sich für diesen Gedanken, einem anderen Menschen den Tod zu wünschen.

Vielleicht würde ihr alles leichter fallen, wenn sie endlich einen neuen Mann kennenlernen würde. Schon oft hatte sie sich gewünscht, endlich frei zu sein für eine frische Verliebtheit. Sie hatte sich sogar schon bei der Überlegung erwischt, ob sie nicht einfach mal Kies' gierigen Blicken nachgeben sollte, für einen unverbindlichen One-Night-Stand. Vielleicht würde nur eine Nacht mit einem anderen Mann reichen, um von Henk loszukommen. Doch eine Bettgeschichte mit einem Kollegen kam für sie absolut nicht in Frage. Das galt auch für Lukas, was sie manchmal durchaus schade fand und sie dazu brachte, ihre eigenen Prinzipien zu hassen.

Was Lukas wohl gerade machte?

# ACHT

Lukas war schon lange vor dem Läuten des Weckers aufgewacht. Er hatte schlecht geschlafen, sich die halbe Nacht hin und her gewälzt und über das Karriereangebot nachgedacht, das ihm Steinmayr unterbreitet hatte. Vielleicht war Ainring eine einmalige Chance, die er sich keinesfalls entgehen lassen durfte. Vielleicht war es aber auch eine Versuchung, die er später bereuen würde. Zum Beispiel, wenn während seiner Zeit im Grenzland der Posten von Neidlinger neu besetzt werden sollte. Vielleicht kam das richtige Angebot zum falschen Zeitpunkt. Und vielleicht gehörte genauso viel Mut dazu, ein solches scheinbar unschlagbares Angebot abzulehnen, wie den Wechsel in die Provinz zu wagen. Was würden seine Kollegen sagen? Wäre Neidlinger enttäuscht, dass ihm sein Kronprinz abhandenkäme? Kies würde gewiss seine Chance wittern und um die Leitung der Kommission kämpfen. Daraus, dass er sich Größeres zutraute, machte er selten einen Hehl.

Und was würde Anneke sagen? Sie waren noch nicht lange Kollegen, aber trotzdem war ihm die liebenswürdige Holländerin ans Herz gewachsen. Ihr erfrischendes Gemüt war bei aller Distanziertheit manchmal für ihn die größte Motivation, den Weg ins Büro zu finden. Dabei schien sie irgendwo in ihrer eigenen Vergangenheit gefangen zu sein, schien von ihrem Exfreund nicht loszukommen. Bisweilen glaubte Lukas, er sollte sich alle Gedanken an Anneke, die nichts mit der Polizeiarbeit zu tun hatten, endgültig aus dem Kopf schlagen und sich woanders eine Frau suchen. Mit einer gescheiterten Ehe wollte er nicht als unvermittelbarer Junggeselle die Vierzigergrenze überschreiten.

»Midlife-Crisis, ich komme«, sagte er halblaut, als um Punkt sechs Uhr der Wecker klingelte. Lukas griff blind nach seiner Brille auf dem Nachttisch und schaltete das Licht ein.

Zwei Minuten später stand er unter der Dusche und beobachtete, wie das heiße Wasser seinen Bauch hinablief. Hatte er etwa zugenommen? Eine Waage besaß er nicht, weshalb er bei ärztlichen Untersuchungen, wenn er nach dem Gewicht gefragt wurde, immer die seit fast zehn Jahren nicht mehr überprüfte Angabe von neunundsiebzig Kilo machte. Vielleicht war er unbemerkt dick geworden? Wer sollte ihm das auch sagen? Fand Anneke ihn deshalb womöglich unattraktiv? Vielleicht war es noch nicht zu spät, mehr Sport zu machen. Vermutlich waren das die Gedanken, die jedem Mann Mitte dreißig durch den Kopf gingen. Vielleicht war jetzt wirklich die richtige Zeit für einen beruflichen Neustart.

Wann, wenn nicht jetzt, dachte er, drehte das Wasser ab und griff nach dem Handtuch. Der berufliche Wechsel könnte ihm helfen, auf andere Gedanken zu kommen. So gern er auch mit Anneke zusammenarbeitete, so quälend könnte ihre Unnahbarkeit auf Dauer sein.

Nachdem er sich rasiert und angezogen hatte, schaltete er seine Espressomaschine ein und griff zu seinem Handy, das blinkend einen verpassten Anruf signalisierte.

Er war von Anneke.

***

Anneke saß am Frühstückstisch im komplett mit Holz vertäfelten Esszimmer im Haus Pollinger und legte ihr Blackberry zur Seite. Dass sie Lukas nicht erreichte, machte ihre Lage nicht einfacher. Wie sollte sie erklären, dass sie sich eine Stunde vor Dienstbeginn mehr als fünfzig Kilometer von der Dienststelle entfernt aufhielt? Ihre nächtliche Fahrt nach Kreuth war mal wieder eine total bescheuerte Aktion gewesen. Sie schaute auf ihre Armbanduhr. Wenn sie jetzt sofort losfahren würde und die Straßen frei wären, könnte sie es bis zur Morgenlage ins Dezernat schaffen, ohne eine Erklärung zu ihrem nächtlichen Verschwinden abgeben zu müssen.

Neben ihrem Frühstücksteller mit einer angebissenen Käsesemmel lag die Tegernseer Zeitung, eine Lokalausgabe des Münchner Merkur.

»Ein Leben für die Politik«, lautete die Überschrift eines vierspaltigen Artikels auf der Titelseite. »Nachruf zum Tode von CSU-Fraktionschef Friedrich-Joseph Simnacher.« Sie nahm einen Schluck aus der Kaffeetasse, biss noch einmal in die Käsesemmel und las den Text, neben dem ein Schwarz-Weiß-Foto des toten Politikers platziert war.

»Kein anderer beherrschte in den vergangenen zwei Jahrzehnten die bayerische Landespolitik so wie Friedrich-Joseph Simnacher. ›Sie werden mal mein Erbe‹, soll der legendäre Franz Josef Strauß zu dem damaligen JU-Nachwuchspolitiker mit den gleichen Initialen gesagt haben. Zwei Jahre nach dem Tod von Strauß wurde der ›junge FJS‹, der inzwischen in den Landtag eingezogen war, zum CSU-Generalsekretär – der Anfang einer steilen Karriere.« Anneke überflog die nächsten Absätze, die den Lebenslauf des gelernten Finanzbeamten aus Garmisch-Partenkirchen nachzeichneten, »der fünf Jahre lang Finanzminister war, während seiner zehnjährigen Amtszeit als Fraktionschef drei Ministerpräsidenten kommen und gehen sah und jetzt selbst kurz davor war, das schönste Amt der Welt zu bekleiden«. Anneke nahm den Käse vom Semmelrest und steckte ihn in den Mund. Das hart gekochte Ei ließ sie stehen. Sie las den Schluss des Artikels, der mit dem Satz endete, dass Simnacher eine erwachsene Tochter hinterließ, die bereits in die politischen Fußstapfen ihres Vaters getreten sei. Unter dem Text war als Verfasser Alexander Jäger genannt. Sie versuchte sich zu entsinnen, in welchem Zusammenhang dieser Name erst kürzlich aufgetaucht war. Es fiel ihr in dem Moment ein, als Lukas auf ihrem Handy anrief. Sie drückte die grüne Taste und beschloss, ihm reinen Wein einzuschenken.

»Guten Morgen, Lukas«, sagte sie. »Ich bin in Brunnbichl im Haus Pollinger. Habe hier übernachtet. Ich erklär's dir später.« Sie ließ Lukas gar nicht zu Wort kommen, sondern unterbreitete sofort ihre Idee. »Pass auf, du erinnerst dich, dass der Grünen-Mann Loewe gestern von einem Journalisten namens Jäger erzählt hat, der angeblich irgendwelche Hintergründe kennt über die Beteiligung von Donnersberg an den Baugeschäften in –«

»Ja, ich weiß«, fiel ihr Lukas ins Wort. »Was ist mit dem? Hast du mich deshalb angerufen? Können wir das nicht gleich im Präsidium … Ach nein, du steckst ja in Kreuth. Also, was ist mit diesem Jäger?«

Anneke war nicht sicher, ob Lukas gereizt klang oder einfach nur müde.

»In der Tegernseer Zeitung steht ein Nachruf von Jäger über Simnacher. Er scheint viele Details aus dem Leben des Toten zu wissen. Ich denke, wir sollten ihn uns mal vornehmen.«

»Ja«, stimmte Lukas sofort zu, was Anneke sehr erleichterte. »Und hat Loewe nicht gesagt, dass Jäger irgendwo am Tegernsee wohnt?«

»Genau. Ich schlage vor, ich fahre sofort zu ihm, okay?«

»In Ordnung«, sagte Lukas. Sie bildete sich ein, dass er weniger gereizt klang als müde. Als er laut ins Telefon gähnte, war sie beruhigt.

»Ich hoffe, dass wir heute von der KTU die Auswertungen von Simnachers Unterlagen und Computern bekommen«, sagte Lukas. »Da kommt noch einige Arbeit auf uns zu.«

»Alles klar«, sagte Anneke. »Lass uns am Mittag telefonieren.«

»Okay, bis dann. Und zieh dich warm an, hörst du? Hast du schon aufs Thermometer geschaut? In München hat es minus zehn Grad. Da dürften es bei dir unten im Tal leicht minus fünfzehn sein.«

Sie lächelte und fand es fast rührend, dass Lukas sich um sie sorgte.

***

Der Wetterbericht in der Tegernseer Zeitung hatte Lukas' Warnung bestätigt. Bis zu minus achtzehn Grad wurden für das Tegernseer Tal vorhergesagt. Durch einen Anruf in der Münchner Zentralredaktion des Blattes erfuhr Anneke die Adresse des Journalisten Alexander Jäger, der in Dürnbach bei Gmund am Tegernsee in der Finsterwalder Straße wohnte. Das klang schattig und veranlasste Anneke, ihre lange Skiunterhose zu holen, die noch auf dem Rücksitz des Autos lag und die sie bei ihrer ersten Fahrt nach Kreuth mit Lukas zusammen nicht angezogen hatte. Doch jetzt war es noch mal kälter geworden, und sie war froh, dass es ihr nichts ausmachen musste, mit einem Liebestöter unter der Jeans unterwegs zu sein. Auch ihre gefütterten Stiefel waren alles andere als sexy, aber auch darüber brauchte sie sich heute keine Gedanken zu machen. Lukas war weit entfernt.

Die fünfzehn Kilometer lange Fahrt führte sie am Ostufer des Tegernsees entlang über die B 307 durch Rottach und St. Quirin. Nach zwanzig Minuten bog sie an einer Ampelkreuzung in Dürnbach links ab in die Finsterwalder Straße. Jäger wohnte in Nummer

10. Das Haus hatte einen großen Garten, den ein Holzzaun von der Straße abtrennte und in dem ein mannshoher, erleuchteter Weihnachtsbaum stand. Anneke stieg aus dem Auto und stapfte durch den Schnee zur Haustür, über der die Ziffern des Baujahres 1954 sowie eine gekrönte Muttergottes mit Jesuskind gemalt waren. Auf dem Dach blitzte unter dem Schnee eine Solaranlage hervor.

Anneke fand keine Klingel und klopfte daher mit den Fingerknöcheln gegen die Tür. Sie hörte ein leises Rumpeln aus dem oberen Stock, dann schwere Schritte auf einer Holztreppe. Als die Tür geöffnet wurde, nahm sie zuerst eine Nikotinwolke wahr, danach die große Gestalt von Alexander Jäger. Er war schlank, sportlich und mindestens eins neunzig. Er war lässig gekleidet, seine blaue Trainingshose und das schwarze Sweatshirt trugen die gleichermaßen unauffälligen wie unübersehbaren Signets teurer Edelmarken, und sogar auf seinen grauen Hausschuhen war das blau umrandete rot-weiße Rechteck von Tommy Hilfiger zu sehen. In der linken Hand hielt er eine Zigarette, die zur Hälfte heruntergebrannt war.

»Grüß Gott, Sie sind ja gar nicht der DHL-Bote.« Seine Stimme klang tief und angenehm. Anneke fühlte sich sofort an ihren Lieblingsmoderator von den Bayern 3-Frühaufdrehern erinnert, der sie morgens im Bad unterhielt und durch den sie sogar ein bisschen Bayerisch lernte. »Servus, macht es guad«, sagte er immer zum Abschluss der Sendung.

»Guten Morgen, ich bin Anneke van Royen von der Münchner Kripo.« Sie zeigte ihren Ausweis und registrierte, dass Jäger in keiner Weise überrascht wirkte.

»Kommen Sie rein. Darf ich Ihnen einen Kaffee anbieten? Ich frühstücke gerade.«

Anneke schaute verdutzt auf die Zigarette in seiner Hand. Jetzt setzte das Ohrensausen wieder ein. Warum jetzt?

Jäger lachte. »Die Zigarette gehört für mich zum Frühstück dazu wie ein weich gekochtes Ei.« Dann fügte er hinzu, als wäre das eine Erklärung für seine morgendlichen Rituale: »Ich bin Journalist.«

Er trat zur Seite, streckte seinen Arm einladend aus und fragte: »Was kann ich für Sie tun, Frau Kommissarin? Falls Sie wegen meines Simnacher-Nachrufs kommen: Ich habe alles aufgeschrieben, was ich weiß. Folgen Sie mir. Es stört Sie nicht, wenn ich weiter frühstücke? Mein Ei wird sonst kalt.«

Sie stieg hinter ihm die Treppe hinauf und nahm an einem üppig gedeckten Tisch mit Käse- und Wurstplatte sowie frischem Obst Platz. Anneke staunte, dass sich ein offenbar alleinstehender Mann ein so aufwendiges und kultiviertes Frühstück zubereitete. Sie kannte nur Männer, die morgens zwischen Tür und Angel allenfalls zwei Scheiben Toast mit Nutella zu sich nahmen und mit schwarzem Kaffee hinunterspülten. Dankbar nahm sie die Tasse Kaffee entgegen, die Jäger ihr hinstellte.

»Sie sind nicht überrascht über Besuch von der Polizei?«

»Doch, ich bin sehr überrascht. Aber mein Beruf bringt es mit sich, dass ich meinen Gesprächspartnern nicht immer sofort meine Gefühle offenbare. Und wenn man sich das zu sehr angewöhnt, wirkt man schnell emotionslos.« Er lachte verlegen. »Um ehrlich zu sein: Vor allem bin ich überrascht, dass bei der Kripo so attraktive und charmante Beamtinnen arbeiten.«

Anneke errötete und musste sich eingestehen, dass sie es nicht so gut wie Jäger beherrschte, einem Gesprächspartner gegenüber die Emotionen zu verbergen.

»Ähm, ja«, überging sie sein etwas plumpes Kompliment, »Ihr Nachruf auf Friedrich-Joseph Simnacher enthielt jedenfalls Informationen, die wir sonst nirgendwo gefunden haben. Sie scheinen über gute Insiderkenntnisse zu verfügen.«

»Sie schmeicheln mir«, erwiderte er und biss in eine mit Frischkäse bestrichene Vollkornsemmel. »Aber vielleicht habe ich einfach nur ein gutes Gedächtnis. Sie müssen wissen, dass ich einige Jahre lang in München als Landtagsreporter gearbeitet habe.«

»Für welche Zeitung?«

»Ich war zuerst Lokalredakteur bei der ATZ und bin später als München-Korrespondent zum Donaukurier gewechselt. Für die Ingolstädter habe ich alles abgedeckt, vom Oktoberfest bis zur Landtagswahl. Na ja, und alles, was ich in der Zeit mal aufgeschrieben habe, habe ich mir irgendwie gemerkt. Wenn ich etwas nicht mehr genau weiß, dann schau ich in mein gut sortiertes Archiv. Sie rauchen nicht, oder?«

Anneke schüttelte den Kopf. Der halb volle Aschenbecher, der neben dem Glas frisch gepresstem Orangensaft stand, verriet, dass es nicht Jägers erste Zigarette an diesem noch jungen Tag war.

»Jetzt arbeiten Sie nicht mehr für den Donaukurier?«

»Nein, ich bin seit mehreren Jahren Freier.«

»Freier?« Anneke schaute ihn verdutzt an. Hatte sie sich verhört? Freier sind Kunden von Huren, dachte sie. Auch wenn Prostitution inzwischen als Beruf anerkannt war, Bordell-Besucher dürfte auch in Deutschland kein Job sein. Erst recht nicht in Bayern. Ein *vrijer* war im Holländischen ein Liebhaber, ein Verehrer. Aber auch das war kein Beruf.

»Ich bin freier Journalist, ohne Festanstellung und ohne festen Auftraggeber«, erläuterte Jäger, der Annekes Wortschatzproblem offenbar erkannt hatte. »Über Politik schreibe ich nur noch selten. Ich spezialisiere mich ein bisschen auf softe Themen, bei denen die Recherche nicht weniger Spaß macht als das Schreiben.«

»Das heißt?«

»Ich mache Reisereportagen, lass mich von Veranstaltern einladen und verwöhnen, und dann biete ich den Bericht zahlreichen Zeitungen an und kassiere mehrfach. Außerdem betreibe ich einen Gourmet-Newsletter. Ich teste Nobelrestaurants und Sterneköche, schreibe eine nette Empfehlung in mein Blog und bekomme bald die nächste Einladung. Ein schönes Leben. Und es macht mehr Spaß als das Zeilenschinden in der Lokalredaktion.«

»Und davon können Sie leben?«, fragte sie.

»Tja, ein Penthouse im Glockenbachviertel könnte ich mir sicher nicht leisten. Ich wohne nicht ohne Grund hier draußen auf dem Land mietfrei in einem Haus, das mir meine Großtante vererbt hat. Aber man muss Prioritäten setzen. Vor ein paar Jahren habe ich einige Reiseführer über Thailand, Vietnam und Kambodscha geschrieben, die laufen immer noch ganz gut und bieten mir eine kleine Verdienstflatrate. Klar, um noch in die Rentenkasse einzuzahlen, reicht es nicht.«

Anneke wunderte sich, wie offenherzig ihr Gesprächspartner war. Sie fragte sich, warum sie ihn gleich so sympathisch fand. Fiel sie etwa wieder auf die angenehme Stimme eines Mannes herein? Nein, es war mehr. Alexander Jäger war – und das war auf den ersten Blick offenkundig – ein Mann, der es verstand, das Leben zu genießen, der nicht nur mit seinem Beruf verheiratet war. Und auch sonst war er das, was man in ihrer Muttersprache *een knappe vent* nannte, einen attraktiven Kerl.

»Herr Jäger, mich interessiert nicht nur Simnacher. Ich habe gehört, dass Sie auch darüber recherchiert haben, dass Innenminister von Donnersberg in die Vergabe der Bauaufträge für Wintersportanlagen in Garmisch im Zuge der Olympia-Bewerbung verstrickt war.«

Jäger nahm einen letzten Schluck aus seiner Kaffeetasse, stand auf und ging mehrere Schritte auf ein Sofa zu, das am anderen Ende des lichtdurchfluteten Raumes vor einem mit Eisblumen beschlagenen Fenster stand. Anneke wurde leicht schwindelig, und ihre Hände froren, obwohl der Raum gut geheizt war.

»Welcher meiner Informanten hat denn da geplaudert?« Er schüttelte scheinbar empört den Kopf. »Ts, ts, ts. Aber ich kann gut verstehen, dass man bei einer so charmanten Vernehmerin alles auspackt. Haben Sie schon viele Verbrecher zur Strecke gebracht?«

Sie hob geheimnisvoll die Augenbrauen, ohne zu antworten.

»Und haben Sie schon mal einen Täter erschossen?«

Diese Frage war zu viel. Er konnte nicht wissen, dass er sie damit an ihrer empfindlichsten Stelle getroffen hatte. Wieder liefen die Bilder vor ihren Augen ab, die sie so oft nachts aufschrecken ließen. Der tote Jan Tedsen auf dem Steinboden, mit einem Einschussloch in der Brust und in einer immer größer werdenden Blutlache, neben ihm die Pistole, die er kurz zuvor noch auf Anneke gerichtet hatte. Die wenigen Minuten, bis der Notarzt in dem düsteren Gewerbegebiet in Tilburg eintraf, waren ihr wie Ewigkeiten vorgekommen. Das Leben des Junkies war nicht mehr zu retten gewesen.

»Frau Kommissarin?«, riss Jäger sie aus ihren Erinnerungen. »Alles in Ordnung?«

Es wurde ihr abwechselnd heiß und kalt. Dann war ihr kurz schwarz vor Augen. Doch sie versuchte, sich nichts anmerken zu lassen.

»Setzen Sie sich!« Er führte sie zu dem Zweisitzer-Sofa, auf dem eine schwarze Decke lag. »Ich bringe Ihnen ein Glas Wasser.«

Sie setzte sich, und nach wenigen Augenblicken ging es ihr tatsächlich wieder besser.

»Nehmen Sie das!« Er reichte ihr ein kleines Glas, das gewiss kein Wasser enthielt. »Vielleicht etwas früh für die Tageszeit, aber es wird Ihnen guttun!«

Anneke nahm das Glas und roch ein Aroma, das gleichermaßen an Hustensaft und Brotaufstrich erinnerte. Fragend blickte sie Jäger an.

»Das ist Haselnussgeist. Vierzigprozentig. Aus handverlesenen Haselnüssen. Kreuther Geist sozusagen. Nehmen Sie's!«

Anneke überwand sich und leerte das kleine Glas mit einem Schluck. Wie eine Flamme schoss der Alkohol durch ihre Kehle, sie glaubte für Sekunden, Feuer spucken zu müssen.

Jäger setzte sich neben sie. Sie musste jetzt stark sein und dieses Gespräch zu Ende führen.

»Danke, Herr Jäger. Entschuldigen Sie, das ist mir furchtbar peinlich. So was ist mir noch nie passiert. Herrje ... Wo waren wir stehen geblieben?«

»Sie möchten wissen, was Donnersberg mit den Garmischer Bauplänen zu tun hat. Das kann ich Ihnen sagen. Die Firma seines Vaters, die Donnersberger Bau AG, steht vor dem Ruin und hätte mit den millionenschweren Bauvorhaben in und um Garmisch gerettet werden können. Über einen Informanten in der Buchhaltung der Firmenzentrale habe ich Kopien der Verträge bekommen, die kann ich Ihnen zeigen.«

»Für wen haben Sie diese Geschichte recherchiert?« Anneke fühlte sich wieder besser.

»Ursprünglich hatte die Süddeutsche Interesse. Sie hat einen Rückzieher gemacht, doch ich bin sicher, dass ich die Story gut loswerde. Aber ich will erst alle Zahlen und Fakten sortieren und alles wasserdicht machen.«

Jäger saß sehr eng neben ihr. Enger, als es sich für eine Polizeibeamtin und einen Zeugen geziemte. Jetzt erst bemerkte sie, dass sein Arm hinter ihrem Rücken auf der Sofalehne lag.

»Ihre Haare duften sehr gut«, flüsterte er plötzlich ohne Zusammenhang in ihr Ohr.

# NEUN

Lukas öffnete das Siegel an der Tür des Abgeordnetenbüros. »Friedrich-Joseph Simnacher, Vorsitzender der CSU-Fraktion« stand auf einem blauen Schild neben der Nummer 209 im zweiten Stock des Südbaus des Maximilianeums. Darunter war zu lesen: »Zugang über Vorzimmer 211«. Doch das Vorzimmer war leer. Die Sekretärin, Frau Stockerl, hatte nach dem plötzlichen Tod ihres Chefs zuerst einen Nervenzusammenbruch erlitten und dann den gesamten Resturlaub des Vorjahres auf einen Schlag genommen. Die Etage war weitgehend verwaist, weil alle CSU-Abgeordneten in Kreuth auf der Klausurtagung waren und viele Fraktionsmitarbeiter die Zeit für einen verlängerten Weihnachtsurlaub nutzten. Nachdem der Erkennungsdienst Simnachers Büro nach Finger- und DNA-Spuren abgesucht hatte, war es für weitere Ermittlungen freigegeben worden.

»So ein Büro hätte ich auch gern mal«, bemerkte Kies, während sie den Raum betraten, der etwa doppelt so groß war wie das Büro von Steinmayr.

»Aber in deinem Vorzimmer würde dann sicher keine Schreckschraube in der Menopause sitzen«, lachte Lukas und vermutete, dass Kies' persönliche Assistentin mehr auf seinem Schoß als im Vorzimmer sitzen und beim Alkoholkauf um den Ausweis gebeten werden würde. Dann fragte er sich, wie wohl das Amtszimmer des stellvertretenden Akademiedirektors in Ainring aussähe. Und ob er eine eigene Sekretärin hätte. Und wenn ja, ob er die seines Vorgängers übernehmen müsste.

Es roch staubig in Simnachers Büro, wo seit der Spurensicherung nicht mehr gelüftet worden war.

»Was glaubst du, was wir hier noch finden können?«, fragte Kies skeptisch.

Lukas blickte sich um und zuckte mit den Schultern. »Es muss doch irgendwelche Hinweise geben. Ein Spitzenpolitiker stirbt nicht einfach so in der Sauna. Ich bin sicher, dass mehr dahintersteckt. Und ich habe das Gefühl, dass es etwas mit seinem Beruf zu tun haben muss.«

Lukas setzte sich an den massiven Holzschreibtisch und blickte auf ein großes Landschaftsbild mit einem See und Bergen im Hintergrund, das über einem Besprechungstisch mit vier Besucherstühlen hing. Neben einem Telefon mit zahlreichen Speicherknöpfen stand ein gerahmtes Familienfoto aus der Zeit, als Frau Simnacher noch gelebt hatte. Tochter Sophie dürfte etwa zehn Jahre alt gewesen sein, und Simnacher selbst hatte auf dem Bild noch volles Haar und wog einige Kilo weniger. Lukas hatte erwartet, ein besonderes Gefühl der Macht zu spüren, wenn er auf diesem Stuhl Platz nahm. Doch es fühlte sich für ihn genauso an wie an jedem anderen Arbeitsplatz.

»Das ist doch Quatsch, was wir hier machen«, sagte Kies leicht genervt. »Die Kollegen vom ED haben hier alles auf den Kopf gestellt und nichts gefunden, was uns weiterbringen könnte. Das ist verkackte Zeit. Wir sollten uns besser mit dem Staatsschutz zusammentun und die Sache mit dem Öko-Terrorismus näher beleuchten. Für mich liegt es auf der Hand, dass die radikalen Olympiagegner etwas mit Simnachers Tod zu tun haben.«

»Ach, Kies. Das klingt nach einer spinnerten Verschwörungstheorie, findest du nicht? Wenn es ein Terroranschlag wäre, dann müsste es doch irgendwo ein Bekennerschreiben geben oder so etwas!«

»Gibt es ja vielleicht auch. Und es ist nur noch nicht entdeckt worden, wer weiß?«

»Empfänger unbekannt verzogen oder Annahme verweigert? Ich weiß nicht. Vielleicht kriegt Anneke was raus bei diesem Jäger. Der hat wohl interessante Hinweise, dass Donnersberg –«

»Anneke, Anneke, Anneke«, äffte Kies. »Kann es sein, dass unsere neue Flachland-Kollegin hier von allen etwas überschätzt wird? Vielleicht sollte sich unsere kleine Frau Antje bei Germany's next Top-Cop bewerben!«

»Hey, Kies, warum so genervt?« Lukas stand auf und ging zu seinem Kollegen. »Ich dachte, du magst Anneke auch. Sie ist doch wirklich eine Bereicherung für unser Team.«

Kies machte nur ein missmutiges Geräusch und wandte sich ab.

»Oder bist du sauer, weil du Frau Antje noch nicht ins Bett gekriegt hast?« Lukas meinte seine Frage als launige Provokation, doch anscheinend hatte er Kies an einer sensiblen Stelle getroffen.

»Ach, leck mich!«, entfuhr es Kies. Mit den Worten »Ich brauch mal frische Luft« verließ er den Raum und schloss die Tür lautstark hinter sich.

Lieber Himmel, dachte Lukas. Männer können anscheinend genauso zickig sein wie Frauen. Vielleicht hatte Kies ja seine Tage.

Lukas ging im Büro auf und ab und dachte nach. Dann öffnete er das Fenster, durch das er in den Innenhof zur Ostpforte des komplexen Landtagsgebäudes schauen konnte.

Tief atmete er die eiskalte Luft ein. Einmal, zweimal. Dann schloss er das Fenster, und wieder blieb sein Blick an dem Ölgemälde hängen. Er hatte wenig Ahnung von Kunst und konnte gerade mal einen Dalí von einem Picasso unterscheiden. Das Bild, das er hier sah, war eine expressionistische Darstellung und zeigte eine Seelandschaft. Vor dem hellblauen Wasser waren grüne Büsche zu sehen. Am anderen Ende des Ufers waren Gebäude mit orangeroten Dächern stilisiert, dahinter ragten grüne Berggipfel in den weißblauen Himmel.

Lukas machte zwei Schritte zurück, um das Bild ganz auf sich wirken zu lassen. Dann bemerkte er, dass es nicht gerade hing. Vermutlich hatten die Kollegen vom ED das Bild abgenommen und untersucht und dann nicht wieder ordentlich aufgehängt. Lukas verspürte regelmäßig diesen unwiderstehlichen Drang, schiefe Bilder gerade zu rücken. Doch als er das Gemälde bewegen wollte, gab es nicht nach. Als wäre es an die Wand genagelt. Er erhöhte den seitlichen Druck seines Zeigefingers.

Dann brach der Widerstand, und reglos sah Lukas zu, wie das Gemälde vor seinen Augen zu Boden fiel und der Rahmen auf dem edlen Parkettboden in tausend Einzelteile zerbarst.

Nach zwei Schrecksekunden rief er aus: »Verdammte Scheiße!«

Kurz darauf stand Kies in der Tür. »Was ist denn hier passiert?«

»Frag nicht so dumm«, erwiderte Lukas. »Ich dachte, du brauchst frische Luft.«

»Die schöne Tegernseer Landschaft«, sagte Kies leise, als er das ganze Ausmaß des Malheurs erfasst hatte.

»Wie bitte?«, fragte Lukas.

»Du hast die Tegernseer Landschaft zerstört. Du Banause.«

»Bist du jetzt übergeschnappt?«

»Sag bloß, du hast nicht erkannt, um welches Bild es sich hier handelt. Oder besser: gehandelt hat.«

Lukas schüttelte den Kopf. »Nein. Aber du weißt es?«

»Es heißt ›Tegernseer Landschaft‹ und ist von August Macke. Er hat 1910 ein Jahr lang am Tegernsee gelebt, und in der Zeit sind einige sehr hübsche Landschaftsbilder entstanden.«

»Kies, du erstaunst mich immer wieder. Woher weißt du das?«

Kies lächelte überlegen: »Allgemeinbildung, Herr Kollege.«

»Haha, jetzt sag schon: Welche Tussi hat dich in eine Kunstausstellung geschleppt?«

Kies antwortete nicht, stattdessen deutete er auf den Trümmerhaufen auf dem Fußboden: »Da schau her!«

»Was denn?«, fragte Lukas, und im selben Moment sah er zwischen den zerbrochenen Teilen des Holzrahmens etwas aufblitzen. Kies hatte sich schon gebückt und das Fundstück aufgehoben.

»Das gehört eigentlich nicht in einen Bilderrahmen«, sagte Kies und zeigte Lukas eine runde Silberscheibe.

»Eine CD«, stellte Lukas fest. »Sieht aus, als wäre sie unversehrt. Jetzt bin ich aber gespannt, was Simnacher hinter den Hügeln der Tegernseer Landschaft versteckt hat.«

***

Anneke vergrößerte den Abstand zu Jäger auf dem Sofa um zwei Zentimeter. Doch sie musste sich eingestehen, dass sie seine Nähe trotz seiner Forschheit nicht als unangenehm empfand. Sie genoss es sogar, dass Jäger sie offenbar attraktiv fand und daraus keinen Hehl machte. Natürlich war sie Profi genug, um sich bei einer Befragung unter Kontrolle zu halten. Und dass man sich von einem Zeugen keinen Schnaps eingießen lässt, war ihr auch klar. Eigentlich. Hätte sie Jäger unter anderen Umständen getroffen, in einer Bar oder in der U-Bahn, hätte sie seinem Charme vielleicht nachgegeben und sich von ihm einladen lassen. Vielleicht wäre sie dann irgendwann auf seinem Sofa gelandet – dort, wo sie jetzt auch mehr lag als saß und spürte, wie sich alles um sie herum zu drehen begann. Sie wollte einfach nur schlafen. Jetzt auf der Stelle.

Sie sah, dass sich Jägers Mund bewegte, aber sie nahm seine Stimme kaum wahr. Er schien sie etwas zu fragen, auf sie einzureden. Dann sah sie, wie sich seine Hand in Zeitlupe zu ihrem Gesicht bewegte, als wollte er ihr über die Wange streicheln. Sie sah, dass seine Hand sie berührte, aber sie spürte nichts. Dann fühlte sie, wie Jäger den Reißverschluss ihrer Fleecejacke vorsichtig öffnete. Würde er sie jetzt hier auf dem Sofa verführen? Dabei musste sie gar nicht verführt werden, sie war willenlos und ließ alles mit sich geschehen. Er fingerte an ihrem Hals herum. Warum stellte er sich jetzt so ungeschickt an? Fiel es ihm so schwer, eine Frau auszuziehen? Sie wollte ihm etwas Freundliches sagen. Doch die Worte, die sich in ihrem Kopf bildeten, fanden nicht den Weg zu ihrer Zunge. Sie war wie gelähmt.

Sie begehrte Alexander Jäger, wie sie schon lange keinen Mann mehr begehrt hatte. Sie vergaß alles um sich herum und versuchte, sich zu erinnern, welche Unterwäsche sie angezogen hatte. Sie glaubte, dass es der schwarze Spitzen-BH war. Trug sie eine blickdichte Strumpfhose? Oder hatte sie ...

Die Skiunterhose. Mit einem Schlag war sie hellwach. Sie trug eine weiß-blau geringelte Skiunterhose.

Was tat sie hier? Hatte sie den Verstand verloren? Wollte sie zulassen, dass ein Zeuge in einer Ermittlung sie auszog, auf dem Sofa vernaschte – und ihre Skiunterhose zu Gesicht bekam?

»Herr Jäger, ich weiß nicht, wie … Sie müssen ...«

»Ah, die Kommissarin ist wieder unter uns. Ich habe mir schon Sorgen gemacht«, sagte Jäger und lächelte erleichtert.

»Wieso? Was?« Anneke schaute ihn verstört an.

»Ich hatte das Gefühl, dass Sie kurzzeitig bewusstlos waren. Nur ein paar Sekunden, zum Glück. Da haben Sie mir einen ganz gehörigen Schrecken eingejagt, Frau Kommissarin.«

Nur ein paar Sekunden? Es war ihr viel länger erschienen.

»Hab ich etwas … äh … gesagt? Oder getan?«

Jäger lachte. »Nein, wie gesagt. Es waren nur Sekunden. Wenn Sie nicht sofort zu sich gekommen wären, wäre Ihnen eine Erste-Hilfe-Beatmung nicht erspart geblieben. Sie vertragen wohl keinen Alkohol?«

Anneke lachte verlegen. »Hm, der Kreuther Geist war vielleicht etwas stark für einen fast nüchternen Magen. Ich hoffe, Sie haben keine K.-o.-Tropfen hineingetan. Mir ist das furchtbar unangenehm. Ich glaube, wir setzen unser Gespräch lieber ein anderes Mal fort.«

Sie zog ihren Reißverschluss wieder hoch, packte die Jacke, die über der Stuhllehne lag, und stieg die Treppe hinab, ohne dass Jäger etwas erwidern konnte.

»Aber Frau Kommissarin, warten Sie doch ...«, rief er ihr hinterher.

Wenige Augenblicke später saß sie am Steuer ihres Wagens und glaubte im falschen Film zu sein. Wie konnten sie ein Kräuterschnaps und eine falsche Bemerkung so aus der Bahn werfen!

Als sie hinter dem Gasthaus Jennerwein auf die Münchner Straße einbog, sah sie in der Kurve Richtung Gmund einen Streifenwagen stehen.

Verdammt, dachte sie. Wenn ich jetzt angehalten werde, bin ich vielleicht meinen Führerschein los – und vielleicht auch meinen Job.

Sie dachte nicht länger nach, stoppte am Fahrbahnrand, griff in das Handschuhfach und montierte das Blaulicht aufs Dach. Mit eingeschaltetem Sondersignal fuhr sie Richtung Kreuth.

***

Es schien Ewigkeiten zu dauern, bis Lukas' Rechner hochgefahren und betriebsbereit war. Er saß an seinem Schreibtisch und legte die CD-ROM ein, um den Inhalt des Datenträgers anzeigen zu lassen. Kies stand hinter ihm und schaute auf den Bildschirm. Die CD enthielt einhundertneun Bild-Dateien im JPEG-Format mit Dateinamen, die darauf hindeuteten, dass sie direkt von einer Digitalkamera heruntergeladen und seitdem nicht bearbeitet worden waren.

»Jetzt zeig schon!«, drängelte Kies.

»Immer mit der Ruhe. Du siehst doch die Sanduhr.«

Die Dateien waren so groß, dass die Rechenkapazität des Computers, auf dem noch das prähistorische Windows 98 installiert war, ihre Grenzen erreichte.

Es dauerte noch einige Sekunden, dann wurde das erste Bild angezeigt.

»Das ist –«

»Donnersberg!«, vervollständigte Lukas die Vermutung von Kies.

»Er steht mit einem Blumenstrauß in der Hand vor einer Haustür«, stellte Kies fest.

»Und trägt eher Freizeit- als Businessklamotten«, sagte Lukas. »Sieht nach Krankenbesuch aus.«

»Klick mal weiter! Nächstes Bild!«

Lukas klickte mit der Maus auf einen Pfeil nach rechts am unteren Bildschirmrand. Das nächste Foto zeigte den Innenminister, wie er das Haus betrat, danach war die verschlossene Tür zu sehen.

»Scheint eine Fotoserie zu sein«, vermutete Kies. »Sieht so aus, als ob sich ein Paparazzo auf die Lauer gelegt hat. Mach weiter!«

Sie schauten sich Bild für Bild an, wie ein Daumenkino. Donnersberg verließ das Haus ohne Blumenstrauß, dafür aber in Begleitung einer jungen schwarzhaarigen Frau. Dann stieg er in einen schwarzen Mercedes-Geländewagen mit Berchtesgadener Kennzeichen.

»Wer ist das denn?«, fragte Kies.

»Jedenfalls nicht die Gemahlin des Innenministers. Die ist blond.«

»Aber nicht hübscher als die hier«, stellte Kies fachmännisch fest. »Der brave Herr Minister hat was nebenher am Laufen. Ich glaub's ja nicht.«

In diesem Moment wurde die Bürotür geöffnet.

»Gibt's was Neues, Männer?«, fragte Neidlinger und blickte in die Runde. Als er sah, dass Kies und Lukas gebannt auf den Computermonitor starrten, streckte er seine rechte Hand aus, deutete auf den Bildschirm und sagte: »Das ist doch der Donnersberg!«

»Exakt«, bestätigte Lukas. »Und bevor Sie fragen, wer die Frau ist: Wir wissen es nicht.«

»Hmm«, brummte Neidlinger. »Jedenfalls nicht seine eigene. Dann frag ich was anderes: Woher habt ihr die Bilder? Ich nehme nicht an, dass wir unseren obersten Dienstherrn unter Observation stehen haben.«

»Keineswegs«, antwortete Lukas und erzählte von dem Missgeschick, das ihm in Simnachers Büro passiert war.

»Dann hoffe ich mal, dass diese ›Tegernseer Landschaft‹ kein Original, sondern eine Reproduktion war«, sagte Neidlinger und schien schon zu überlegen, auf welche Kostenstelle mögliche Schadensersatzzahlungen zu buchen wären. »Einen Vermerk für die Verwaltung zur Kostenerstattung musst du trotzdem machen. Kies kann den von dir geschilderten Hergang bezeugen?«

Kies nickte und sagte: »Es muss eine Kopie sein. Das Original ist in Privatbesitz und war letzten Sommer nur für kurze Zeit als Leihgabe in der Kunsthalle der Hypo-Kulturstiftung ausgestellt.«

Lukas verkniff sich eine Bemerkung über Kies' plötzliches Fachwissen aus der Kunstszene und sagte stattdessen: »Aber jetzt stellt sich die Frage, warum Simnacher eine CD mit diesen Bildern in seinem Büro versteckt hat.«

»Und ob sein Tod etwas damit zu tun hat«, fügte Kies hinzu.

»Moment, Moment«, fuhr Neidlinger dazwischen. »Es will ja hoffentlich niemand behaupten, dass der Innenminister – was auch immer er privat treibt – etwas mit dem Tod von Simnacher zu tun hat.«

»Es behauptet niemand etwas, Chef«, sagte Lukas beschwichtigend. »Aber wir müssen schon Erkundigungen einziehen, was es mit diesen Bildern auf sich hat und warum Simnacher sie versteckte. Und vor allem: woher er sie hatte. Ich denke, dass wir Donnersberg selbst dazu befragen müssen.«

»Außerdem sollte die KTU Simnachers Computer noch einmal genau durchsuchen, ob die Fotos vielleicht dort gespeichert waren und erst nachträglich auf CD gebrannt wurden«, sagte Kies.

»Du meinst, dass er die Bilder gar nicht auf der CD-ROM, sondern per E-Mail bekommen hat?«, fragte Lukas.

Kies nickte. »Denkbar wäre das.«

»Also, was machen wir mit Donnersberg?«, fragte Lukas und blickte den Kommissionsleiter fragend an.

Neidlinger zögerte kurz und dachte anscheinend über die Tragweite einer Befragung des Innenministers nach.

Dann kam er zu dem Schluss: »Das kann ich nicht entscheiden. Das soll Steinmayr sagen.«

Er will nicht zwei Jahre vor der Pensionierung ein Risiko eingehen, dachte Lukas und hatte Verständnis für seinen Vorgesetzten. »Okay, ich muss eh noch zu Steini wegen einer anderen Sache. Ich berede es mit ihm.«

In diesem Moment klingelte Lukas' Telefon. Das Display zeigte »Anneke« an.

»Ach, du hast ihre Nummer schon gespeichert?«, bemerkte Kies.

»Ja, und? Warum nicht?«, fragte Lukas zurück. »Sie ist immerhin unsere Kollegin.«

Er nahm den Hörer ab und sagte: »Servus, Anneke. Wo steckst du? Wie war's bei Jäger?«

Sie klang erschöpft, als sie antwortete: »Ich war bei ihm, er hat aber nicht viel mehr gesagt, als wir eh schon wussten. Er sagt, er hat Dokumente, die belegen, dass die Firma von Donnersberg senior kräftig Kohle machen wollte mit Olympia.«

»Das hätte freilich schon Skandalpotenzial, wenn ein Minister mit seinen Entscheidungen den elterlichen Familienbetrieb sanieren würde«, sagte Lukas. »Aber was ist los mit dir? Du klingst nicht gerade entspannt!«

»Deshalb ruf ich an, Lukas.« Ihre Stimme wurde leiser. »Ich glaub, ich hab mir was eingefangen. Mir geht's nicht gut, ich bin krank. Kommt ihr heute ohne mich klar?«

»Oh, das ist schade, aber nicht zu ändern. Gute Besserung. Melde dich!«

Lukas legte den Hörer auf.

»Anneke, Anneke, Anneke«, äffte Kies wieder.

Lukas ging nicht auf ihn ein. In dem Moment öffnete sich wieder die Tür. Helena Frings stand dort in einer taillierten schwarzen Bluse, einem kurzen grauen Rock und schwarzen Stiefeln. Ihre Beine waren von einem modischen Etwas umhüllt, von dem man nicht genau sagen konnte, ob es sich um eine blickdichte Strumpfhose, Leggings oder eine sehr enge Trainingshose aus feinstem Stoff handelte.

»Ach, hier steckst du, Kies«, sagte sie. »Ich wollte dich nur fragen, ob's bei unserer Verabredung heute Abend bleibt? Halb acht, Lenbachhaus?«

Kies wurde knallrot im Gesicht und sagte nur: »Ja, ich hoffe, dass ich pünktlich rauskomme.«

»Ach, Frau Frings führt unseren Kollegen Grötzinger in die Hochkultur ein«, sagte Neidlinger süffisant.

»Ja, eine sehr sehenswerte Ausstellung des ›Blauen Reiters‹«, sagte Helena. »Na dann, hoffentlich bis heute Abend.«

»Daher weht also der Wind«, sagte Lukas, als die hübsche Kollegin wieder verschwunden war.

Kies lachte. »Na ja, bereitest du dich nicht vor, wenn du mit einer Frau ausgehst? Und wenn man sein angelesenes Wikipedia-Wissen dann noch im Kampf gegen das Verbrechen einbringen kann, umso besser.«

»Jaja«, seufzte Lukas. »Ich bin dann mal bei Steini.«

***

Horst Steinmayr saß hinter seinem Schreibtisch und war in eine Akte vertieft, als Lukas das Zimmer betrat.

»Grüß dich, komm rein«, sagte der Dezernatsleiter und wies Lukas einen der Besucherstühle zu. »Ich hätte nicht gedacht, dass du dich so schnell entscheidest.«

»Horst, ich komme wegen des Falls Simnacher. Es könnte etwas delikat werden.«

Steinmayr schaute Lukas fragend an.

»Also, wir haben in Simnachers Landtagsbüro in einem Versteck hinter einem Gemälde einen Datenträger mit digitalen Bildern gefunden.«

»Das klingt doch nach einer guten Spur, oder?« Steinmayr legte die Akte zur Seite. »Dass ein Politiker in seinem Büro Fotos versteckt und kurz darauf stirbt, könnte in einem Zusammenhang stehen.« Er blickte Lukas auffordernd an weiterzuerzählen.

»Ja, das sehen wir auch so«, druckste Lukas herum. »Das Problem ist, dass auf den Bildern ein Mann zusammen mit einem Blumenstrauß und einer Frau zu sehen ist. Und die Frau ist nicht seine eigene.«

Steinmayr wurde ungeduldig. »Ja? Und? Simnachers Ehefrau kann es nicht sein, die ist tot. Aber wir wissen alle, dass die meisten Tötungsdelikte durch Beziehungskonflikte motiviert sind. Habt ihr den Mann, der auf den Bildern zu sehen ist, schon vernommen? Hat er ein Alibi?«

»Tja«, sagte Lukas lakonisch. »Das ist der Punkt. Ob er ein Alibi hat, wissen wir nicht. Aber er hat als Landtagsabgeordneter politische Immunität.«

»Ein Politiker?«, fragte Steinmayr nach einer Schrecksekunde, und Lukas nickte.

»Es kommt noch schlimmer. Er ist ein Kabinettsmitglied. Und wenn du denkst, jetzt kann es nicht mehr pikanter werden, täuschst du dich: Auf den Bildern ist zweifelsfrei unser Innenminister Max von Donnersberg zu sehen.«

»Verdammt«, fluchte Steinmayr. »Auch das noch. Und jetzt?«

»Das ist genau meine Frage an dich, Chef.«

Der Dezernatsleiter schwieg mehrere Sekunden und starrte auf den Aktendeckel vor sich. »Verdammt«, sagte er und fügte hinzu: »Ich muss telefonieren.«

Sein Blick ließ keinen Zweifel daran, dass er das Telefonat allein führen wollte. Offenbar wollte auch Steinmayr nicht die Entscheidung treffen, ob der Innenminister in ein Ermittlungsverfahren verwickelt werden dürfe.

»Ich meld mich gleich bei euch«, sagte er. Lukas stand auf und verließ den Raum.

***

Steinmayr schaute noch einige Sekunden zur Bürotür, die sich hinter Lukas schloss. Dann griff er zum Telefon und wählte die Nummer des Leitenden Oberstaatsanwalts Werner Holze, der sich nach zweimaligem Klingeln meldete. Mit wenigen Worten wiederholte Steinmayr, was Lukas ihm eben geschildert hatte, und hoffte auf eine konkrete Ansage für das weitere Vorgehen.

Holze konnte oder wollte nicht glauben, was er hörte.

»Sie wollen Ermittlungen gegen den Innenminister einleiten?«

»Von wollen kann keine Rede sein, Herr Oberstaatsanwalt.« Steinmayr seufzte. »Es liegt ja auch kein Verdacht gegen Donnersberg vor. Aber ignorieren können wir den Fund auch nicht ...«

»Nein, natürlich.« Steinmayr schien Holze denken zu hören. Ob es bei seinen Überlegungen eine Rolle spielte, dass Donnersberg als Innenminister zwar Vorgesetzter der Polizei war, aber nicht der Justiz und der Staatsanwaltschaft? Holzes oberster Dienstherr war Justizminister Kandlinger.

»Natürlich ermitteln wir unabhängig von der Person und ihrem

Amt. Aber die Sache ist heikel, das werden Sie einsehen«, sagte Holze so leise, dass er kaum zu verstehen war.

Sonst hätte ich Sie nicht angerufen, dachte Steinmayr und sagte: »Ja. Wie gehen wir konkret vor?«

»Sie werden sich denken können, Herr Kriminaldirektor, dass ich mir nicht mit einer vorschnellen Entscheidung die Finger verbrennen möchte.« Etwas leiser fügte er hinzu: »Und ich nehme an, es wird Ihnen nicht anders dabei gehen. Donnersberg ist der beliebteste Politiker im Land.«

»Und wer möchte es sich schon mit dem künftigen Ministerpräsidenten verscherzen, wenn er selbst noch ein paar Stufen auf der Karriereleiter über sich hat?«

»Ich sehe, wir verstehen uns, Herr Kollege«, sagte Holze. »Lassen Sie mich kurz Rücksprache mit der Ministeriumsspitze halten. Ich werde versuchen, Minister Kandlinger persönlich zu erreichen. Und dann melde ich mich umgehend bei Ihnen.«

Steinmayr bedankte sich höflich und legte auf. Dann stand er auf und ging zum Fenster. Er war immer ein loyaler Beamter gewesen, hatte sich vom Streifenbeamten zur Kripo hochgedient, um schließlich bei den Mordermittlern zu landen, der Königsdisziplin innerhalb der Polizei. Fünfeinhalb Jahre lang hatte er eine Mordkommission geleitet, bevor er zuerst zum Leiter des Kommissariats 11 mit seinen fünf Mordkommissionen geworden war und schließlich auch noch die Führung des gesamten Dezernats 1 übernommen hatte. Von der Ettstraße in die Bayerstraße, zurück in die Ettstraße und jetzt in die Hansastraße war er mit seinem Dezernat gezogen. Als oberster und bekanntester Münchner Mordermittler wurde er wegen der hohen Aufklärungsquote »Mister hundert Prozent« genannt, was nicht ganz korrekt war. Denn tatsächlich gab es eine Handvoll alter Fälle, die bisher nicht aufgeklärt waren. Doch wenn er in einem Interview auf seine legendäre Hundert-Prozent-Quote angesprochen wurde, kokettierte er gelegentlich damit, dass in manchen Jahren die Aufklärungsquote bei Tötungsdelikten sogar über hundert Prozent lag. Auf den staunenden Blick seines Gesprächspartners reagierte er dann mit der Erläuterung, dass manchmal zusätzlich zu den aktuellen auch Altfälle vergangener Jahre gelöst werden. So konnte es passieren, dass in einem Jahr mehr Morde geklärt als begangen wurden.

Dass seine Ermittlungen mit der Politik in Berührung kamen, geschah immer wieder einmal. Er erinnerte sich an das fünfundzwanzigste Jubiläum des Wiesn-Attentats, als neue Drohungen gegen das Oktoberfest auftauchten und die Politik aus Angst vor Panik in der Bevölkerung die Polizeiarbeit behinderte. Oder die zwei Mordanschläge auf CSU-Politiker kurz vor der Landtagswahl. Nicht zu vergessen der Skandal um die lächelnde Landrätin, die wegen pikanter Fotos in die Schlagzeilen gekommen war. Doch noch nie war er in eine Situation geraten, in der er seinen eigenen obersten Dienstherrn ins Visier der Ermittlungen hätte nehmen sollen. Er fand es einen klugen Schachzug, die Entscheidung über das weitere Vorgehen auf den Oberstaatsanwalt abzuwälzen. Selbstzufrieden grinste er.

Sein Telefon läutete. Konnte das schon Holze mit einer Rückmeldung von Kandlinger sein?

Er nahm den Hörer ab.

»Alles im Lot, Herr Kriminaldirektor?« Auch das noch, dachte Steinmayr. Es war Stapper. Es war selten, dass sich der Polizeipräsident höchstpersönlich nach dem Stand der Ermittlungen erkundigte. Doch es gab Gerüchte, dass sich Stapper um den frei werdenden Posten des Amtschefs im Innenministerium bemühte. Und da lag es nahe, dass er bei Ermittlungen nach dem Tod eines hochrangigen Politikers auf dem Laufenden sein wollte.

Auch dem Präsidenten erklärte Steinmayr mit wenigen, aber eindringlichen Worten die heikle Situation. Und nach jedem Satz spürte er, dass Stapper kurzatmiger wurde.

»Habe ich Sie richtig verstanden, Herr Kriminaldirektor, dass Ihre dritte Mordkommission im Begriff ist, den Staatsminister des Innern durch eine Einvernehmung in eine Ermittlung zu verwickeln, ohne dass der geringste Tatverdacht gegen ihn vorliegt?«

»Beruhigen Sie sich, Herr Präsident«, sagte Steinmayr. »Wir werden nichts unternehmen, was auch nur im Geringsten –«

»Richtig, Herr Kriminaldirektor, genau richtig. Sie werden nichts unternehmen.« Stapper holte tief Luft, um die Bedeutung seiner nächsten Worte zu untermauern: »Kraft meines Amtes als Präsident der Münchner Polizei untersage ich dem Dezernat 1 jedwedes Tätigwerden im Zusammenhang mit Innenminister Max von Donnersberg, dem ich nicht persönlich zugestimmt habe.« Seine Stimme wurde mit jedem Wort lauter und gipfelte in der überflüssigen Frage: »Haben Sie mich verstanden, Herr Kriminaldirektor?«

»Jawohl, Herr Präsident«, antwortete Steinmayr und fühlte sich so, als müsste er auch noch die Hacken zusammenschlagen.

»Ich verlange zudem, über jeden Ihrer Schritte informiert zu werden. Sagen Sie das auch den ermittelnden Beamten. Guten Tag.«

Steinmayr legte den Hörer wieder auf. So etwas hatte er noch nicht erlebt. Sein Herz raste.

# ZEHN

Justizminister Alois Kandlinger schaute sich vorsichtig um, als er das Tagungsgebäude durch einen Seiteneingang verließ. Die Pressemeute stand wie immer vor der kleinen Steintreppe am Haupteingang der Bildungsstätte, wo sie den ein- und ausgehenden Politikern, egal ob Minister oder Hinterbänkler, ihre Mikrofone vors Gesicht hielten. Wie so oft in Kreuth hatten Personaldebatten die Sachpolitik aus den Schlagzeilen verdrängt. Zwar war es irgendwo verständlich, dass sich die Journalisten weniger für die Entwicklung des ländlichen Raums oder die Reform der Kindergartenbezuschussung interessierten als für die Nachfolge des verstorbenen Fraktionsvorsitzenden. Dennoch war es immer wieder frustrierend und anstrengend, wie wenig die Sachpolitik von der Öffentlichkeit wahrgenommen und gewürdigt wurde.

Doch im Moment war es Kandlinger sehr recht, dass die anwesenden Journalisten sich nicht für die Rechtspolitik und die Justizreform interessierten. Vermutlich hätten sie ihn auch gar nicht erkannt im hellblauen Schneeanzug mit Sonnenbrille und Skimütze. Noch nie hatte ihn jemand dabei entdeckt, wie er die Mittagspause der Klausurtagung dazu nutzte, sich die Langlaufskier unter die Füße zu schnallen und sich für eine Stunde oder zwei den Loipen des heilklimatischen Luftkurortes hinzugeben. All die Jahre, in denen er im Januar in Kreuth weilte, hatte er sich diese kleine Auszeit gegönnt, egal wie heftig die politischen Debatten tobten. Und so wollte er auch heuer, trotz der angespannten Situation auf der Klausur, seine kleine, heimliche Tradition wahren. Eine diebische Freude erfüllte ihn jedes Mal, wenn sich die Journaille auf einen stellvertretenden Bezirksvorsitzenden stürzte, während ein ranghohes Kabinettsmitglied seelenruhig und unbehelligt an ihnen vorbeispazierte.

Wenige Minuten später war Kandlinger auf der Loipe. Jeden ihm entgegenkommenden Langläufer grüßte er mit einem freundlichen »Grüß Gott«. Er war froh, dass er nicht wie der Innenminister oder der Ministerpräsident aufgrund erhöhter Gefährdungsstufe auf

Personenschützer angewiesen war. Ein politischer Job, der das Privatleben bis in die letzte Ecke beherrschte, käme für ihn nie in Frage. Er achtete auf das, was die jungen Karrieristen heute Work-Life-Balance nannten. Für ihn war seine Auszeit einfach nur Lebensqualität.

Verdammt, dachte Kandlinger, als er das Handy in der Tasche seines Anoraks läuten hörte. Eigentlich gab es niemanden, der ihn während dieser kurzen Unterbrechung stören durfte und der nicht mal eine Stunde warten konnte. Die vergangenen Jahre hatte er hier auf den verschneiten Wegen niemals Handyempfang gehabt und sich daher auch nie darum bemüht, das Telefon auszuschalten oder auf lautlos zu stellen. Offenbar wurde das Mobilfunknetz immer weiter ausgebaut, und die Strahlung zeigte nirgendwo mehr Erbarmen, auch in den idyllischsten Ecken der Natur nicht.

Es dauerte einen Moment, bis er mit seinen behandschuhten Fingern den Reißverschluss seiner Jackentasche geöffnet und das Handy herausgefischt hatte. Das Display zeigte eine unterdrückte Nummer an, was auf einen Top-Beamten aus dem Ministerium hindeutete – oder auf seine Mutter, die im Pullacher Seniorenstift ein altes Wählscheibentelefon auf dem Zimmer hatte.

»Kandlinger«, meldete er sich. Es war nicht seine Mutter.

»Das ist gut, dass ich Sie direkt erreiche, Herr Minister«, sagte Oberstaatsanwalt Holze.

»Das sehen Sie vielleicht so«, brummelte Kandlinger leise. Und lauter sagte er: »Was gibt es Wichtiges?«

»Also, ohne Präliminarien: Ich brauche eine Ministerentscheidung.« Holze klang aufgeregt, trotzdem sagte er als Jurist nicht »Vorgeplänkel«, sondern »Präliminarien«. »Die Mordkommission will Donnersberg vernehmen, es geht um den Tod Simnachers.«

Kandlinger blieb stehen und öffnete seine Jacke. Ihm wurde warm.

»Donnersberg? Warum?«

Holze gab das wieder, was Steinmayr ihm berichtet hatte.

»Können wir diesem Steinmayr vertrauen, Herr Oberstaatsanwalt?«, sprach Kandlinger in sein Mobiltelefon. »Hat er seinen Laden im Griff?«

»Für Kriminaldirektor Steinmayr und seine Leute lege ich meine Hand ins Feuer«, beteuerte Holze.

»Warum sollten wir also den leitenden Ermittlern Steine in den Weg legen?«

»Aber mit Verlaub, Herr Minister, es geht nicht um eine Wirtshausschlägerei oder einen Taschendiebstahl. Sondern um einen Ihrer Kabinettskollegen.«

»Und es geht auch nicht darum, ebenfalls mit Verlaub, Herr Oberstaatsanwalt, dass wir gegen ein Kabinettsmitglied einen Haftbefehl erlassen oder ihn als Beschuldigten vernehmen.«

»Ja, aber … der Minister ist doch –«

»Max von Donnersberg ist als bayerischer Innenminister wie kein anderer daran interessiert, dass jedes Verbrechen aufgeklärt wird und jeder Täter kompromisslos verfolgt wird. Und wenn der Minister höchstpersönlich zur Aufklärung eines Verbrechens beitragen kann, ist es seine staatsbürgerliche Pflicht, nach besten Kräften –«

»Ja, ich habe verstanden«, sagte Holze. »Ich sehe das ja genauso wie Sie, Herr Minister. Ich wollte nur sichergehen und mir –«

»Wenn Sie jetzt sicher sind, können wir das Gespräch ja als beendet betrachten, Herr Oberstaatsanwalt.«

»Jawohl, Herr Minister, und entschuldigen Sie ...«

Kandlinger beendete das Telefonat und zog seine Handschuhe wieder an. Er wusste nicht, ob es ein lateinisches Wort für »Abschiedsgeplänkel« gab.

***

Anneke dröhnte der Kopf. Sie hatte aus dem Depot unter der Treppe eine Flasche Tegernseer Hell mit ins Zimmer genommen in der Absicht, schneller einzuschlafen. Sie wollte diesen Tag schnellstmöglich hinter sich bringen. Vielleicht würde sie dann wieder aufwachen und alles war nur ein Traum. Doch der Alkohol hatte das Gegenteil bewirkt: Sie war hellwach und starrte an die Decke des Gästezimmers. Draußen tobte ein Schneesturm, der ihre Phantasie derart anregte, dass sie in Panik geriet, das Haus Pollinger könnte über Nacht unter den Schneemassen verschwinden.

Es hatte keinen Sinn. Sie würde nicht einschlafen, wenn sie noch länger im Bett liegen blieb und an die Decke starrte. Sie tastete mit der rechten Hand nach der Lampe, die auf dem hölzernen Nachttischchen stand. Eine Zwanzig-Watt-Birne unter einem bestickten Lampenschirm erhellte kurz darauf mit schummrigem Licht den Raum. Sie bedauerte, dass sie nichts zu lesen dabeihatte und erblickte im selben Moment die Tegernseer Zeitung, die neben dem Bett auf den Holzdielen lag. Zwar hatte sie das Blatt beim Frühstück schon durchgeblättert, aber vielleicht half eine erneute Lektüre dabei, doch noch müde zu werden und die Kopfschmerzen zu vertreiben. Ihr Blick blieb am Zeitungstitel hängen. Unter den Titel des Blattes war das Datum gedruckt.

Es war der achte Januar.

Heiß und kalt durchfuhr es sie.

Am achten Januar 1974 war Henk geboren worden. Heute wäre er achtunddreißig Jahre alt geworden. Seit dem Unfall hatte sie bisher Henks Eltern im Januar einen langen Brief mit einem nachträglichen Weihnachtsgruß geschrieben und von den Ereignissen des vergangenen Jahres berichtet. Henks Eltern hatten sich jedes Mal mit einem langen, rührenden Brief bedankt. Und dieses Jahr hatte sie den Brief vergessen. Vor ihrem Weggang nach München hatte sie jeden Tag voller Schuldgefühle an Henk gedacht. In letzter Zeit hatte sie sich dabei erwischt, immer häufiger an Lukas zu denken.

Morgen würde sie sich hinsetzen und dem Ehepaar Leerkes einen Brief schreiben. Oder anrufen und sich entschuldigen. Was war mit ihr passiert, dass sie Henks Geburtstag völlig vergessen konnte?

Aber war sie nicht aus Waalwijk weggegangen, um zu vergessen? Um auf neue Gedanken zu kommen und ein neues Leben zu beginnen?

Ein blaues Leuchten vermischte sich mit dem Licht der Nachttischlampe. Ihr Handy.

»Ein verpasster Anruf«, zeigte das Display an. Sie drückte die OK-Taste, um zu sehen, wer sie um diese Zeit erreichen wollte.

Es war Lukas.

***

Oberschwester Hildegard fuchtelte wütend mit den Armen und redete auf den Krankenpfleger Mischa ein, der nur frech zurückgrinste, anstatt mit schuldbewusster Miene Demut zu zeigen. Als die Oberschwester mit ihrer Tirade zum Ende gekommen war, warf sie den Kopf empört in den Nacken, wandte sich ab und ließ Mischa allein zurück auf dem Krankenhausflur.

Den Grund des Streits konnte Lukas nicht verstehen, er hatte den Ton leise gedreht. Doch auch wenn er nicht alle Dialoge mitsprechen konnte, so kannte er doch den Inhalt jeder Folge der »Schwarzwaldklinik«, die er komplett auf DVD hatte. Sich alte Familienserien der achtziger Jahre anzuschauen, war für ihn ein liebgewordenes Ritual geworden, um nach einem nervenaufreibenden Arbeitstag zur Ruhe zu kommen. Abschalten durch Einschalten, nannte er diese Art der Entspannung. Doch heute gelang es ihm nicht, sich auf dem Sofa mit einer Tüte Erdnussflips und einem Wodka Bull von seinem Fall abzulenken. Immer wieder blätterte er den Bericht der Kriminaltechnik durch, den er mit nach Hause in seine Wohnung in der Brahmsstraße genommen hatte. Das Ergebnis schien eindeutig zu sein. Jedenfalls gingen die Experten der KTU »mit großer Wahrscheinlichkeit« davon aus, dass der Inhalt des Datenträgers von einem ganz bestimmten Rechner mit einer eindeutigen IP-Adresse per E-Mail von dem Absender nick-k@gmx.de an eine private Mailadresse von Friedrich-Joseph Simnacher geschickt worden war. Doch er wollte nichts unternehmen, ohne sich mit Anneke besprochen zu haben. Aber sie ging nicht an ihr Handy.

Hoffentlich ist sie nicht ernsthaft krank, dachte er, während sich Udo Brinkmann mit seiner Exfrau zankte. Wurde denn heute nur gestritten im Glottertal?

Lukas griff wieder zu seinem Handy und wählte diesmal die Nummer von Kies. Doch auch hier klingelte es ins Leere.

Vermutlich vögelt er gerade irgendwo die schöne Helena, mutmaßte Lukas, während er darauf wartete, dass sich die Mailbox meldete.

»Hallo, Kies, ich bin's. Ich kann Anneke nicht erreichen. Folgender Vorschlag: Ich fahr morgen früh direkt raus zu Jäger. Ich glaube, wir sind auf der richtigen Spur.« Er sagte nicht, dass er dann auch nach Anneke schauen würde, weil er sich Sorgen um die holländische Kollegin machte. Dafür wünschte er Kies noch einen schönen Abend und fügte ein schelmisches »Bleib anständig« hinzu. Dann legte er auf und schaltete den Fernseher aus. Vom Schwarzwald war er jetzt gedanklich zu weit entfernt. Nachdem er festgestellt hatte, dass die Erdnussflips-Tüte außer Krümeln nichts mehr enthielt, ging er ins Bett. Sollte er noch einen letzten Versuch starten, Anneke zu erreichen? Kurz wog er sein Telefon in der Hand und schaute auf das Display, als könnte dort die Antwort auf seine Frage erscheinen. Dann entschied er, sie nicht mehr anzurufen, sondern ihr eine SMS zu schreiben.

# ELF

Ich muss kündigen, waren die ersten Gedanken, als Anneke am nächsten Morgen aufwachte. Die Kopfschmerzen waren ebenso verschwunden wie der Schneesturm draußen vor dem Fenster. Durch die Gardine konnte sie vom Bett aus erkennen, dass die grelle Wintersonne am wolkenlosen Himmel strahlte. Sie stand auf und zog den Vorhang ein Stück zur Seite. Das Weiß der gleißend hell erleuchteten Schneemassen schmerzte ihr in den Augen. Anneke presste die Lider zusammen und strich sich eine Haarsträhne aus dem Gesicht. Sie sah eine Märchenlandschaft, wie sie sie nur von Gemälden oder aus Bildbänden kannte. Minutenlang stand sie regungslos am Fenster und ließ die prächtige Winterlandschaft auf sich wirken. War das alles echt? Und war alles, was gestern geschehen war, in einer anderen Welt passiert? Vor ihrem geistigen Auge sah sie Jägers Haus in der Straße mit dem merkwürdigen Namen. Sie sah sich selbst im Zimmer des Journalisten, wo sie sich völlig danebenbenommen hatte und beinahe auf dessen plumpen Annäherungsversuch hereingefallen war. Eines Zeugen! Sie war eine Schande für die Polizei. Wenn irgendwie herauskam, dass sie die Kontrolle über sich verloren hatte, dann würde sie bei der Münchner Kripo so wenig einen Fuß auf den Boden bekommen, wie es am Schluss bei der holländischen Polizei der Fall war. Ihre Kollegen würden sagen: »Frau Antje, zurück nach Holland.« Und zwar zu Recht.

Sie würde noch heute Steinmayr ihre sofortige Beurlaubung vorschlagen und dann schnellstmöglich den Dienst quittieren. Sie suchte ihr Handy. Wie spät mochte es sein? Wie lange hatte sie geschlafen, wenn es schon taghell draußen war? Sie sah ihr Mobiltelefon auf dem Fußboden neben dem Bett liegen und hob es auf. Das Display war tot.

*»Verdorie«*, fluchte sie in ihrer Muttersprache. Offenbar hatte der Akku über Nacht seinen Geist ausgehaucht. Und ein Ladegerät hatte sie nicht mitgenommen.

Egal, sie wusste, was sie zu tun hatte. Anneke duschte schnell und packte ihre Sachen zusammen. Sie nahm die Dienstwaffe aus der Schublade neben dem Bett und verstaute sie sicher in der Reißverschlusstasche ihres Eastpak-Rucksacks. Kurz überlegte sie, ob sie noch das Bauernfrühstück von Frau Pollinger genießen sollte, aber sie hatte keinen Hunger, nur Durst. Als sie die Holztreppe hinunterschritt, nahm sie eine kleine Mineralwasserflasche mit und steckte sie in die rechte Tasche ihrer Winterjacke. Kurz darauf saß sie im Auto.

***

Lukas machte sich Sorgen. Er konnte sich kaum auf den Verkehr konzentrieren. Die Strecke auf der B318 hinter Holzkirchen zog sich endlos in die Länge. Ein Traktor, der einen Gülletank hinter sich herzog, bremste den Verkehr Richtung Gmund fast auf Schritttempo. Lukas sah wegen des dichten Gegenverkehrs keine Chance, das schleichende Verkehrshindernis zu überholen, und trommelte ungeduldig auf dem Lenkrad herum. Gelangweilt suchte er im Radio nach einem Sender, der nicht mit Werbejingles und Gewinnspielen nervte. Er landete schließlich bei Bayern 4 Klassik, was allerdings auch nicht das war, was er jetzt brauchte. Als der Suchlauf bei einem Lokalsender hängen blieb, kapitulierte Lukas und lauschte für den Rest der Fahrt dem »Treffpunkt Alpenwelle«. Der Comedian Toni Paroli präsentierte Ausschnitte aus seinem neuen Programm, das er in wenigen Tagen im Kloster Benediktbeuern präsentieren würde.

Auch das noch, dachte Lukas, fuhr an einer Aral-Tankstelle vorbei und ließ eine Abzweigung zur Krottenthaler Alm links liegen.

Was war mit Anneke los? Warum rief sie nicht an? Okay, sie hatte sich krankgemeldet. Da war es nicht verwunderlich, dass sie das Handy ausschaltete und nicht erreichbar war. Es gab also eigentlich keinen Grund, sich Sorgen zu machen, redete er sich ein. Er hoffte dennoch, dass sie sich bald melden würde. Und wenn nicht, dann würde er einfach im Haus Pollinger vorbeifahren und nach ihr schauen. Das dürfte sie auch nicht als zu aufdringlich empfinden.

Als Lukas in Gmund in die Finsterwalder Straße einbog und vor Jägers Haus ein Auto mit Münchner Kennzeichen stehen sah, dachte er sich zunächst nichts dabei. Erst als sich die Fahrertür öffnete und eine junge Frau mit einer bordeauxroten Winterjacke und einem blonden Pferdeschwanz herauskam, traute er seinen Augen nicht. Er parkte seinen BMW direkt hinter Annekes Auto und stieg aus.

»Anneke? Du hier?«

Er sah, wie sie erschrak, als sie unerwartet ihren Namen hörte.

»Ich denke, du bist krank?«

Er biss sich sofort auf die Zunge. Er wollte keinesfalls so erscheinen, als spioniere er ihr hinterher, voller Misstrauen, sie könne blaumachen. Lukas schloss die Fahrertür und ging langsam auf Anneke zu, die wie versteinert neben ihrem Wagen stehen blieb.

»Lukas?« Das war alles, was sie leise sagte.

»Was ist los mit dir? Warum meldest du dich nicht? Ich hab mir Sorgen gemacht!«

»Sorgen?« Sie lächelte verlegen. »Das ist nicht nötig. Mir geht es schon wieder viel besser. Du musst dir bald überhaupt keine Gedanken mehr wegen mir machen.«

»Wie bitte?« Er verstand nicht, was sie meinte.

»Ach, schon gut. Ich wollte zu ...« Sie deutete auf das bemalte Landhaus. »Zu Jäger. Ich habe noch etwas mit ihm ... zu bereden. Warum bist du hier?«

»Ich habe ...« Lukas blickte zum Haus, ob sie beobachtet wurden. Dann sprach er leiser weiter. »Wir haben die Ergebnisse der KTU bekommen. Dieser Herr Jäger hier steckt tiefer drin in unserem Fall, als wir bisher dachten.«

Anneke blickte ihn überrascht an. »Was heißt das?«

»Er hat digitale Spuren hinterlassen«, antwortete Lukas. »Einen Teil der Dateien, die wir hinter dem Tegernseer Panorama entdeckt haben, hat Simnacher per E-Mail von der anonymen Adresse nick-k@gmx.de empfangen. Aber es war für die Kollegen relativ einfach, die IP-Adresse herauszufinden. Und die wurde eindeutig Alexander Jäger zugeordnet.«

»Und was bedeutet das? Dass Jäger etwas mit dem Mord zu tun hat?« Anneke wurde kreidebleich.

»Jedenfalls gibt es noch Fragen, die wir ihm stellen sollten. Ich wollte dich informieren, Anneke, aber du warst ...«

»Entschuldige, Lukas, aber ich war wirklich … Lass uns einfach später drüber reden, ja?«

»Okay. Aber gut, dass du jetzt hier bist. Gehen wir gemeinsam rein. Ich hoffe, er ist daheim.«

»Sieht so aus«, sagte Anneke, als sich die Haustür langsam öffnete.

***

Anneke sah Jägers Gesicht nur für Sekundenbruchteile, bevor er die Tür wieder zuschlug. Er hatte erkannt, dass er erneut Besuch von der Polizei bekam.

»Verdammt, er haut ab«, rief Lukas.

»Es gibt eine Terrassentür, die hinten aufs freie Feld führt«, sagte Anneke und deutete am Haus vorbei.

»Gut, geh du rechtsrum, ich geh links.« Lukas zog seine Dienstwaffe aus dem Schulterholster. »Und Eigensicherung!«, rief er, während er mit einem Satz über den Gartenzaun sprang und durch den knietiefen Schnee stapfte.

»Ja«, sagte Anneke, wobei ihr einfiel, dass sie ihre Dienstwaffe im Rucksack im Kofferraum gelassen hatte. Sie würde wertvolle Zeit verlieren, wenn sie jetzt zum Auto zurückkehrte.

Mist, dachte sie und lief den Gehsteig entlang, um Jäger den Weg zu versperren, falls er über die Straße fliehen wollte. Doch dann sah sie, dass der Journalist versuchte, sich hinter dem Haus einen Weg durch die Schneemassen zu bahnen. Er trug keine Jacke und war mit einem Jogginganzug und Stoffpantoffeln bekleidet. Weit würde er so nicht kommen.

»Bleiben Sie stehen, Polizei!«, rief Lukas und hob seine Heckler & Koch P7.

Wenn er wirklich fliehen will, dann ist das fast ein Geständnis, dachte Anneke und fragte sich, wohin Jäger laufen wollte. Unmittelbar hinter dem Haus war freies Feld, dahinter ein paar Tennisplätze.

Anneke sah, dass auch Lukas Schwierigkeiten hatte, vorwärtszukommen. Jäger hatte einen großen Vorsprung. Aber sie war noch viel weiter entfernt. Dennoch schien Jägers Flucht völlig aussichtslos.

»Jäger, bleiben Sie stehen!«, rief Lukas noch einmal so laut er konnte. Dann verharrte er und hob seine Waffe.

Anneke gefror das Blut in den Adern. Lukas würde doch nicht ...

»Stehen bleiben oder ich schieße!« Noch während er sprach, stabilisierte er mit seiner linken Hand den rechten Arm, Anneke schloss instinktiv die Augen, dann hörte sie einen Schuss, der wie ein Donnerschlag durch die Stille peitschte. Als sie die Augen wieder öffnete, lag Jäger im Schnee.

»Hast du ihn erschossen, du Idiot?«, rief Anneke.

»Quatsch nicht, gib mir lieber Deckung. Er ist gestürzt.«

Sie näherten sich Jäger, der jetzt im Schnee kniete und die Hände hob. Er war offenbar unverletzt und vermutlich durch den Schreck hingefallen.

»Wo ist deine Waffe, Anneke?«, fragte Lukas, während er Jäger nicht aus den Augen ließ.

Anneke ging langsam auf Jäger zu und tastete nach den Handschellen, die unter ihrer Jacke am Gürtel befestigt waren.

»Wo ist deine Waffe?«, rief Lukas noch einmal.

Anneke gab keine Antwort. Sie würde Jäger Handschellen anlegen und ihn festnehmen. Dann würde kein Mensch mehr danach fragen, warum sie ihre Dienstwaffe nicht bei sich getragen hatte. Jäger würde keinen Widerstand leisten, davon war sie überzeugt.

»Sie sind vorläufig festge-«, sagte Anneke und beugte sich hinunter, um nach Jägers Armen zu greifen.

»Anneke, der Kerl ist gefährlich, pass auf!«

Mit einem Ruck riss sich Jäger los, ergriff mit einer Hand Annekes Arm, und noch bevor sie vor Schmerz aufschreien konnte, spürte sie einen kalten Gegenstand am Hals. Ein Messer.

»Sie tun mir weh«, rief sie, als Jäger sie am Haarschopf packte und den Kopf nach hinten riss. Sie konnte nicht sehen, um was für ein Messer es sich handelte. Vor Angst schloss sie die Augen. Wie aus einer anderen Welt hörte sie Lukas' Stimme.

»Legen Sie das Messer hin, Jäger! Und lassen Sie meine Kollegin los! Das ist doch sinnlos, was Sie da treiben!«

»Nehmen Sie Ihre Pistole runter«, erwiderte Jäger, und seine Stimme klang so kalt, wie sich das Metall an Annekes Hals anfühlte. »Werfen Sie mir Ihren Autoschlüssel zu, oder ich schlitze Ihrer reizenden Kollegin den Hals auf.«

»Sie sind doch verrückt!«, erwiderte Lukas.

Anneke hatte die Augen immer noch geschlossen. Jäger musste bemerkt haben, dass sie unbewaffnet war.

»Was wollen Sie, Alexander«, sagte sie leise. »Sie machen Ihre Schwierigkeiten doch nur noch größer, wenn Sie mich bedrohen.«

»Ihr Bullen wollt mir doch was anhängen. Ich kenn euch doch. Ich weiß, wie der Laden funktioniert. Ihr kriegt alle Druck von oben, von ganz oben. Ihr müsst einen Täter präsentieren. Der Öffentlichkeit und der Politik. Koste es, was es wolle. Die Polizei muss Effektivität beweisen. Hartes Durchgreifen verlangt die Politik, besonders wenn einer von ihnen das Opfer war.« Seine Stimme wurde leiser. »Ich hab doch keine Chance!«

»Wenn Sie unschuldig sind, Alexander, dann wird sich das herausstellen«, sagte Anneke. »Wenn Sie mich jetzt loslassen, dann vergessen wir das Ganze hier. Wir fahren aufs Revier, und Sie erzählen alles, was Sie wissen, und dann –«

»Das sind doch alles miese Tricks!«, rief Jäger wieder lauter. »Ich weiß genau, was –«

Annekes Hand fuhr unbemerkt an ihrem Bein hinauf. Zentimeter für Zentimeter näherte sie sich ihrer Jackentasche.

»Machen Sie sich nicht unglücklich!«, schrie Lukas, der immer noch seine Pistole auf ihn gerichtet hielt.

Annekes taube Finger waren jetzt an der Tasche angelangt, sie fühlte das kalte Glas der Sprudelflasche.

Jetzt oder nie, dachte sie. Ich habe nur eine Chance.

Sie ergriff den aus der Jacke herausragenden Hals der Flasche, riss sie heraus und schleuderte sie Jäger gegen den Kopf. Der schrie laut auf, ließ das Messer fallen und drückte beide Hände gegen die blutende Platzwunde auf seiner Stirn. Mit voller Kraft stieß Anneke dem Mann beide Fäuste gegen die Brust, sodass er taumelte und nach hinten in den Schnee fiel. Sofort kniete sie auf seinem Oberkörper und fixierte ihn. Im gleichen Moment stand Lukas neben ihr, riss Jägers Hände nach unten und fesselte ihn.

»Sag mal, spinnst du?«, fragte er Anneke.

Sie atmete tief durch. »Ist doch noch mal gut gegangen.«

***

Durchgefroren und durchnässt saßen Lukas, Anneke und Alexander Jäger zwanzig Minuten später im Vernehmungszimmer im ersten Stock der Polizeiinspektion von Bad Wiessee, das den Münchner Beamten für die Dauer der Ermittlungen im Fall Simnacher zur Verfügung gestellt worden war. Jägers Wunde am Kopf war weniger dramatisch als zunächst befürchtet und von einem Notarzt behandelt worden. Verdacht auf Gehirnerschütterung bestand nicht. Lukas und Jäger hatten von den Kollegen je einen Polizei-Trainingsanzug und eine Wolldecke bekommen. Anneke hatte sich frische Kleidung angezogen, die sie in der Reisetasche in ihrem Kofferraum gehabt hatte. Der stellvertretende Inspektionsleiter, Polizeioberkommissar Mrotzek, hatte die Heizung auf volle Kraft gedreht, allen dreien frischen Pfefferminztee serviert und dies mit einer defekten Kaffeemaschine begründet.

Der Raum war lichtdurchflutet. Die Farbe der Innenwände entsprach dem Ockergelbton, in dem auch die Außenfassade des modernen eingeschossigen Dienstgebäudes im Hügelweg gestrichen war. Das Mobiliar schien jedoch in den vergangenen Jahrzehnten nicht ausgetauscht worden zu sein. Neben einem großen Fenster, durch das man auf den gegenüberliegenden Tengelmann-Parkplatz blicken konnte, hing eine Landkarte der gesamten Region zwischen Chiemsee und Starnberger See.

»Wenn Sie vernünftig bleiben, können wir die Vernehmung ohne Handschellen durchführen«, sagte Lukas zu Jäger. Anneke nahm einen großen Schluck Tee und genoss die Wärme, die durch ihren Körper strömte.

»Ich lass Sie dann mal allein«, sagte Mrotzek. »Wenn was ist, ich bin unten in meinem Büro. Wir haben einiges zu tun, wegen dem Faszantas, Sie wissen schon.«

Lukas nickte Mrotzek dankend zu. Mrotzek hatte die Türklinke schon in der Hand, als er sich noch einmal umwandte.

»Ach ja, das Vernehmungsprotokoll der Frau Swadek, die den Toten in der Seesauna gefunden hat, liegt auch bei mir im Zimmer. Ich habe es abtippen lassen, Sie können es jederzeit mitnehmen.«

»Danke, Herr Mrotzek«, sagte Lukas. »Ich hoffe, wir haben irgendwann die Gelegenheit, uns für so viel Amtshilfe zu revanchieren.«

Als Mrotzek den Raum verlassen hatte, sprach Jäger wieder mit der tiefen, selbstbewussten Stimme, die Anneke an den Radiosprecher erinnerte: »Ich habe mit dem Mord an Simnacher nichts zu tun. Und ich habe Ihrer bezaubernden Kollegin –«

»Bleiben Sie sachlich«, fuhr Anneke empört dazwischen. Was bildete dieser Kerl sich ein, ihr während der Vernehmung vor Lukas Komplimente zu machen!

»Oh, heute so empfindlich?« Jäger lachte überheblich. »So kenne ich Sie ja gar nicht.« Dann wandte er sich an Lukas und sagte in einem verschwörerischen Flüsterton: »Vielleicht hat Frau Kommissarin ja ihre Tage.«

Jetzt wurde es auch Lukas zu viel: »Es reicht, Herr Jäger. Ich denke, Sie sind sich Ihrer Lage bewusst. Also kooperieren Sie und sagen Sie, was Sie wissen.«

»Ich habe der Frau Kommissarin gestern doch schon alles gesagt. Ich hätte ihr gern noch mehr erzählt, aber nach ihrer kurzen Unpässlichkeit hatte sie plötzlich keine Fragen mehr und musste ganz dringend weg. Das habe ich sehr bedauert.«

»Unpässlichkeit?« Lukas schaute Anneke fragend an.

»Das tut jetzt nichts zur Sache«, wehrte Anneke ab und fragte Jäger, um keine Gesprächspause aufkommen zu lassen: »Woher sind die Fotos, die Sie Simnacher geschickt haben?«

»Welche Fotos?«

»Jetzt spielen Sie nicht den Unwissenden!« Lukas wurde zornig. »Wenn Sie wirklich nichts mit Simnachers Tod zu tun haben, dann lassen Sie sich nicht alles aus der Nase ziehen. Also noch einmal: Woher haben Sie die Fotos?«

Jäger schaute einige Sekunden an Lukas vorbei zum Fenster hinaus. Dann sagte er: »Also gut. Ich habe die Bilder gefunden.«

»Wie bitte?« Anneke hätte laut losprusten können, so absurd kam ihr seine Antwort vor. Doch sie schämte sich immer noch für das, was am Tag zuvor geschehen war.

»Aha«, sagte Lukas. »Weiter!«

»Es war Mitte Dezember. Ich war auf Einladung einer PR-Agentur auf einer Pressereise in einem sogenannten Kuschelhotel in Bezau.« Anneke bildete sich ein, dass er ihr beim Wort »Kuschelhotel« anzüglich zuzwinkerte. »Bezau« hatte sie noch nie gehört, aber das spielte jetzt wohl auch keine Rolle. Außerdem wollte sie keine Detailfragen zu einem solchen Hotel stellen, um Jäger keine Vorlage für weitere Frivolitäten zu liefern.

»Wo genau und wie haben Sie die Bilder gefunden?«, fragte Lukas nach.

»Ich war mit meinem Wagen auf der Rückfahrt von Bezau. Das ist in Österreich in der Nähe von Bregenz. Fast zu Hause, kurz nach der Autobahnabfahrt Holzkirchen, bemerkte ich, dass der Tank leer war. Und dann bin ich zum Tanken gefahren und habe an der Zapfsäule einen USB-Stick auf dem Boden gefunden.«

»Der lag da? Einfach so? Neben der Zapfsäule?«, fragte Lukas.

»Wenn ich es doch sage!«

»Und warum haben Sie den Stick nicht in der Tankstelle an der Kasse abgegeben?«, wollte Anneke wissen.

»Das hatte ich vor. Ich steckte ihn in meine Jackentasche, aber bis ich vollgetankt hatte und zum Bezahlen an der Kasse stand, hatte ich ihn schon wieder vergessen. Es war schon spät am Abend, und ich war sehr müde. Ich wollte nur noch nach Hause und ins Bett.«

»Und was haben Sie dann mit dem Ding gemacht?« Anneke merkte, dass er ihrem Blick auswich.

»Erst ein paar Tage später, kurz vor Weihnachten, kam mir der Stick wieder in die Finger. Natürlich war ich neugierig und wollte wissen, was drauf gespeichert war. Ich schloss den Stick also an meinen Rechner an, nicht ohne einen Virenscanner drüberlaufen zu lassen, und dann habe ich ziemlich gestaunt. Das können Sie sich vorstellen!«

»An welcher Tankstelle haben Sie den USB-Speicher gefunden?« Lukas machte sich Notizen auf einem Block.

»Es war auf der B318. Zwischen Hartpenning und Tegernsee. Da, wo man zur Krottenthaler Alm einbiegt. Eine Aral-Tankstelle mit angeschlossener Ford-Werkstatt.«

Lukas schaute Anneke an. Sie schien dasselbe zu denken wie er: Das war die Tankstelle, an der sie auf dem Weg von München nach Kreuth vorbeigefahren waren.

»Was haben Sie gedacht, als Sie die Fotos gesehen haben, Herr Jäger?«, fragte Anneke.

»Wenn ich ehrlich sein soll, habe ich eine große Story gewittert:

Der Hoffnungsträger der Nation, Mister Polit-Saubermann, führt mit einer heimlichen Geliebten ein Doppelleben. Das wäre schon eine Schlagzeile wert.«

»Nicht nur das, oder? Sie haben das große Geld gerochen«, stellte Lukas fest. »Wem wollten Sie diesen Knüller verkaufen? Dem Spiegel?«

»Mein erster Gedanke war, bei der Bild-Zeitung anzuklopfen. Bei denen weiß man ja, dass sie nicht zimperlich sind und Informanten anständige Honorare zahlen.«

»Und eine kleine Finanzspritze konnten Sie gut gebrauchen, nicht wahr?«, meinte Anneke. »Allein von Restaurant- und Reisetipps kann man Ihren Lebensstandard dauerhaft nicht finanzieren, vermute ich.«

Jäger schwieg vielsagend.

»Und dann haben Sie gedacht, dass man mit einer kleinen Erpressung vielleicht noch mehr Kapital aus der Sache schlagen kann?«, startete Anneke einen Versuch ins Blaue.

»Ich wollte niemanden erpressen!«, wehrte Jäger entrüstet ab. »Ich war durch glückliche Fügung in den Besitz von brisanten Informationen gekommen, die wollte ich gewinnbringend verwerten. Das ist doch legitim. Ich habe nichts Verbotenes getan.«

»Haben Sie sich nie gefragt, wer die pikanten Fotos gemacht haben könnte? Und in wessen Auftrag?«, fragte Lukas.

»Es war mir in dem Moment egal. Ich hatte Anfang Dezember vom Finanzamt eine Umsatzsteuer-Nachzahlungsforderung für mehrere Jahre bekommen. Fünfundzwanzigtausend Euro. Und zum Jahreswechsel hat ein Reisemagazin, das mir bislang jährlich sechs Reportagen abgenommen hat, sein Erscheinen eingestellt. Die schulden mir auch noch fünftausend Euro Honorar. Dass mein Auto nach einem Glatteisunfall fast einen Totalschaden hatte und ich ein neues kaufen musste, ist in dem Zusammenhang jetzt fast schon zu vernachlässigen. Kurzum: Ich habe mir keine Gedanken über mögliche Hintergründe oder Auftraggeber gemacht. Ich habe gedacht, dass es nur fair ist, wenn ich mitten in meiner Pechsträhne auch mal Glück habe. Ich dachte: Vielleicht gibt es den lieben Gott ja doch, wenn er sozusagen vor meinen Füßen ein solches Goldstück vom Himmel fallen lässt.«

»Den lieben Gott lassen wir mal aus dem Spiel«, mahnte Lukas. »Sie haben die Bilder dann Friedrich-Joseph Simnacher angeboten?«

Jäger nickte. »Ich wusste ja aufgrund meiner Recherchen, dass er sehr vermögend ist. Und ich wusste auch, dass es sein Lebensziel war, Ministerpräsident zu werden. Dass seine Chancen derzeit aber mit jedem Tag sanken, an dem Max von Donnersbergs Popularitätskurve stieg, das wusste auch jeder, der ein bisschen Zeitung las oder Radio hörte.«

»Und da glaubten Sie, dass der Herr Simnacher es sich was kosten lassen würde, wenn man Donnersbergs Popularitätswerte wieder sinken lassen würde?«, sagte Anneke. »Wie viel haben Sie von Simnacher verlangt?«

Jäger fuhr mit den Fingern durch seine Haare. Er schien wieder an Selbstbewusstsein gewonnen zu haben und war offenbar davon überzeugt, dass Lukas und Anneke ihm seine Darstellung der Ereignisse abnahmen. Anneke war sich nicht sicher, ob sie Jäger glauben konnte. Im Grunde war sie geneigt, seine Schilderung von vorne bis hinten für ein Lügengebilde zu halten. Sie musste sich aber zugleich eingestehen, dass sie eine tiefe Abneigung gegen Jäger empfand, seitdem sie wusste, dass er zwei Gesichter hatte: Eines davon hatte ihr kurzzeitig den Kopf verdreht, das andere war die hässliche Fratze eines Lügners, Erpressers, vielleicht sogar eines Mörders. Wie hatte sie diesen Mann nur begehren können? Sie wünschte, sie hätte ihre erste Begegnung mit Jäger nur geträumt. Doch als er nun auf ihre und Lukas' Fragen antwortete, sprach er mit derselben Stimme, die sie beinahe um den Verstand gebracht hätte. Und auch jetzt konnte sie nicht ausblenden, dass sie selten von der Stimme eines Mannes derart berührt worden war.

Was war nur los mit ihr? War sie nicht einmal mehr in der Lage, eine gewöhnliche Vernehmung durchzustehen?

»Zu konkreten Verhandlungen ist es zu meinem Bedauern nicht gekommen«, hörte sie Jäger sagen. Seine Stimme klang gedämpft und leise, wie aus einem anderen Zimmer, ja wie aus einer anderen Welt. Ihr wurde schwindelig.

»Ich bin gleich wieder da«, sagte sie. »Ich brauch ein Glas Wasser. Oder frische Luft.« Sie stand auf und verließ den Raum, während sie Jäger hinter sich sagen hörte: »Oder beides.«

Die Toiletten waren zum Glück gleich nebenan. Sie schloss sich in eine WC-Kabine ein und glaubte, sich übergeben zu müssen.

»Anneke?«, hörte sie Lukas' Stimme auf dem Flur. Er klopfte gegen die Tür der Damen-Toilette und rief: »Alles in Ordnung?«

Nichts ist in Ordnung, dachte sie und erneuerte ihren radikalen Entschluss, den Dienst zu quittieren, Bayern den Rücken zu kehren und in ihre Heimat zurückzugehen.

»Geht schon«, antwortete sie. »Mein Kreislauf. Pass lieber auf, dass uns dieses Arschloch nicht entwischt.«

## ZWÖLF

Kaspar, Melchior und Balthasar sahen aus wie verkleidete Schulbuben, die sich aus alten Gardinen Umhänge genäht und selbst gebastelte Kronen aufgesetzt hatten. Unter ihren Kronen trugen sie Mützen gegen die beißende Kälte, was ihnen mehr orientalisches Aussehen verlieh als vermutlich beabsichtigt. Die Weisen aus dem Morgenland, die zur CSU-Tagung Gottes Segen bringen sollten, hießen in Wahrheit Tim, Sven und Niklas und wurden von einem Mädchen namens Lea begleitet, das in einen Messdienertalar gekleidet war und einen Besenstiel vor sich hertrug, der mit Pappe und Goldfolie zum Stern von Bethlehem umfunktioniert worden war. Zu den vier Viertklässlern der Volksschule am Kirchberg gesellte sich der Kreuther Pfarrer Oberberger, der eine Spendendose in der Hand hielt und von dem man nicht sicher sagen konnte, ob er vor Kälte oder Aufregung zitterte. Denn vermutlich war es der Höhepunkt seines persönlichen Kirchenjahres, immer im Januar den hohen politischen Würdenträgern unter Beobachtung Dutzender Journalisten vor laufenden Kameras und klickenden Fotoapparaten den Segen zu spenden.

Geduldig ertrugen Ministerpräsident Däxl, Generalsekretär Fasnacht und Fraktionsvize Dobler zuerst die frommen Lieder und Gebete und anschließend eine Kurzpredigt des Dorfgeistlichen, der es sich nicht nehmen ließ, auf die aktuellen Ereignisse einzugehen.

»Der Herr gibt das Leben, der Herr nimmt das Leben«, sprach Pfarrer Oberberger mit gedämpfter Stimme. »Unergründlich sind die Wege des Herrn. So lautet das Bibelwort, das als Allzweckargument immer wieder als Trost gebraucht wird, wenn wir ratlos sind und nicht mehr weiterwissen. Doch vertrauen wir auf die Güte Gottes …«

»Amen, Amen, Halleluja«, murmelte Fasnacht leise zu seinem Nebenmann Dobler. »Die sollen endlich ihre Zauberformel mit Kreide an die Tür schmieren und uns unsere Arbeit machen lassen.«

»Also bitte«, rüffelte ihn der Fraktionsvize. »Das C tragen wir nicht nur zur Deko in unserem Namen.«

»Jaja, die sollen trotzdem hinmachen und den Umschlag mit der Kohle annehmen. Mir ist kalt.«

»... und darum beten wir zu dem Heiligen Geist, dass er die Politiker dieser Klausurtagung ...«, fuhr der Priester fort, und Fasnacht zischte aus dem Mundwinkel: »Der Geist von Kreuth hat wohl nichts mit der Heiligen Dreifaltigkeit zu tun.« Er lachte leise.

Als Pfarrer Oberberger seine Worte mit einem kräftigen »Amen« abschloss, war dies das Zeichen für den Ministerpräsidenten, in die Mitte des Halbkreises aus Kameramännern und Reportern zu treten, sich im Namen aller Abgeordneten für die ergreifenden Gesänge und Gebete zu bedanken und als kleinen Beitrag zur Linderung des Leidens von Kindern in der Dritten Welt dem Geistlichen einen verschlossenen Umschlag mit einer Spende der Fraktion zu überreichen.

»Hoffentlich versäuft er es nicht im nächsten Wirtshaus«, konnte Fasnacht schon wieder eine Bemerkung nicht unterdrücken. »Warum ist der Baron eigentlich hier nicht dabei? Der lässt sich doch auch sonst keinen Termin entgehen, bei dem er sein heiliges Gesicht in die Kamera halten kann.«

»Sag mal, Fonsi, hast du heute schon getrunken, oder warum bist du so grantig?«, fragte Dobler.

»Ich bin nicht grantig«, erwiderte der Generalsekretär, »ich denke nur, dass wir uns mit der Zukunft unserer Partei beschäftigen sollten, anstatt fromme Lieder anzuhören.«

»Apropos Zukunft der Partei«, sagte Dobler und deutete an dem weihrauchschwenkenden Mohren vorbei auf die vereiste Zufahrt zur Tagungsstätte. Dort fuhr eine schwarze Limousine im Schritttempo vor und hielt etwa fünfzig Meter vor dem Eingang. Innenminister Max von Donnersberg stieg auf der Beifahrerseite aus dem Audi. Er trug eine braune Cordhose und hatte einen grauen Schal locker um den Hals geschlungen. In der Hand hielt er eine dunkle Ledermappe. Beschwingt schritt er die Stufen zum Tagungsgebäude hinauf.

»Der Baron scheint ja guter Dinge zu sein«, stellte Fasnacht fest. »Ich hoffe, wir kommen heute zu einer Entscheidung.«

»Das hoffe ich auch«, sagte Dobler und blickte in die andere Richtung zum »Alten Bad«. Er sah, dass sich Justizminister Alois Kandlinger zu Fuß der Tagungsstätte näherte. In der einen Hand hatte er eine Pfeife, in der anderen ein Mobiltelefon.

»Dann kann es ja losgehen«, sagte Fasnacht, während Pfarrer Oberberger mit den Weisen und der Geldspende wieder Richtung Morgenland abmarschierte.

***

»Anneke, was ist los mit dir?«, fragte Lukas seine in Gedanken versunkene Kollegin.

Sie saßen im »Bayerischen Hof«, einem Wirtshaus, das sich nur wenige hundert Meter vom Polizeirevier entfernt im Zentrum von Bad Wiessee befand. Bayerisch war an diesem Lokal nichts bis auf den Namen und die Holztafel mit dem Schriftzug »Grüß Gott« an der Eingangstür. Sie warteten darauf, dass der griechische Kellner einen Gyros-Teller und einen Salat servierte, während Alexander Jäger im Arrestraum der Polizeiinspektion auf eine Entscheidung darüber wartete, ob der vorliegende Sachverhalt für die Münchner Staatsanwaltschaft ausreichte, einen Haftbefehl zu beantragen. Von der Geiselnahme und der äußerst gefährlichen Situation hinter Jägers Haus hatte der Staatsanwalt bisher nichts erfahren.

»Warum hattest du die Waffe nicht dabei?«, fragte Lukas und bemerkte, dass Anneke seinem Blick auswich.

»Ich weiß, dass ich versagt habe«, sprach Anneke leise, während sie auf die Tischplatte schaute.

»Quatsch«, erwiderte Lukas. »So was kann passieren. Es gibt sicher eine Erklärung dafür. Aber wir müssen einen Bericht …« Er hielt inne. »Obwohl …«

»Was meinst du?«

»Wir könnten das mit deiner Waffe einfach vergessen, bis der Fall aufgeklärt ist. Es ist ja schließlich alles gut gegangen. Zum Glück.«

»Ich weiß nicht recht«, zweifelte Anneke. »Ich glaub nicht, dass das so in Ordnung wäre.«

»Du kannst ja melden, was du möchtest«, sagte Lukas und zuckte unschuldig mit den Schultern. »Ich weiß jedenfalls von nichts.« Und um das Thema zu wechseln, fügte er hinzu: »Du musst was essen, sonst kippst du vor meinen Augen vom Stuhl.«

Sie bestellte einen Milchkaffee. Sie waren die einzigen Gäste im Lokal, das mit seinen kleinen Fenstern und der niedrigen Decke etwas schummrig wirkte. Die Einrichtung aber war moderner, als man von außen vermutete. Sie saßen in einer Nische unter einem Rundbogen, von wo aus man auf eine Terrasse blicken konnte, die im Sommer als Biergarten diente. Lukas griff zu der Serviette, die neben seinem Teller lag.

*»Mathéno Ellinikà«,* las er vor. »Ich lerne Griechisch. *Kaliméra* – guten Morgen. *Kalispéra* – guten Abend.« Doch Anneke reagierte nicht. »*Ti kánis*? – Wie geht es dir?« Als sie immer noch nichts sagte, fügte er hinzu: »*Ja sou* – hallo. *Isse kalá*? – Geht es dir gut?« Dann legte er die Serviette zur Seite und sagte nüchtern: »Okay, lassen wir das.«

Er machte sich ernsthafte Sorgen um seine Kollegin. Seitdem sie zur »Männer-WG« dazugestoßen war, hatte er sie noch nie so verstört erlebt.

»Lukas«, sagte sie, während ihr Blick in ihrer Kaffeetasse zu versinken schien, »es tut mir wahnsinnig leid. Aber ich kann nicht mehr. Ich habe verdammten Mist gebaut.«

»Es geht nicht nur um die vergessene Waffe, stimmt's? Irgendwas ist gestern bei Jäger passiert.« Er schaute ihr ins Gesicht, aber es gelang ihm nicht, ihren Blick einzufangen.

»Ich weiß nicht, was in mich gefahren ist«, sagte sie leise. »Anfangs war er so freundlich und nett. Einfach angenehm, was auch an seiner Stimme lag.« Sie nahm einen Schluck aus der Kaffeetasse. »Und dann, wie aus heiterem Himmel, fragte er mich, ob ich im Dienst schon mal jemanden erschossen hätte. Es war, als hätte er einen verbotenen Knopf bei mir gedrückt.«

Lukas wusste, dass Anneke die Ereignisse in Tilburg bis heute nicht verarbeitet hatte.

»Mir wurde auf einmal ganz schwindelig. Ich glaube, es waren nur Sekunden. Ich musste mich setzen, und er kam und wollte mir helfen. Und dann war da der Haselnussschnaps. Ich hab so was noch nie getrunken. Mir wurde sofort ganz flau.«

»Er hat dir Alkohol angeboten? Wollte er dich betrunken machen?«

»Ach, es ist mir furchtbar peinlich. Am liebsten würde ich überhaupt nicht drüber reden.«

»Hat er sich dir genähert? Ist er …« Lukas suchte nach Worten. »Ist er zudringlich geworden?«

»Ja, nein. Nicht wirklich«, stammelte sie.

»Was denn nun?« Er wollte nicht ungeduldig wirken.

»Ich weiß nicht mehr, was ich mir eingebildet habe und was wirklich passiert ist. Sicher ist nur, dass ich mich für eine Polizistin einem Zeugen gegenüber völlig unprofessionell verhalten habe.« Nach einer kurzen Pause fügte sie fast feierlich hinzu: »Ich möchte die Konsequenzen daraus ziehen.«

»Äh, und das heißt?«

»Na, was wohl? Ich möchte von den Ermittlungen abgezogen werden. Ich bin … befangen, so nennt man das auf Deutsch, oder? Außerdem werde ich Steinmayr bitten, meine Entlassung aus dem bayerischen Polizeidienst zu veranlassen. Ich denke, das dürfte kein großes Problem sein. Ich bin schließlich noch in der Probezeit.«

»Sag mal, spinnst du?«, war alles, was Lukas dazu einfiel.

»Willst du etwa weiter mit einer dilettantischen Idiotin zusammenarbeiten?«, lautete ihre Gegenfrage.

Du bist keine Idiotin, sondern die zauberhafteste Kollegin, mit der ich in meiner gesamten Polizeilaufbahn zu tun hatte, hätte Lukas am liebsten geantwortet. Doch er sagte nur: »Du spinnst wirklich. Es ist doch nichts Schlimmes passiert.«

»Du nimmst mich nicht ernst!«, erwiderte Anneke. Jetzt schaute sie ihn an.

»Also noch mal«, sagte er. »Wir vergessen alles, was passiert ist, bis der Fall geklärt ist. Und dann sehen wir weiter.«

»Und wenn dieser Jäger sich über mich beschwert?«

»Jäger hat im Moment andere Sorgen. Wenn er nicht aufpasst, sitzt er schnell wieder hinter Gittern. Was hältst du von seiner Aussage mit der Tankstelle?«

»Mir kommt es komisch vor. Dieses Kuschelhotel, in dem er gewesen sein will, liegt doch in Österreich, oder?«

»Ja, nicht weit hinter der Grenze, am Schneckenlochwald. Ich kenn das.«

»Woher kennst du ein Kuschelhotel?«, fragte Anneke scheinbar empört.

Lukas lachte. »Das Hotel kenne ich nicht, aber den Ort. Da in der

Nähe habe ich als Kind mit meinen Eltern manchmal Urlaub gemacht. Ferien auf dem Bauernhof, nicht im Kuschelhotel.«

»Aber wenn er mit dem Auto aus Österreich kam und chronisch knapp bei Kasse ist, dann hat er doch –«

»Ganz bestimmt noch vor der Grenze vollgetankt, weil Benzin in Deutschland viel teurer ist«, vervollständigte Lukas Annekes Gedanken. »Stimmt. Und warum sollte er dann kurz vor Gmund noch einmal an der Tankstelle gewesen sein?«

»Vielleicht ist er doch noch irgendwo hingefahren, was er uns verschweigt«, sagte Anneke. »Wenn er eine ordentliche Buchführung hat, sollte er die Tankquittung abgeheftet haben.«

»Nicht wenn er zum Beispiel nur Zigaretten gekauft hat. Wie auch immer. Ich kann mir kaum vorstellen, dass das ausreicht, um Jäger hinter Gittern zu behalten.«

»Aber Holze wird in dieser Sache nicht allein entscheiden«, sagte Anneke.

»Richtig. Darum werde ich jetzt erst mal Steini informieren.«

Während das Essen serviert wurde, nahm Lukas die Serviette noch einmal zur Hand. »*Pináo* – Ich habe Hunger«, las er gedankenverloren. »*Dipsáo* – Ich habe Durst. *M'aréssis* – Du gefällst mir. *S'agapáo* – Ich liebe dich.« Er steckte die Serviette in seine Hosentasche. Wer weiß, wozu sie noch mal nützlich wäre. Dann griff er zu seinem Telefon und wählte die Nummer des Dezernatsleiters.

***

Im Kreuther Sitzungssaal herrschte Unruhe. Die Abgeordneten nahmen allmählich ihre Plätze ein. Justizminister Kandlinger schaltete sein Handy aus und starrte noch mehrere Sekunden regungslos auf das Display, bevor er das Telefon in der Innentasche seines dunkelgrauen Sakkos verschwinden ließ. Er konnte kaum glauben, was er soeben gehört hatte. Aber er hatte keinen Grund, an den Worten von Kriminaldirektor Steinmayr zu zweifeln. Was die Informationen, die er erhalten hatte, konkret bedeuten würden, erschloss sich ihm in diesem Moment noch nicht. Kandlinger setzte sich auf seinen Stuhl, als Ministerpräsident Däxl auf ihn zuschritt.

»Alois, wir haben umdisponiert.«

»Wie bitte?«, fragte Kandlinger, als der Regierungschef plötzlich vor ihm stand.

»Die Maschine von Faszantas hat Verspätung. Er wird in frühestens einer Stunde in München landen und nicht vor vierzehn Uhr hier in Kreuth ankommen.«

Kandlinger schaute auf die Agenda, die vor ihm auf dem Pult lag. »Vortrag und Diskussion mit Pablo Faszantas, Präsident des Internationalen Olympischen Komitees«, stand dort als nächster Punkt im Ablaufplan.

»Wir haben beschlossen, den Punkt dreizehn vorzuziehen«, sagte Däxl, und Kandlinger schaute nach, worum es sich handelte.

»Verschiedenes?«, las er laut.

»Ich denke, wir haben Anlass zur Aussprache«, sagte Däxl und blickte Kandlinger mit geheimnisvoller Miene an.

»Jaja, ich verstehe schon«, murmelte Kandlinger und dachte wieder an das Telefonat mit Oberstaatsanwalt Holze. »Was hast du vor? Wir haben doch einen Beschluss gefasst.«

»Wir müssen den Schwebezustand beenden«, sagte Däxl leise und prüfte mit einem Blick über die Schulter, ob jemand der Umstehenden vielleicht mithören konnte. »Die Sache droht eine Eigendynamik zu bekommen. Das müssen wir verhindern. Wir müssen dafür sorgen, dass wir die Akteure bleiben.« Und dann fügte er noch leiser hinzu: »Und dass wir nicht Getriebene werden.«

In diesem Moment läutete Dobler mit der Glocke, um damit als Tagungsleiter die nötige Ruhe für die Fortsetzung der Klausur herzustellen. Es dauerte einen Moment, bis sich der Geräuschpegel tatsächlich senkte.

Dobler klopfte mit den Fingern gegen das Mikrofon, um sich zu vergewissern, dass die Lautsprecheranlage eingeschaltet war.

»Liebe Kollegen, da sich Pablo Faszantas verspätet, kommen wir nun zum nächsten Punkt unserer geänderten Tagesordnung: Verschiedenes. Das Wort hat der Ministerpräsident. Bitte, Franz!«

Däxl erhob sich von seinem Platz und bog das Mikrofon in die Höhe.

»Liebe Freunde und Kollegen«, sagte er mit leichtem Hall. »Ich denke, keiner von uns sieht sich heute in der Lage, das politische Tagesgeschäft fortzusetzen, als wäre nichts geschehen. *Business as usual* oder *The show must go on* – das sind nicht die Parolen, die wir heute verbreiten wollen.«

Zustimmendes Gemurmel war im Saal wahrzunehmen.

»Natürlich müssen wir auch nach dem tragischen Tod unseres Kollegen Friedrich-Joseph Simnacher unsere erfolgreiche Politik fortsetzen. Und natürlich werden wir heute dem Präsidenten des Internationalen Olympischen Komitees einen gebührenden und würdigen Empfang bereiten. Doch grundsätzlich sollten wir erst einmal zur Ruhe kommen und keine Entscheidungen treffen, die über den Tag hinaus das Schicksal unserer Partei und unseres Freistaates bestimmen. Vielen Dank.«

Däxl nahm wieder Platz, und Dobler blickte fragend in die Runde.

»Bittet jemand um das Wort?«, fragte der Tagungsleiter.

Mehrere Sekunden lang herrschte Stille im Saal. Dobler holte bereits Luft, um die Sitzung zu unterbrechen, als Kandlinger seinen Stuhl nach hinten schob, was auf dem Holzfußboden ein kratzendes Geräusch verursachte. Der Justizminister stand auf und sprach in das Mikrofon.

»Verehrter Herr Ministerpräsident, lieber Franz. Ich danke dir ausdrücklich für diese offenen Worte, die dazu beitragen werden, dass unsere Partei auch in diesen schwierigen Tagen zusammenhalten und zusammenstehen wird.«

Die Abgeordneten pochten zustimmend mit ihren Fingerknöcheln auf die Tischplatten.

»Ich möchte an dieser Stelle auch dem Innenminister Max von Donnersberg dafür danken, dass er die turbulenten Stunden nicht dafür genutzt hat, eine schnelle Entscheidung über die Nachfolge von Franz Däxl herbeizuführen. Ich glaube allerdings, dass ein Moratorium bei dieser Personalie nicht ausreicht.«

Er machte eine kurze Pause, in der ihn zahlreiche fragende Blicke trafen. Mit ernster Miene schaute er ins Plenum, bevor er fortfuhr.

»Ich möchte keine schmutzige Wäsche waschen. Und alles, was hier gesprochen wird, bleibt in diesen vier Wänden. Dass wir uns gegenseitig jederzeit auf unsere Diskretion verlassen können, ist die Voraussetzung für unseren zukünftigen Erfolg.«

»Wos wuist'n übahaubst?«, rief ein Abgeordneter aus Niederbayern dazwischen.

»Jeder von uns weiß, welche Gerüchte über den verehrten Kollegen Max von Donnersberg im Umlauf sind. Und genauso weiß jeder, dass wir uns von unbewiesenen Spekulationen über das Privatleben eines jeden von uns nicht beirren lassen. Privat ist privat und soll es auch bleiben. Das ist die Devise, an die wir uns stets gehalten haben.« Kandlinger atmete kurz durch. »Doch vermeintlich Privates ist von öffentlichem Interesse, wenn die Belange des Staates berührt sind. Und das ist der Fall, wenn es um die Integrität und die Glaubwürdigkeit der höchsten Repräsentanten unserer Partei und unserer Regierung geht. Und leider sehe ich beides in Gefahr, wenn wir den verehrten Kollegen Max von Donnersberg zum künftigen Ministerpräsidenten ausrufen.«

Aus einem unruhigen Gemurmel im Saal wurde ein aufgeregtes Durcheinander.

»Was soll das?«, »Was willst du uns sagen?« oder »Sprich Klartext!«, waren die eher sachlichen Zwischenrufe. Andere warfen Ausdrücke wie »Verleumder«, »Lügner« oder »Intrigant« in den Raum, was Dobler veranlasste, mit seiner Glocke für Ruhe zu sorgen.

»Das Wort hat immer noch der Kollege Justizminister Kandlinger«, sagte Dobler und läutete noch einmal.

»Wie alle hier im Saal wissen, haben nach dem Tod von Friedrich-Joseph Simnacher Beamte des Münchner Morddezernats Ermittlungen eingeleitet. Ich habe als Dienstherr der Staatsanwaltschaft im Zusammenhang mit diesen Untersuchungen davon Kenntnis erlangt, dass Dokumente existieren, die deutliche Zweifel daran aufkommen lassen, dass der von uns geschätzte Innenminister für das Amt des bayerischen Ministerpräsidenten die nötige moralische Eignung vorweist, um für das bayerische Volk ein tugendhaftes Vorbild darzustellen.«

Dobler unterband die einsetzende Unruhe sofort mit seiner Glocke. Kandlingers Stimme wurde lauter, während er Donnersberg anblickte.

»Ich fordere daher dich, lieber Max, dazu auf, deine Kandidatur für das Ministerpräsidentenamt nicht nur ruhen zu lassen, sondern hier und heute endgültig zurückzuziehen.« Etwas leiser, aber nicht weniger energisch fügte er hinzu: »Und Ordnung in dein Privatleben zu bringen.«

Kandlinger nahm wieder Platz. Mehrere Sekunden verharrten die Abgeordneten in Schockstarre, viele Blicke richteten sich auf Innenminister Donnersberg, der regungslos auf seinem Platz saß.

Das Schweigen durchbrach Generalsekretär Fasnacht, der sich erhob und sein Wort an den Justizminister richtete.

»Ich danke dir, lieber Alois, für diese offenen und notwendigen Worte. Ich gehe davon aus, dass du dieses Statement nicht abgegeben hättest, wenn dir keine eindeutigen Beweise dafür vorlägen, dass die schon lange im Umlauf befindlichen Gerüchte über das Privatleben von Max von Donnersberg zutreffend sind. Ich denke daher, dass es in dieser schwierigen Situation notwendig ist, Handlungsfähigkeit zu beweisen und kein Machtvakuum zuzulassen.« Fasnacht ließ seinen Blick kurz durch den Saal schweifen, bevor er wieder Kandlinger anschaute. »Ich fordere daher dich, lieber Alois Kandlinger, auf, für das Amt des Ministerpräsidenten zu kandidieren.«

# DREIZEHN

Am nächsten Morgen herrschte Ausnahmezustand in den Räumen des Dezernats 1. Im gesamten Trix-Bau war die Heizung ausgefallen, bei minus elf Grad. Lukas und Kies warteten im Sitzungsraum auf den Beginn der Morgenbesprechung.

»Warum hat die Mordkommission kein Dieselaggregat wie jedes Krankenhaus?«, fragte Lukas, der seine Hände an einer Tasse Cappuccino Grande wärmte. Wenigstens der Kaffeeautomat funktionierte. Die kaputte Heizung in seiner Wohnung war inzwischen von einem Hausmeister-Notdienst repariert worden. Dass er stattdessen im Büro frieren musste, damit hatte er nicht gerechnet.

»Beim SEK damals hatten wir immer mobile Öl- und Stromradiatoren vorrätig«, berichtete Kies.

»Deine Veteranengeschichten aus alten Zeiten helfen uns jetzt auch nicht weiter«, grantelte Lukas zurück. »Wo ist …« Er wollte nach Anneke fragen, entschied sich dann aber, Kies keinen Anlass für blöde Sprüche zu geben. »Wo sind die anderen eigentlich?«

»Hubert ist sofort zu Steini zitiert worden«, sagte Kies. »Und Anneke –«

In diesem Moment öffnete sich die Tür, und die Antwort erübrigte sich.

»Guten Morgen, Jungs«, sagte Anneke. Sie sah übermüdet und blass aus. »Schlechte Nachrichten.«

»Hallo, Anneke«, begrüßte sie Lukas. »Noch schlechter als ein Komplettausfall der Heizung?«

»Wie man's nimmt«, sagte Anneke. »Wenn wir einen Termin im Innenministerium bekommen hätten, dann hätten wir uns dort ein bisschen aufwärmen können.«

»Das heißt, Donnersberg empfängt uns nicht?«, fragte Lukas.

»So ist es. Ich habe alles probiert, komme aber nicht am Vorzimmer vorbei.« Anneke seufzte. »Als einfache Kommissarin habe ich da wohl wenig Chancen. Vermutlich müsste mindestens der Dezernatschef vorstellig werden. Oder gar der Polizeipräsident.«

»Vergiss es«, sagte Hubert Neidlinger, der in diesem Augenblick den Besprechungsraum betrat. »Schöne Grüße von Steini soll ich euch allen ausrichten. Wobei der Begriff ›schön‹ jetzt von mir stammt und nicht ganz der Wahrheit entspricht.«

»Oh, klingt nach Ärger«, flüsterte Anneke in Lukas' Ohr.

»Also besser: verärgerte Grüße von Kriminaldirektor Steinmayr. Wir sollen die Finger von Donnersberg lassen. Die Spitze des Hauses ist *not amused* über unser Ansinnen, den Innenminister zu vernehmen.«

»Die Spitze des Hauses«, wiederholte Kies genervt. »Das kann ich mir denken. Das kommt von Stapper persönlich. Das pfeifen doch die Spatzen vom Dezernatsdach, dass Stapper ein Auge auf den frei werdenden Posten des Amtschefs im Ministerium geworfen hat. Da will er keinen Ärger mit seinem obersten Boss riskieren.«

»Herrje«, stöhnte Anneke leise. »Ist das wirklich überall so? Dass die größten Widerstände im eigenen Haus lauern?« Sie schien keine Antwort auf ihre Frage zu erwarten.

»Und was sollen wir nach Meinung der hohen Herren jetzt tun?«, fragte Lukas.

Neidlinger ging durch den Raum und setzte sich an seinen Platz vor dem Fenster.

»Wir sollen unsere Ermittlungen wieder auf diesen Heiland konzentrieren«, sprach der Kommissionsleiter und ließ keinen Zweifel daran, dass er sich diese Anweisung nur widerwillig zu eigen machte.

»Den Pornokönig?« Anneke verdrehte die Augen. »Na vielen Dank.«

»Kies, kannst du bitte mit Anneke das Alibi von Leander Heiland überprüfen?« Neidlinger fügte hinzu: »Er muss den Geschäftspartner nennen, mit dem er im Kasino gewesen sein will. Er ist unser Verdächtiger Nummer eins. Und was ich beinahe vergessen hätte …«, er hüstelte in seinen Vollbart hinein, »Alexander Jäger wurde heute früh wieder auf freien Fuß gesetzt. Oberstaatsanwalt Holze sieht weder Flucht- noch Verdunkelungsgefahr. Und: Bis Mittag soll die Heizung wieder funktionieren, verspricht die Hausverwaltung.«

Lukas wusste nicht, ob er Anneke um ihren Außeneinsatz beneiden sollte. Mit Kies im Rotlichtmilieu zu ermitteln war bestimmt kein Vergnügen. Dafür konnte sie im warmen Auto sitzen.

Lukas nahm seine Kaffeetasse in die Hand. Sie war kalt geworden.

***

»Möchtet ihr das Klinikzimmer oder die Kuschellounge?«, fragte die freundliche Dame an der Rezeption, nachdem sie die fünfzig Euro kassiert hatte. Ihrem Namensschild zufolge hieß sie Tatjana. »Beide sind noch frei.«

Horst Weigelt, der sich unter dem falschen Namen Tim angemeldet hatte, schaute seine Begleitung unsicher an.

»Was heißt Klinikzimmer?«, fragte Elke zögerlich.

»Ich denke, ihr seid in der Kuschellounge besser aufgehoben.« Tatjana lachte. »Ihr wart noch nicht oft hier, stimmt's? Kommt mit, ich zeig euch das Zimmer.«

In der Kuschellounge stand ein mit Seidentüchern verhangenes Himmelbett. Auf dem Boden lag ein dunkelroter Veloursteppich aus, in derselben Farbe waren die Wände gestrichen. An der Decke waren kleine Lämpchen installiert, die ein Himmelszelt simulieren sollten. Aus unsichtbaren Boxen ertönte dezenter Schmusepop von Enigma. Zartes Lavendelaroma hing in der Luft, und eine rote Laterne sorgte für ein schummriges Ambiente, das Elke in ein für sie sehr vorteilhaftes Licht setzte.

»Gummis und Kleenextücher sind hier«, sagte Tatjana. »Wenn ihr was braucht, ich bin draußen. Und wenn euch die Musik nicht gefällt: Die Anlage ist hier hinter dem Vorhang. Ihr könnt auch eine eigene CD einlegen. Schaut selbst auf die Uhr und kommt nach einer Stunde wieder raus. Ihr könnt von innen abschließen.«

Horst Weigelt bedankte sich höflich, und als Tatjana das Kuschelzimmer verlassen hatte, schaute er Elke hilfesuchend an. Er war noch nie in einem Stundenhotel gewesen; vom »Goldenen Bären« hatte ihm ein Kollege erzählt, der sich hier jeden Freitagabend mit einer verheirateten Internet-Bekanntschaft verabredete.

»Wir sollten vielleicht die Tür abschließen«, sagte Elke und hängte ihren Mantel an einen Haken. Jetzt wurden der unverschämt kurze Rock und die schwarzen, gemusterten Nylons darunter sichtbar.

Horst fragte sich, ob es sich um Strapse oder halterlose Strümpfe handelte. Doch bevor er darüber nachdenken konnte, hatte Elke ihren engen schwarzen Pullover über den Kopf gezogen, sich auf das Bett gesetzt und ihren BH geöffnet. Horst bewunderte ihre für ihr Alter straffen Brüste, als sie sagte: »Jetzt komm, wir haben nicht ewig Zeit.«

Horst war wie elektrisiert von Elke, sein Herz raste. Noch nie hatte er sich zum außerhäusigen Geschlechtsverkehr nach Terminvereinbarung verabredet.

Was ist, wenn ich jetzt nicht kann, schoss es ihm durch den Kopf. Er war mit vierundvierzig Jahren schließlich nicht mehr der Jüngste. Seine besten Jahre waren vorbei, davon war er schon lange überzeugt.

Er stellte seine Slipper ordentlich unter das Bett und öffnete etwas unbeholfen seinen Gürtel. Seine Hose war gerade auf die Höhe seiner Knöchel gerutscht, und Elke räkelte sich verführerisch auf dem roten Laken, als vor der Tür ein Tumult zu hören war. Männer redeten durcheinander, Tatjana sprach dazwischen, ohne dass ihre Worte zu verstehen waren.

»Was ist da los?«, flüsterte Elke. Wenige Augenblicke später rüttelte jemand an der Türklinke. Dann wurde heftig geklopft.

»Aufmachen, Polizei!«, war eine energische Stimme zu hören.

Horst zog sofort seine Hose wieder hoch, Elke verschränkte die Arme vor ihrem Oberkörper. Langsam öffnete Horst die Tür einen Spaltbreit. Das Erste, was er sah, war eine kräftige Hand mit einer Polizeimarke.

»Grüß Gott, mein Name ist Kriminaloberkommissar Fischer, Kripo München. Wir möchten gern Ihre Personalien aufnehmen. Bitte ziehen Sie sich an.«

Horst Weigelt brachte vor Schreck kaum ein Wort heraus. Zum ersten Mal in seinem Leben besuchte er ein Stundenhotel, und schon geriet er in eine Razzia. Elke hatte sich inzwischen in das rote Bettlaken gehüllt.

»Also, mein Name ist Horst Weigelt, wohnhaft in der Schlüsselbergstraße 39.« Er holte seinen Personalausweis aus der Brieftasche, um seine Aussage zu untermauern. »Und das ist Elke«, fügte er hinzu. »Elke Weigelt, meine Frau.«

Kommissar Fischer schaute die beiden ungläubig an.

»Ihre Frau? Ist das Ihr Ernst?« Er lachte. »Das hab ich in achtzehn Jahren bei der Sitte noch nicht erlebt.«

Horst hüstelte verlegen. »Ja, meine Frau. Wir haben heute unseren zwanzigsten Hochzeitstag, und da wollten wir uns mal etwas … äh … Besonderes gönnen.«

Der Polizeibeamte überprüfte auch den Ausweis von Elke Weigelt, dann verließ er den Raum wieder mit den Worten: »Entschuldigen Sie die Störung. Sie können weitermachen.« Und dann fügte er schmunzelnd hinzu: »Und alles Gute zum Hochzeitstag!«

***

»Vielen Dank für das ausgezeichnete Gespräch und die Gastfreundschaft«, sagte Pablo Faszantas zu Franz Däxl vor dem Eingangsportal der Kreuther Tagungsstätte. Der IOC-Präsident sprach recht gutes Deutsch, die anderthalbstündige Diskussionsrunde mit der Fraktion jedoch hatte ein Simultandolmetscher übersetzt.

»Wir haben zu danken, Herr Präsident«, antwortete Däxl.

»Ich bin überzeugt, dass Bayern auch bei einem zweiten Versuch ein hervorragender Bewerber für die Olympischen Winterspiele wäre«, sagte Faszantas. Der klein gewachsene Spanier erinnerte mit seinem ergrauten Haarkranz und der großen Nase ein wenig an Louis de Funès, allerdings zog er niemals alberne Grimassen, sondern hatte stets eine ernste, staatstragende Miene. Er blickte sein Gegenüber mit wachen Augen an. »Dass es hier kalt genug ist für besten Wintersport, daran besteht jedenfalls kein Zweifel.«

»Wir werden unser Bestes geben«, versprach Däxl. »Auch wenn ich dann nicht mehr im Amt sein werde. Wie Sie vielleicht wissen, steht mein Wechsel von München nach Berlin in die Bundesregierung bevor.«

»Dazu wünsche ich Ihnen viel Erfolg, Herr Ministerpräsident. Was ich zum Abschluss sagen wollte …«, Faszantas senkte die Stimme, »bitte richten Sie Ihren Sicherheitskräften meinen Dank für ihre hervorragende und diskrete Arbeit aus. Ich habe mich zu jeder Sekunde absolut sicher gefühlt. Sie haben bewiesen, dass man sich hier in Bayern vor Verbrechern nicht fürchten muss.«

»Vielen Dank, Herr Präsident«, sagte Däxl. »Mit unserer Null-Toleranz-Politik sind wir bislang immer gut gefahren. Auch wenn uns das in der Innenpolitik oft den Ruf von Hardlinern beschert hat. Im Übrigen können Sie Ihren Dank an die Sicherheitskräfte gleich dem zuständigen Minister übermitteln.«

Däxl deutete auf Innenminister von Donnersberg, der in diesem Moment zu der Abschiedszeremonie stieß, die von einigen Fernsehkameras und Fotografen festgehalten wurde.

»Ah, Herr Baron von Donnersberg!« Faszantas reichte dem Innenminister die Hand. »Vielleicht sind Sie ja derjenige, der 2022 bei einer erfolgreichen Bewerbung die Spiele in München und Garmisch eröffnen wird. Ich wünsche Ihnen –«

»Diese Entscheidung ist noch nicht gefallen«, unterbrach ihn Däxl mit Blick auf die eingeschalteten Mikrofone der Reporter, die jedes hier gesprochene Wort aufzeichneten und sogleich zu interpretieren und analysieren begannen.

»Wie auch immer. Gehen Sie weiter Ihren erfolgreichen Weg«, sagte Faszantas, dessen persönlicher Referent hinter ihm bereits seit einigen Minuten dezent zur Abfahrt drängte.

Däxl verabschiedete den Ehrengast noch einmal höflich auch im Namen der gesamten Fraktion.

Als Faszantas in die gepanzerte Limousine stieg, beobachteten ihn die Kameras, wie er, von zwei Wagen mit Personenschützern des LKA begleitet, über den vereisten Weg das Wildbad verließ. Däxl und Donnersberg blieben zurück.

»Lass uns reingehen«, sagte Däxl. »Es ist kalt hier draußen.«

Sie betraten das Foyer der Bildungsstätte, wo es lauschig warm war.

Däxl nahm Donnersberg väterlich zur Seite.

»Max, du weißt, dass ich nicht den geringsten Zweifel an deiner Fachkompetenz habe. Und du weißt auch, dass ich deine Fähigkeit, als mein Nachfolger die Regierung zu führen, nicht in Abrede stelle. Aber es muss dir auch klar sein, dass in der jetzigen Situation –«

Donnersberg fiel ihm ins Wort: »Es ist anders, als –«

»Sag jetzt nichts«, fuhr Däxl, der fast einen Kopf kleiner war als der Minister, dazwischen. »Du musst dich wegen deines Privatlebens nicht bei mir rechtfertigen. Ich halte es mit dem Bibelwort:

Wer ohne Fehler ist, der werfe den ersten Stein. Wir sind eine christliche Partei. Und zu unseren Werten gehören Anstand und Moral genauso wie Aufrichtigkeit – und Vergebung. Ein Fehltritt kann jedem passieren. Und dass in der heutigen Zeit eine Ehe nicht ewig hält und man eine neue Beziehung eingeht, ist selbst in unserer Partei nichts Ungewöhnliches mehr. Aber ich rate dir, lieber Max, schaffe klare Verhältnisse, und zwar schnell. Dann wird die Öffentlichkeit nicht nachtragend sein. Aber was der Wähler nicht verzeihen würde, wäre ein Eiertanz. Also lass dir raten: Mach reinen Tisch. Und ich versichere dir, dass ich dafür sorgen werde, dass du von Polizei und Justiz nicht behelligt wirst, solange du dir nichts hast zuschulden kommen lassen. Haben wir uns verstanden?«

»Ich habe verstanden«, sagte Donnersberg selbstbewusst und fügte mit Nachdruck hinzu: »Und ich kann dir versichern, dass die Situation ganz anders ist, als sie heute erscheint.«

***

Wenig später fuhren Kies und Anneke über die Landsberger Straße zum »Goldenen Bären«, wo sich Leander Heiland einem Tipp des K35 zufolge aufhalten sollte.

Anneke hatte wieder Kopfschmerzen und fühlte sich flau. Sie nahm sich vor, sich bei nächster Gelegenheit von einem Arzt durchchecken zu lassen. Oder zumindest mal in einer Apotheke den Blutdruck zu messen. Sie wusste, dass in München ein besonderes Wetterphänomen existierte, das zu Unwohlsein und Kopfweh führte. Aber den Föhn gab es ihres Wissens nur bei Sonnenschein.

Um sich keiner überflüssigen Unterhaltung mit Kies aussetzen zu müssen, griff sie neben sich in die Beifahrertür und holte ein leicht zerknittertes Micky-Maus-Heft hervor, das sie gelangweilt durchblätterte. Die Demonstration ihres Desinteresses hielt Kies jedoch nicht davon ab, seine Art von Entertainment zu betreiben.

»Wenn man sich seine Akte durchliest: Dieser Heiland ist trotz allem, was er möglicherweise auf dem Kerbholz hat, schon irgendwo eine coole Sau, findest du nicht?«

»Coole Sau? Hm«, sagte Anneke, ohne von ihrer Lektüre aufzuschauen. Kies hatte ihr schon einmal erzählt, dass er das Micky-

Maus-Abo in seiner Kindheit von seiner Oma geschenkt bekommen und niemals gekündigt hatte.

»Ich meine, was er allein mit seinen Pornokinos für einen Umsatz macht, davon dürfte mancher Lichtspielhausbetreiber nur träumen. Hab ich dir eigentlich schon den erzählt mit den beiden Türken im Pornokino?«

Anneke reagierte nicht. Sie hatte weder Lust, sich mit Kies über die Pornoindustrie zu unterhalten, noch wollte sie seinen derben Witzen Aufmerksamkeit schenken. Er erzählte ihn trotzdem, während sie auf der Arnulfstraße an einer Ampel warteten.

»Also, sitzen zwei Türken im Pornokino. Sagt der eine: Hast du Erektion? Sagt der andere: Spinnst du? Ich hab Nokia.«

In anderer Stimmung hätte Anneke den Witz vielleicht tatsächlich nicht grauenhaft gefunden, aber sie verzog nur gequält das Gesicht und blätterte zu einem Panzerknacker-Comic um.

Kies fuhr an, als die Ampel auf Grün schaltete.

»Ich kenn noch einen. Gehen zwei Schwänze ins Kino. Sagt der eine: Hoffentlich –«

»Also echt«, fuhr Anneke dazwischen. »Entschuldige bitte, dass ich zu deinen Schwänze-Witzen im Moment wirklich nicht aufgelegt bin.«

»Hoffentlich ist es kein Porno, sagt der eine, sonst müssen wir wieder die ganze Zeit stehen«, ließ es sich Kies nicht nehmen, die Pointe zumindest noch leise zum Besten zu geben. »Ich hör ja schon auf«, kapitulierte er schließlich. »Aber ich hatte euch Landsleute von Rudi Carrell für ein humorvolles Volk gehalten.«

»Ich halte doch auch nicht alle Deutschen für Nazis, obwohl es entsprechende«, das nächste Wort sprach sie langsam und abfällig aus, »Landsleute gab.«

»Hey, hey, Moment mal!«, erwiderte Kies empört. »Du willst doch nicht etwa Rudi und Adolf in einen Topf werfen?«

Anneke atmete tief durch. »Entschuldige, Kies. Aber mir ist gerade nicht nach Witzen zumute. Können wir jetzt einfach weiterfahren zu diesem Puff-Hotel und diesen Widerling nach seinem Alibi fragen? Ansonsten steige ich auch gern aus und fahre mit dem Bus weiter.«

»Ich halt ja schon die Klappe«, sagte Kies und schwieg für den

Rest der Fahrt. Anneke blätterte derweil weiter im Micky-Maus-Heft und stieß auf die Witzseite. Der Humor dort war nicht besser als Kies', aber immerhin jugendfrei. Zehn Minuten später hielten sie auf dem Parkplatz zwischen dem »Goldenen Bären« und der Lackiererei.

»Da waren wohl andere schneller«, murmelte Kies, als er mehrere zivile Einsatzfahrzeuge mit Blaulicht und einen Mannschaftswagen der Bereitschaftspolizei entdeckte.

***

Sophie Simnacher schritt über das edle Holzparkett langsam zur Wohnungstür, an der es schon zum dritten Mal geläutet hatte. Sie hatte Daniel am Telefon eindringlich gesagt, dass sie ihn nicht sehen wollte. Nicht jetzt, nicht heute und nicht morgen. Es war ihr ernst. Sie hatte viel nachgedacht in den vergangenen Stunden und Tagen. Doch er war hartnäckig, und sie brachte es nicht übers Herz, ihn weiter vergeblich läuten zu lassen.

Die fünf Meter vom Wohnzimmer zur Wohnungstür zogen sich länger und länger. Sie wollte Daniel jetzt nicht jammern sehen. Sie wusste genau, wie die Begegnung verlaufen würde. Am Ende würde sie wieder schwach werden, wie jedes Mal, wenn sie beschloss, diese verkorkste Beziehung zu beenden und sich zu befreien von einem netten, liebenswerten Politkarrieristen, der seinen Lebensinhalt darin sah, Bezirksverbände zu bereisen und Thesenpapiere über erneuerbare Energien zu entwickeln, der sich im Laufe der Jahre jedoch als absolut beziehungsunfähig erwiesen hatte.

Nein, heute würde sie nicht weich werden. Wenn Daniel sie wirklich mit seinem Besuch zu einer Entscheidung zwingen wollte, dann sollte er seine Entscheidung bekommen. Jetzt und hier.

Es läutete wieder, und das Geräusch der Türklingel erschien ihr so laut wie noch nie, seitdem sie hier wohnte.

Als sie den Türgriff in der Hand hielt, überlegte sie noch einmal kurz, ob sie ihn nicht lieber wegschicken und ihnen beiden die Chance einer Auszeit geben sollte. So kurz nach dem Tod ihres Vaters wäre es vielleicht der falscheste Zeitpunkt, sich von ihrem Freund zu trennen, der immer noch allen erzählte, ihr Verlobter zu sein – bloß weil er ihr bei einem Besuch im Hirschgarten mit Parteifreunden nach der dritten Maß eine vom indischen Verkäufer aufgedrängte Rose geschenkt, ewige Liebe geschworen und versichert hatte, sie sei die Frau für den Rest seines Lebens. Und sie hatte nicht widersprochen, sondern nur Rücksicht genommen auf seinen Ruf innerhalb der Partei. Vielleicht hätte sie schon damals, im vorletzten Sommer, klar und deutlich sagen sollen, dass sie nicht die bewundernde Politikergattin werden wollte, sondern eine eigene Karriere als Richterin oder Staatsanwältin anstrebte und vielleicht sogar selbst in die Politik gehen würde. Allerdings für eine andere Partei. Doch war ihr dies alles zu diesem Zeitpunkt noch nicht so klar gewesen wie jetzt, in dem Moment, als sie ihm die Tür öffnete.

***

Kies und Anneke stiegen aus dem Wagen, als ein uniformierter Beamter mit Sprechfunkgerät in der Hand auf sie zukam.

»Heute ist geschlossen. Sie müssen sich leider ein anderes … äh … Hotel suchen. Hier ist verkehrsberuhigte Zone.«

Anneke holte Luft, um empört zu erwidern, dass sie nicht zum Privatvergnügen ins Stundenhotel wollten, als Kies ihr zuvorkam. Doch statt sich als Polizist zu erkennen zu geben, sagte er: »Oh, schade. Können Sie uns etwas anderes empfehlen? Wir waren immer sehr zufrieden hier.« Er grinste Anneke schelmisch an.

»Du spinnst wohl!«, fauchte sie und zückte ihren Dienstausweis, den sie dem uniformierten Beamten mit den Worten »Kripo, K11« vor die Nase hielt.

Kies lachte. »Kleiner Scherz. Verzeihung.«

Der Schutzpolizist schien sich unschlüssig zu sein, ob er mitlachen oder sich über den schlechten Witz empört zeigen sollte. Er entschied sich für ein neutrales Gesicht und die rein informatorische Antwort: »Wir haben hier einen Einsatz des K35. Die Leitung hat Kriminalrat Brenner. Sie finden ihn –«

»Porno-Paul?«, murmelte Kies und sprach dann lauter: »Was wollen Sie von Leander Heiland?«

»Fragen Sie Kriminalrat Brenner! Da kommt er schon.«

»Moin, Moin, wir kennen uns doch«, begrüßte sie der Leiter des Dezernats 35 sichtlich frohgemut. »Sie sind vom K11, aus der Steinmayr-Truppe, stimmt's?«

»Richtig«, sagte Anneke. »Wir haben uns bei der Besprechung bezüglich Leander Heiland im Dezernat gesehen. Und wegen ihm sind wir jetzt auch hier.«

Brenner lachte laut auf. »Tja, da sind Sie wohl ein bisschen zu spät. Wir haben ihn soeben festgenommen.«

»Was? Festgenommen?« Anneke schaute ihn fragend an. »Ich dachte, er hat seit Jahren eine weiße Weste.«

»Den Eindruck hat er lange erfolgreich erweckt.« Brenner rieb sich die Hände, offenbar gleichermaßen aus Freude und weil er fror.

»Was werfen Sie ihm vor?«, fragte Kies.

»Illegalen Menschenhandel. Wie Sie wissen, sind wir schon länger an Heiland und seinem Partner Bartholomäus dran. Vor einem halben Jahr haben wir einen anonymen Hinweis aus der Frankfurter Rotlichtszene bekommen. Vermutlich eine Hure, die ausgestiegen ist. Jedenfalls hat sie Heiland beschuldigt, im großen Stil Frauen aus Polen und Tschechien illegal als Prostituierte zu beschäftigen. Am Finanzamt, der Krankenkasse und dem Ordnungsamt vorbei. Ich denke, diesmal kriegen wir ihn.«

»Was heißt das genau, dass Sie schon länger an Heiland dran waren?«, fragte Anneke. »Haben Sie ihn observiert?«

»Rund um die Uhr. Lückenlos. Wir hatten dazu ein Dutzend Beamte im Einsatz. Nicht billig für den Steuerzahler, aber das kriegt der Fiskus doppelt und dreifach zurück, wenn Heiland verknackt wird.«

»Seit wann genau haben Sie ihn beobachtet?«, fragte Kies, der jetzt auch begriff, worauf Anneke hinauswollte.

»Seit vierzehn Tagen nonstop. Braucht er ein Alibi?«

»Allerdings«, sagte Kies und nannte Brenner das genaue Zeitfenster, in dem Simnacher zu Tode gekommen war. Brenner benötigte einen Anruf und zwei Minuten, um exakt darlegen zu können, wo sich Heiland mit wem zum fraglichen Zeitpunkt aufgehalten hatte.

»Von achtzehn bis zweiundzwanzig Uhr war er mit Heiner Bartholomäus im Spielkasino Bad Wiessee. Wollen Sie auch wissen, wie viel beide gewonnen oder verloren haben?«

»Nein danke«, antwortete Anneke. »Das reicht uns.«

»Ein besseres Alibi wäre fast nicht denkbar.« Kies seufzte. »Vielen Dank für die schnelle Amtshilfe, Herr Kollege.«

»Da nich für«, erwiderte Brenner fröhlich, während Anneke und Kies wieder in den Wagen stiegen.

»Kennst du eigentlich den mit dem Pornodarsteller im Spielkasino?«, fragte Kies, als er sich angeschnallt hatte.

Anneke seufzte genervt und ergriff das Micky-Maus-Heft.

## VIERZEHN

Daniel trug seinen braunen Cordanzug, ein schwarzes Polohemd und weiße Puma-Turnschuhe. In der Hand hatte er tatsächlich eine einzelne rote Rose.

»Meine Maus!«, sagte er leise und schaute sie mit glasigen Augen an.

Sophie trat einen Schritt zur Seite und sagte nur, ohne seinen Blick zu erwidern: »Komm rein!«

Daniel senkte die ausgestreckte Hand, mit der er ihr die Rose überreichen wollte, und ging an Sophie vorbei.

»Bitte Schuhe ausziehen«, sagte sie und bereute es im gleichen Moment. Sie wollte nicht den Eindruck erwecken, sich auf eine längere Begegnung mit ihm einzurichten. Doch er hatte es verdient, dass sie anständig mit ihm Schluss machte und ihre Beweggründe erläuterte.

»Wenn du willst, nimm Platz«, sagte sie und bemühte sich um einen sachlichen Tonfall. Er setzte sich sofort auf die Ledercouch und legte die Rose hilflos auf den Glastisch. Sophie blieb stehen und sprach aus, was sie sich in den letzten Minuten zurechtgelegt hatte.

»Daniel, es tut mir sehr leid. Und ich weiß, dass du es eigentlich nicht verdient hast. Du bist ein guter Kerl. Aber ich kann es nicht mehr. Ich –«

»Was kannst du nicht mehr?« Sein Blick wurde wachsam, als ahnte er, dass etwas Schreckliches bevorstand.

»Ich kann nicht länger mit dir zusammen sein.« Jetzt war es raus. »Lass uns diese Beziehung friedlich beenden.«

»Wie bitte?«, stammelte Daniel. »Das meinst du nicht ernst.«

»Ich meine es ernst.«

»Das kannst du nicht machen. Du bist doch meine Maus! Du darfst so etwas nicht sagen!«

»Daniel!« Sie bemühte sich um einen ruhigen Ton. Sie wollte ihn so wenig wie möglich verletzen, um ihre verlorene Liebe vielleicht zu dem zu machen, was man in einem Trennungsgespräch niemals aussprechen durfte, was aber gemeinhin eine »gute Freundschaft« hieß.

»Ich habe viel nachgedacht. Wir leben auf anderen Planeten. Das hat nichts damit zu tun, dass wir uns für verschiedene Parteien engagieren, das wäre ja noch ein reizvoller Gegensatz. Nein, es geht darum, dass du eine Frau an deiner Seite brauchst, die immer für dich da ist, die dich aber nicht beansprucht, sondern dir den Rücken für deine Parteiarbeit freihält. Du stehst noch ganz am Anfang deiner politischen Laufbahn, und ich habe es viele Jahre bei meinem eigenen Vater mit ansehen müssen, was passiert, wenn aus einem Ehemann ein Vollblutpolitiker wird, der zwischen Wahlkreisbüro, Landtag und Parteizentrale pendelt und den seine Familie nur noch in der ›Rundschau‹ oder der ›Münchner Runde‹ zu sehen bekommt. Nein, das ist nicht das, was ich mir unter einer Partnerschaft vorstelle, und ich –«

»Aber Maus«, unterbrach er sie. Daniel schien auf dem Sofa in sich zusammenzufallen. »Wie kannst du so etwas sagen? Wir sind doch verlobt!«

»Nichts sind wir!«, fauchte Sophie zurück. Das war das falsche Wort gewesen. Dass er auch ihr gegenüber von Verlobung sprach, brachte sie um ihre Contenance.

»Daniel. Glaub mir, es hat keinen Zweck. Es ist vorbei. Was gewesen ist, kann uns niemand wegnehmen. Aber in Zukunft sollten wir auf getrennten Wegen gehen. Es ist besser so. Lass uns gute Freunde bleiben.«

Jetzt hatte sie den verbotenen Satz doch gesagt.

Sie glaubte zu sehen, dass Daniel Tränen über das Gesicht liefen, und schaute weg. Sie konnte keine Männer weinen sehen. Eine Weile sagte keiner etwas.

»Magst du noch etwas trinken?«, fragte sie, um das drückende Schweigen zu durchbrechen.

»Nein danke«, sagte er und schluckte. »Es ist wohl besser, ich gehe jetzt.«

Ja, das ist wohl besser, dachte Sophie erleichtert.

***

»Was haben wir?«, fragte Neidlinger in die Runde. Der Chef der MK3 saß hinter seinem Schreibtisch, Kies stand mit dem Rücken an die Wand gelehnt und hatte den rechten Fuß auf den linken gestellt. Anneke und Lukas saßen am Besuchertisch. Als einzige Lichtquelle im Raum erstrahlte auf Neidlingers Schreibtischplatte eine Halogenleuchte, in deren Lichtkegel die Schwaden seines Zigarilloqualms aufstiegen.

»Nicht viel«, antwortete Lukas. »Nicht viel mehr als eine Reihe von Spuren, die im Sande verlaufen.«

»Das Alibi von Leander Heiland ist absolut wasserdicht und lückenlos«, konstatierte Kies. »So lückenlos wie die Zähne von Stefan Raab. Einen besseren Zeugen als Porno-Paul kann man in seiner Branche wohl nicht haben.«

»Der Journalist Alexander Jäger ist zwar auf freiem Fuß«, sagte Neidlinger, »aber das heißt noch nicht, dass er unschuldig ist. Dass er einen Fluchtversuch unternommen hat, macht ihn verdächtig.«

»Sein Motiv?«, fragte Lukas. »Warum hätte er Simnacher umbringen sollen?«

»Vielleicht weil er einen fertigen Nachruf in der Schublade hatte und Kohle brauchte?« Kies lachte.

»Also wirklich!« Neidlinger klang genervt. »Nur ernsthafte Beiträge bitte!«

»Jäger könnte tatsächlich Geldprobleme haben«, sagte Anneke und dachte an seine Markenpantoffeln und die Edel-Jogginghose. »Er pflegt einen Lebensstil, der nicht unbedingt dem eines um Aufträge buhlenden freien Journalisten entspricht. Was ist, wenn er Donnersberg mit den Bildern erpressen wollte?«

»Die er zufällig an einer Tankstelle gefunden hat?«, wandte Neidlinger ein und klopfte die Asche seines Zigarillos ab. »Das klingt schon sehr konstruiert.«

»Und wenn er die Bilder selbst gemacht hat?«, meinte Lukas. »Als Hobby-Paparazzo?«

»Fest steht jedenfalls, dass wir an Jäger dranbleiben sollten«, sagte Neidlinger und fügte seufzend hinzu: »Fest steht allerdings auch, dass Donnersberg für unsere Ermittlungen tabu ist, solange wir ihn nicht in flagranti bei einem Kapitalverbrechen erwischen. Was ist mit diesem Grünen?«

»Daniel Jacobi?« Anneke schaute auf ihre Notizen. »Er ist jedenfalls der Einzige, bei dem ich ein glasklares Motiv erkenne: Er zahlt immer noch jeden Monat an die Bank für ein gescheitertes Internet-Start-up. Er hat kein Abgeordnetenmandat und verdient nur als Funktionär in der Landesgeschäftsstelle seiner Partei. Und seine Verlobte erbt das beträchtliche Vermögen des Verstorbenen.«

»Das passt fast zu gut zusammen«, sagte Lukas. »Und vermutlich würden wir keine Schwierigkeiten von oben bekommen, wenn wir einen Grünen als Hauptverdächtigen präsentieren.«

Anneke kam eine Idee: »Was wäre eigentlich, wenn wir nicht bei Donnersberg ansetzen, sondern bei der Frau auf den Bildern, die seine Geliebte sein soll? Oder steht die auch unter dem Schutz von ganz oben?«

»Interessanter Gedanke«, sagte Neidlinger. »Sollten wir zumindest mal im Hinterkopf behalten.«

»Und was ist«, setzte Kies zu einer defätistischen Bemerkung an, »wenn der Tote in der Sauna tatsächlich nur ausgerutscht und unglücklich gestürzt ist? Bislang hat Professor Preuschhof jedenfalls keinen Beweis für das Gegenteil vorgelegt.«

»Das wäre tatsächlich die einfachste aller Varianten«, stimmte Neidlinger zu.

»Und wir hätten unsere Ruhe«, sagte Kies.

»Apropos Ruhe.« Neidlinger drückte seinen Zigarillo aus. »Ich denke, wir machen Schluss für heute. Morgen ist auch noch ein Tag.«

Das war für alle das Kommando, das Chefbüro zu verlassen.

Anneke nahm sich spontan vor, diesmal nicht abzublocken, falls Lukas ihr anbieten sollte, sie heimzufahren.

Sie gingen in ihr Zweierbüro, wo Lukas seine Lederjacke von der Stuhllehne nahm und Anneke ihre Winterjacke anzog. Sie erwischte sich dabei, wie sie ihn erwartungsvoll anschaute. Er lächelte sie an, als hätte er ihr Ansinnen durchschaut.

Doch er zögerte seine Frage noch zwei schrecklich lange Sekunden hinaus, was ihr das Blut in den Kopf schießen ließ. Dann erst sprach er die erlösenden Worte: »Was dagegen, wenn *ich* den Bereitschaftswagen nehme?«

Das war noch kein Angebot, stellte sie fest, beschloss aber, in die Offensive zu gehen: »Nur wenn du mich mitnimmst.«

»Auf diese Antwort hatte ich gehofft«, sagte er, und ihr fiel ein Gesteinsbrocken vom Herzen.

***

Chefredakteur Peter Hilfringhaus stand am großen Glastisch im Newsroom der ATZ und begutachtete wie jeden Abend die Ausdrucke der fertigen Zeitungsseiten für den ersten Andruck.

»Über die Titelzeile sollten wir noch etwas hirnen«, sagte er skeptisch beim Blick auf die Seite eins und las die Schlagzeile laut vor: »München im Frost: Kältester Januartag seit zwanzig Jahren«.

»Was gefällt Ihnen daran nicht?«, fragte Lokalredakteurin Stefanie Schappert. »Ich find's gut so.«

Widerworte gegen den Chefredakteur hätte es unter Hilfringhaus' Vorgänger Wolfgang Lohmann nicht gegeben. Nachdem Lohmann vor einigen Jahren eines gewaltsamen Todes gestorben war, hatte der damalige Politikchef Hilfringhaus die Leitung des Blattes übernommen und einen neuen Führungsstil etabliert. Die Zeiten, in denen fertig produzierte Seiten in der Abendkonferenz zerknüllt und in den Papierkorb geworfen wurden mit der Ansage an den zuständigen Redakteur: »Das können Sie besser« oder »Noch einmal bitte«, waren vorbei.

Zeitgleich mit dem Wechsel auf dem Chefposten war die ganze Redaktion vom alten Pressehaus im Bahnhofsviertel in einen modernen Neubau aus Glas und Stahl im Osten der Stadt gezogen. Zwar arbeiteten die Journalisten seitdem in lichtdurchfluteten Großraumbüros, hatten jedoch die Anbindung an die Stadt, über die sie schrieben, völlig verloren. Aber kalt war es in Riem genauso wie in der Innenstadt, und Aufmacher über das Wetter funktionierten stets, wenn die Themenlage nichts anderes hergab. »Wetter geht immer, denn es betrifft jeden«, war eine alte Blattmacherweisheit.

»Die Zeile hat mir zu viele Substantive«, kritisierte Hilfringhaus. »Können wir das aktiver formulieren?«

»München friert«, schlug Stefanie Schappert vor.

»München bibbert«, meinte Wirtschaftsredakteur Altmeier.

»Ja, so etwas. Mit Verb«, stimmte Hilfringhaus zu. »Das Aufmacherfoto ist nicht schlecht, sehr stimmungsvoll mit den Eiszapfen an der Mariensäule.«

Die Fotochefin Gabi Neuroth nahm das Lob mit einem dankbaren Nicken entgegen.

»Aber ganz glücklich bin ich mit dem Wetter-Aufmacher noch nicht. Was ist mit dem Aufsetzer über die angeblichen Morddrohungen gegen Faszantas? Das haben wir exklusiv, oder, Frau Baum? Warum machen wir damit nicht auf?«

Helga Baum, die Landtagsreporterin, nickte. »Ja, das haben wir allein. Allerdings ist die Quellenlage etwas … Nun ja, ich habe niemanden, der es offiziell bestätigt. Es sind bislang nur Gerüchte. Die Polizei lässt nichts raus.«

Helga Baum war berüchtigt dafür, Geschichten ins Blatt zu bringen, die noch nicht völlig zu Ende recherchiert waren oder bei denen sich die Informanten im Nachhinein als dubios herausstellten. Doch ihre Storys wurden nur selten dementiert, und so manchen Skandal hatte sie auf diese Weise schon aufgedeckt und zahlreiche Politiker letztlich aus dem Amt geschrieben.

Als das Telefon am Newsdesk klingelte, rief der Chef vom Dienst: »Es ist Flitzer.«

»Der ruft nicht zufällig genau um diese Zeit an«, murmelte Hilfringhaus, der Frank Litzka schon kannte, seitdem dieser als Schülerpraktikant bei der ATZ angeheuert hatte. »Vielleicht hat er einen neuen Aufmacher.«

Litzka, der von Beginn seiner journalistischen Laufbahn an das Kürzel »flitz« verwandte und von Kollegen deshalb Flitzer genannt wurde, hatte nach der Geburt seines Sohnes eine berufliche Auszeit genommen und fing jetzt wieder an, der ATZ gelegentlich auf Honorarbasis Texte anzubieten. Seine Kontakte hatte er die Zeit über gepflegt. Hilfringhaus ging zum CvD-Platz und nahm den Hörer.

»Flitzer, was gibt's?«, sagte er und hörte einen Moment zu. Dann fragte er: »Wie viele Zeilen brauchst du? Und kannst du die Bilder sofort rübermailen?« Schließlich legte er auf, drehte sich zur versammelten Redaktionsrunde um und sprach: »Ich denke, wir haben einen neuen Aufmacher.« Er schaute auf das Layout und entschied nach wenigen Sekunden: »Den Frost machen wir unten, die Faszantas-Geschichte wandert auf die Zwei. Dafür fliegt das nichtssagende Interview mit Fasnacht zur Lage der CSU raus.« Er schaute auf die große Uhr über der Tür und sagte: »Flitzer liefert in zwanzig Minuten. An die Arbeit.«

***

Anneke und Lukas saßen im Dreier-BMW und fuhren Richtung Studentenstadt. Es war vollkommen selbstverständlich, was Lukas tat. Dass sie von einem Kollegen mit dem Dienstwagen nach Hause gefahren wurde, war nichts, worauf sie sich etwas einbilden sollte. Das hätte jeder andere in der gleichen Situation auch getan. Im Autoradio sang Elton John einen seiner nicht totzukriegenden Evergreens.

»Kannst du mich vorne beim Aldi rauslassen?«, fragte Anneke, als sie über die Ungererstraße fuhren. »Ich hab's heute nicht mehr geschafft einzukaufen. Und ich hab nichts mehr zu Hause.«

Lukas lachte: »Augen auf bei der Berufswahl. Such dir das nächste Mal einen Job mit geregelten Mittagspausen.«

»Und dabei dachte ich, dass es nichts gibt, das besser geregelt ist als das deutsche Beamtentum.«

Lukas setzte den Blinker rechts und fuhr auf den Parkplatz des Discounters, als im Radio der Jingle für die Zwanzig-Uhr-Nachrichten ertönte.

»Oh, ich glaube, wir kommen zu spät.«

»Verdammt«, fluchte Anneke und sah, wie die Türen des Ladens von innen zugesperrt wurden. »Dann bleibt mir wohl heute nur eine Nulldiät oder Koch Ronald.«

»Ronald?«

»Ronald McDonald.«

»Quatsch mit Soße«, sagte Lukas.

»Ja, oder das.«

»Wie bitte?«

»Ach, schon gut.« Anneke ärgerte sich, dass sie nicht vorher auf die Uhr gesehen hatte.

»Hast du Reis zu Hause? Und Tomatenmark und Majo?«, fragte Lukas.

»Äh, ja. Ich glaub schon. Warum?«

»Vertraust du mir?«

Anneke schaute ihn ratlos an. »Ja, natürlich vertrau ich dir.«

»Gut.« Lukas legte den Rückwärtsgang ein, um wieder auf die Straße zu fahren. »Ich koch für dich. Altes Junggesellenrezept.«

Hatte Lukas sich gerade zu ihr nach Hause eingeladen? War das einfach nur nett, oder war das frech und dreist? Anneke entschied, dass es frech und dreist war. Doch das imponierte ihr, und sie sagte: »Einverstanden. Aber du musst auch abwaschen und die Küche aufräumen.«

Lukas lachte. »Keine Sorge. Ich werde ... Moment mal, hörst du das?«

Er drehte das Radio lauter.

»... berichtet die Münchner Boulevardzeitung exklusiv in ihrer morgigen Ausgabe«, sagte die Nachrichtensprecherin. »Innenminister Max von Donnersberg war bislang nicht für eine Stellungnahme erreichbar. Ein CSU-Sprecher sagte auf Anfrage von Antenne Bayern, dass derartige Gerüchte über das Privatleben von Politikern nicht kommentiert würden. Und jetzt zum Sport ...«

»Was ist denn da los?«, sagte Anneke.

»Ich glaub, wir sollten uns noch rasch eine Zeitung von morgen besorgen.«

***

Die Zeitung, die sie aus einem stillen Verkäufer genommen hatten, lag auf dem Glastisch in Annekes Wohnung im zwölften Stock des Betonklotzes im Münchner Norden. Lukas und Anneke saßen auf dem alten Sofa. Er schaute sich unauffällig um. Es war auf den ersten Blick ersichtlich, dass Anneke diese winzige Bude nicht selbst eingerichtet, sondern das Appartement inklusive der Siebziger-Jahre-Möbel angemietet hatte. Dieses Zimmer wirkte durch und durch wie ein Provisorium. Warum suchte sie sich nicht eine schönere Bleibe in Vierteln wie Schwabing oder Haidhausen?

Anneke schien seine Gedanken zu erraten: »Du fragst dich, warum ich in so einer abgewrackten Studentenstube lebe, während die Simnacher-Tochter in einer Luxuswohnung mit Stuck an den Decken wohnt?«

Lukas fühlte sich ertappt. »Daran, was Kies über Sophie Simnachers Wohnung erzählt hat, habe ich jetzt gar nicht gedacht. Aber tatsächlich frage ich mich, warum du immer noch in einer Bude hockst, die so aussieht, als würdest du morgen deine Koffer packen und wieder in die Heimat aufbrechen.«

»Vielleicht wäre das immer noch das Beste.« Anneke seufzte leise. »Ich habe nicht das Gefühl, dass ich schon richtig in München angekommen bin.« Sie zögerte kurz, dann sagte sie: »Und wenn du nicht wärst …«

Lukas blickte auf: »Dann?«

»Ach, nichts«, wehrte sie ab. »Du bist echt ein guter Kerl. So einen Kollegen habe ich mir immer gewünscht. Einer wie du hätte mir damals in meiner Dienststelle beim DNR den Rücken gestärkt, als mich alle fertigmachen wollten.«

Immer wieder redete sie von dem Zwischenfall damals und den Folgen. Verarbeitet war das wohl noch lange nicht.

»Lass uns in die Zeitung schauen«, wechselte Lukas das Thema.

»Das Doppelleben des Polit-Barons«, stand in großen Lettern auf der Titelseite. Darunter war in etwas kleineren, aber nicht weniger schreienden Buchstaben zu lesen: »Wer ist die geheimnisvolle Frau an der Seite von Innenminister von Donnersberg? Von Frank Litzka.«

»Lies mal vor!«, forderte Anneke ihn auf. »Magst du einen Kaffee? Ich kann dir einen Senseo anbieten. Diese Kaffee-Pads sind übrigens eine holländische Erfindung.«

»Ja, gern«, sagte Lukas, nahm seine Ray-Ban-Brille ab, legte sie neben die Zeitung und las laut: »Diese Bilder dürften auf der CSU-Klausurtagung in Wildbad Kreuth einschlagen wie eine Bombe. Die unserer Redaktion zugespielten Aufnahmen zeigen Innenminister Baron Max von Donnersberg mit einer schwarzhaarigen Schönheit. Natürlich beweisen diese Fotos nichts, aber sie scheinen die Gerüchte zu bestätigen, die seit geraumer Zeit in der CSU kursieren und dem Hoffnungsträger der Partei eine heimliche Affäre nachsagen wollen. Nach dem Tod des Fraktionsvorsitzenden Friedrich-Joseph Simnacher, der immer noch die Mordermittler der Münchner Polizei beschäftigt, dürfte der CSU damit innerhalb weniger Tage der zweite Spitzenkandidat für die Nachfolge von Ministerpräsident Franz Däxl abhandengekommen sein. Im April wird Donnersberg vierzig Jahre alt und wäre dann laut Bayerischer Verfassung befähigt, Ministerpräsident zu werden. Doch im Moment scheint seine politische Zukunft mehr als ungewiss.«

Die Senseo-Maschine surrte, und ein köstliches Kaffeearoma verbreitete sich in dem kleinen Raum.

»Mit Milch und Zucker?«, fragte Anneke von ihrer kleinen Kochzeile aus.

»Nur Milch«, antwortete Lukas und las weiter.

»Donnersberg wurde von Däxl in die Landespolitik geholt und gilt als dessen Ziehkind. Sein Vater Siegbert von Donnersberg ist Inhaber der Donnersberger Bau AG in Bad Reichenhall, die nur Gerüchten zufolge den Bau der Donnersberger Brücke in München zu verantworten hatte. Der Innenminister, der gern Maßanzüge trägt, sich aber auch auf Rockkonzerten sehen lässt, begann seine politische Laufbahn nach einem Jura- und Politikstudium mit achtundzwanzig Jahren als JU-Aktivist, ein Jahr später wurde er in den Landtag gewählt. Mit zweiunddreißig rückte der Shootingstar als Staatssekretär ins Justizministerium auf, um drei Jahre später die Führung des Ministeriums zu übernehmen. Nur ein Jahr später wurde er Innenminister. Für seinen Erfolg gehe er über Leichen, sagen ihm politische Gegner nach. Donnersberg ist seit vier Jahren verheiratet mit der zweiunddreißigjährigen Tatjana von Donnersberg, einer früheren Journalistin, die er bei einem Interview kennengelernt hatte und mit der er in einer Villa in Bayerisch Gmain lebt. Donnersbergs Bruder Joachim kam 2006 als Bundeswehr-Oberst bei einem Anschlag in Afghanistan ums Leben.«

Anneke stellte den Kaffee auf den Tisch. Sie servierte ihn in Werbetassen des Bayerischen Rundfunks, die mit dem Logo der Talksendung »Live aus dem Schlachthof« aus den Neunzigern bedruckt waren. Die Tassen gehörten also auch zum vermieteten Inventar.

»Wie kommt die ATZ an Jägers Fotos?«, fragte Anneke.

»Vermutlich hat er sie meistbietend verkauft. Allerdings ist die ATZ bisher nicht sonderlich durch Scheckbuchjournalismus in Erscheinung getreten.«

»Fragen wir doch in der Redaktion nach!«, schlug Anneke vor.

»Wenn das so einfach wäre. Sie werden sich auf den Informantenschutz berufen. Wir können sie nicht zwingen, ihre Quellen offenzulegen. Hast du Hunger?«

»Ja, schon. Aber wir können uns auch eine Pizza bestellen. Ich weiß nicht genau, was du mit den genannten Zutaten Sinnvolles anstellen willst.«

»Lass dich überraschen – um mal deinen Landsmann zu zitieren.« Lukas faltete die Zeitung zusammen. »Das kann bis morgen warten.« Er ging drei Schritte zur Kochnische, die aus einem Kühlschrank, zwei Herdplatten und einer Spüle bestand. »Die Küche habe ich schon mal gefunden.«

»Ich seh schon, ich kann dich nicht abhalten. Der Reis ist im Schrank oben rechts, der Rest im Kühlschrank.«

Lukas brachte in einem Emailtopf Wasser zum Kochen und legte einen Beutel Reis hinein. Genau dreizehn Minuten waren jetzt zu überbrücken. Und er wollte nicht weiter über die Ermittlungen reden. Jetzt war Feierabend. Sollte er ihr von seinem Angebot, nach Ainring zu wechseln, erzählen?

»Was auch immer du da kochst, Lukas, es ist total süß von dir.«

Anneke hatte sich auf das Sofa gesetzt und den Gummi aus dem Haar gezogen, der ihre Frisur zu ihrem üblichen Pferdeschwanz zusammenhielt. Jetzt waren ihre Haare offen. Sie hatte außerdem nicht nur ihre Schuhe ausgezogen, sondern auch die Socken. Sie lehnte sich entspannt zurück, wodurch sich ihr grauer Rollkragenpullover eng über ihren zarten Oberkörper spannte. Er konnte nicht verhindern, zu der Erkenntnis zu kommen, dass er sie schön fand.

»So gefällst du mir schon besser«, sagte er scheinbar beiläufig. »Du hast die letzten Tage sehr angestrengt gewirkt. Ich hab mir Sorgen gemacht.«

»Ach, weißt du …« Sie seufzte tief. »Es ist alles nicht einfach im Moment. Und übrigens: Ohne Brille gefällst du mir auch besser.«

War das jetzt nett oder gemein?, fragte er sich, ohne zu einer Antwort zu kommen, denn nun kochte das Wasser.

»Darf ich zuschauen, was du da zauberst?«, fragte Anneke, als der Reis fertig war. »Oder ist das ein Geheimnis aus der Küche deiner Großmutter?«

»Schau ruhig, aber erwarte dir nicht zu viel.« Er lachte und füllte den Reis in eine Schüssel und drückte aus einer Tube erst Mayonnaise und dann Tomatenmark hinzu. Mit einer gekonnten und vielfach trainierten Handbewegung vermischte er die Zutaten zu einem rot-weißen Matsch.

»So, fertig«, sagte er und blickte in Annekes fassungsloses Gesicht. »Sieht vielleicht ungewöhnlich aus, schmeckt aber formidabel. Ehrlich wahr.« Und als sie immer noch nicht reagierte, fügte er hinzu: »Probier's mal!«

Plötzlich brach Anneke in schallendes Gelächter aus.

»Du meinst es wirklich ernst? Ich dachte erst, du wolltest mich auf den Arm nehmen. Reis mit Majo und Tomatenmark. Aber gut. Ich probier's. Mangels Alternative. Wir Holländer haben nicht grundsätzlich etwas gegen Junkfood.«

Sie setzten sich an den Glastisch.

»Zu trinken habe ich leider nur noch eine angebrochene Flasche süßen Rotwein. Ich weiß nicht, ob das zu deinem Menü passt.« Sie lachte immer noch.

»Sehr gut«, antwortete er mit todernster Miene. »Korrespondierender Wein zum Hauptgang. Perfekt. Und wenn es ganz schlimm wird für deinen verwöhnten Gaumen, können wir immer noch den Pizza-Notruf wählen.«

# FÜNFZEHN

»Du solltest kandidieren«, sagte Generalsekretär Fasnacht und beschmierte eine Semmelhälfte zuerst daumendick mit Butter und zusätzlich mit einer blickdichten Schicht Waldfruchtmarmelade.

Justizminister Kandlinger kaute an einer Scheibe Vollkornbrot mit geräuchertem Schinken, während er in seinem Filterkaffee mit Milch und Zucker rührte. Im großen Speisesaal der Kreuther Tagungsstätte war wie jeden Morgen ein üppiges Frühstücksbüfett für die Abgeordneten aufgebaut.

»Ich sehe meine politische Berufung nicht unbedingt darin, Ministerpräsident zu werden«, sagte Kandlinger, nachdem er den Bissen Brot mit einem kräftigen Schluck Kaffee hinuntergespült hatte. »Ich bin ganz zufrieden in meinem Amt. Außerdem hätte ich kein gutes Gefühl dabei, durch eine Medienkampagne –«

»Darf ich?«, fragte Kultusminister Wiedemann mit einer Schüssel Früchtemüsli in der einen und einem gekochten Ei in der anderen Hand. »Oder störe ich bei der Zeitungslektüre?« Er deutete auf die ATZ, die zwischen Kandlinger und Fasnacht neben der silberfarbenen Kaffeekanne aufgeschlagen auf dem Frühstückstisch lag.

»Nur zu, Gustl«, sagte Kandlinger. »Das Personalkarussell dreht sich weiter. Du kannst noch aufspringen.«

»Nein danke, kein Bedarf«, erwiderte Wiedemann und setzte sich dazu.

»Was sagst du zum Untergang deines Favoriten?«, fragte Fasnacht. »Ich nehme an, du hast die Zeitung auch schon gelesen.«

»Eine üble Schmierenkampagne«, schimpfte Wiedemann. »Ich kannte diesen Litzka eigentlich als seriösen und anständigen Journalisten.«

»Na ja«, entgegnete Fasnacht. »Die Wähler kannten den Max auch als seriösen und anständigen Politiker. Und jetzt sehen sie diese Bilder. Was sollen sie anderes denken, als dass er sein Privatleben nicht im Griff hat? Wie soll ein Mann unser geliebtes Bayern regieren, der privat ein Betrüger und Lügner ist?«

»Also bitte«, Wiedemann wurde lauter. »Wir haben hier nichts weiter als Fotos, die Max mit einer Frau zeigen. Das kann alles und nichts bedeuten.«

»Ich tippe eher auf alles«, sagte Fasnacht.

»Solange nichts bewiesen ist, gilt immer noch die Unschuldsvermutung«, betonte der Kultusminister.

Fasnacht beschmierte jetzt die zweite Semmelhälfte mit einer dicken Schicht Nuss-Nougat-Creme. »Aber als Politiker ist für mich klar, dass Max von Donnersberg im Moment so beschädigt ist, dass er als Spitzenkandidat nicht mehr in Frage kommt, bis er diese Sache geklärt hat. Und selbst dann würde ich ihm zu einer längeren politischen Auszeit raten.«

»Ich denke, wir sollten jetzt keinen Scheiterhaufen aufschichten«, sagte Wiedemann. »Wir haben bereits einmal einen Ministerpräsidenten mit einer Schmutzkampagne über sein Privatleben verhindert. Der Theo Waigel wäre kein schlechter Landesvater geworden, bloß weil seine Ehe zerbrochen ist. Noch jemand Kaffee?« Wiedemann blickte mit der Kanne in der Hand in die Runde, bevor er seine eigene Tasse füllte.

»Ich denke, wir sollten heute Mittag auf der Pressekonferenz einen Kandidaten präsentieren«, sagte Fasnacht und schaute Kandlinger an. »Und ich denke, du solltest es machen. Denk noch mal drüber nach. Vielleicht ist das die letzte Chance deiner Karriere!«

»So alt bin ich nun auch wieder nicht, junger Kollege«, grantelte der Justizminister zurück. »Aber äußern sollten wir uns zu diesen Schlagzeilen vermutlich schon. Wir müssen uns positionieren und –«

»Max in Schutz nehmen gegen diese Schmutzkampagne«, warf Wiedemann ein.

»Das Beste wäre«, sagte Kandlinger, »wenn der Max von sich aus die Konsequenzen ziehen und heute auf der PK sein Amt zur Verfügung stellen würde, bis er sein Privatleben wieder in Ordnung gebracht hat. Das muss kein Rücktritt sein, eher ein politisches Sabbatical.«

»Ja, das könnte ein Ausweg sein, Zeit zu gewinnen, ohne das Gesicht zu verlieren«, sagte Fasnacht. »Ich könnte ein paar ausgewählte Journalisten ›unter drei‹ mit der Info anfüttern, dass in Parteikreisen heute der Rücktritt von Donnersbergs erwartet wird. Das könnte den Max unter Druck setzen, etwas zu unternehmen.«

»Unter drei« bedeutete, dass die Journalisten ihren Gesprächspartner nicht nannten, sondern von »zuverlässigen Quellen« oder »informierten Kreisen« sprachen. Fasnacht beherrschte es perfekt, mit gezielten Indiskretionen die Interessen der Partei zu fördern, und gelegentlich auch seine eigenen.

»Ich denke, der Franz wird ihm schon sagen, was er zu tun hat«, meinte Wiedemann und deutete auf einen Tisch in der Nähe des Eingangs, an dem soeben Ministerpräsident Franz Däxl und Innenminister Max von Donnersberg Platz genommen hatten.

»Ich habe im Gefühl«, sagte Fasnacht, »dass heute noch etwas passiert.« Er biss in seine Semmel und fügte in verschwörerischem Tonfall hinzu: »Und mein Instinkt hat mich noch selten getäuscht.«

***

Lukas saß bereits zehn Minuten an seinem Schreibtisch, als auch Anneke das Büro betrat. Sie wirkte entspannt und gut gelaunt, ganz anders als die vergangenen Tage. Die Haare trug sie zum Pferdeschwanz gebunden.

»Grüß dich, wie geht's?«, fragte er, während sie ihre Jacke an den Haken hinter der Tür hängte.

»Mir geht's blendend«, antwortete sie und stockte. Er bemerkte, dass sie noch etwas loswerden wollte. Er schaute sie aufmunternd an.

»Ich wollte nur noch sagen …«, sie lächelte verlegen. »Danke fürs Heimbringen gestern … und das Reisgericht.«

Er wusste nicht so recht, ob sie ihn auf den Arm nehmen wollte. »Meinst du das ernst?«

Jetzt lachte sie und strich sich eine lose Strähne hinters Ohr. »Also, ich muss zugeben: Zuerst dachte ich, das kann ja wohl nicht wahr sein. Und als du dann das Zeug mit so routinierten Handbewegungen vermischt hast, sah das aus, als würdest du das täglich machen. Da wurde mir dann schon mulmig.«

»Mach ich ja auch«, sagte er ernst. Sie starrte ihn zwei Sekunden sprachlos an, bis er sie aufklärte: »Kleiner Scherz. Das ist wirklich nur ein Notrezept, falls die Schicht mal wieder länger dauert – oder ein Krieg ausbricht.«

»Na dann. Ach ja, das hier«, sie holte einen gefalteten Zettel aus ihrer Gesäßtasche, »hast du bei mir vergessen. Muss dir gestern Abend aus deiner Jackentasche gefallen sein. Es lag jedenfalls bei mir unter dem Haken, wo deine Jacke hing.«

»Danke«, sagte Lukas und steckte den Zettel ein. In diesem Moment öffnete Neidlinger die Tür und betrat den Raum mit den Worten: »Wie schön, dass ihr schon alle so fröhlich seid! Ich habe beim ATZ-Chefredakteur nachgefragt. Erwartungsgemäß lässt er nichts darüber raus, woher sie die Bilder haben. Der Steini wird mal versuchen, diesen Litzka direkt anzuzapfen. Er kennt ihn noch von früher, als Litzka gelegentlich mit Jürgen Sonne, dem ehemaligen Chef der MK1, zusammengearbeitet hat. Anneke, du könntest den direkten Weg probieren und Alexander Jäger fragen. Vielleicht sagt er uns ja, ob er die Bilder verscherbelt hat. Alles klar?«

Lukas bemerkte, dass es Anneke die Sprache verschlug bei der Vorstellung, noch mal dienstlich bei Jäger vorstellig werden zu müssen.

»Kein Problem, ich übernehm das«, zischte er ihr zu, während Neidlinger das Zimmer wieder verließ.

»Danke, das ist nett. Du bist echt ein Supertyp, wenn ich das so sagen darf.«

»Klar darfst du.«

»Und ich hoffe, dass wir lange Kollegen bleiben.«

»Heißt das, dein Rücktrittsgesuch ist vom Tisch?«

»Mal gucken. Im Moment denke ich nicht drüber nach.«

Wie würde sie wohl reagieren, wenn er von seiner Option erzählen würde, nach Ainring zu gehen? Er verdrängte den Gedanken.

»Ach ja«, sagte sie. »Wir sollten heute Mittag den Fernseher einschalten. Donnersberg gibt in Kreuth eine Pressekonferenz. Das haben sie auf B5 angekündigt. Und es hieß, dass eine spektakuläre Erklärung des Innenministers erwartet wird. Es könnte um seinen Rücktritt gehen. Phoenix will live übertragen.«

»Interessant«, sagte Lukas und überlegte, welche Konsequenzen ein Rücktritt für ihre Ermittlungen hätte. Donnersberg würde seine Immunität vor Strafverfolgung nicht verlieren, solange er Landtagsabgeordneter blieb. Aber nur als Minister und oberster Dienstherr der Polizei hatte er den politischen Schutz seines Apparats im Rücken.

»Dann schau ich mal, ob wir hier überhaupt Phoenix empfangen können«, sagte Lukas. »Übrigens: Ich finde, du könntest deine Haare auch im Dienst offen tragen. Das ist sehr hübsch.«

»Und ich finde«, konterte sie, »du könntest auch im Dienst wieder deine alte Brille aufsetzen.«

***

Frank Litzka hatte den Auftrag spontan übernehmen können. Er hatte seinen Sohn Max gerade in die Krippe gebracht, als ihn der Anruf von Hilfringhaus erreichte. Es zeichne sich eine Sensation in Kreuth ab, hatte der Chefredakteur aus verschiedenen Agenturmeldungen zitiert. Donnersbergs Rücktritt wurde für möglich gehalten. Und das aufgrund der Veröffentlichung in der ATZ. Einen solchen Scoop hatte die Zeitung seit Jahren nicht mehr gehabt. Und wer außer Litzka, der die sensationellen Fotos geliefert hatte, wäre besser geeignet, an dieser Story dranzubleiben? So jedenfalls hatte Hilfringhaus die kurzfristige Anfrage begründet. Doch Litzka war klar, dass der eigentliche Grund die personelle Ausdünnung der Redaktion zum Ende der Weihnachtsferien war.

Die Pressekonferenz war für zwölf Uhr angesetzt. Er konnte also nicht lange zögern, hatte seiner Frau Tanja einen Zettel hinterlassen und war in den Golf Kombi gestiegen. Die Familienkutsche hatte nach der Geburt seines Kindes seinen Junggesellen-Polo abgelöst.

Jetzt saß er in Wildbad Kreuth im ehemaligen großen Speisesaal, in dem vorne ein Rednerpult mit Mikrofon aufgebaut war, und wartete mit rund fünfzig weiteren Medienvertretern auf die erhoffte Sensation. In diesem Saal, so war auf einer Tafel am Eingang zu lesen, hatten 1838 bereits die russische Kaiserin Alexandra Feodorowna, die Großfürstin Alexandra Nikolajewna sowie Kaiser Nikolaus Pawlowitsch gespeist.

Neben ihm saß Sönke Michels von der Berliner Zeitung, den er noch aus früheren kalten Tagen in Kreuth kannte.

»Mensch, Flitzer, dich hat man ja lange nicht gesehen.«

»Stimmt, ich bin immer noch in Elternzeit. Ist doch schön, wenn man sich ums Kind kümmern und die Frau arbeiten schicken kann.« Litzka lachte.

»Bist du immer noch mit … Tanja … Tina?«

»Tanja. Sie ist jetzt meine Frau und immer noch Online-Chefin beim Factum-Magazin. Sie verdient da mehr Geld als du und ich zusammen.«

Tanja Litzka, geborene Kollaritsch, war in der Münchner Medienlandschaft keine Unbekannte. Vor fast zehn Jahren hatte der damalige Ministerpräsident Kurt-Anton Stadlbauer die junge Journalistin als Pressereferentin in die Staatskanzlei geholt. In dieser Funktion hatte sie den ebenfalls jungen Lokalreporter Frank Litzka kennengelernt, der bei den Recherchen in der Schwarzgeld-Affäre um einen korrupten Starnberger Landtagsabgeordneten in Lebensgefahr geriet und beinahe im Starnberger See ertrunken wäre. Im Zuge dieses Skandals hatte Tanja den Glauben an die Redlichkeit der meisten Politiker verloren und wieder die Seiten gewechselt, zurück in den Journalismus. Bald darauf waren sie ein Paar.

Beethovens Schicksalsmelodie, die Litzka seit Jahren als Klingelton auf seinem Handy hatte, signalisierte einen Anruf.

Was will der denn jetzt von mir?, fragte er sich und nahm das Gespräch an.

»Servus, Horst. Was kann ich für dich tun?«

»Mein lieber Flitzer«, tat Kriminalrat Steinmayr väterlich. »Ich hoffe, es geht dir gut. Ich will dich auch nicht lange stören, und ich weiß, dass du mir nichts sagen musst, aber vielleicht … In Erinnerung an die gute Zusammenarbeit in alten Zeiten …«

Litzka war sofort klar, worauf der Dezernatschef hinauswollte.

»Sekunde mal, Horst.«

Er stand auf, warf Sönke Michels einen entschuldigenden Blick zu und ging in den überdachten Vorraum des Nebengebäudes der Tagungsstätte.

»Also, Horst«, sagte er leise und schaute sich um, ob niemand zuhörte. »Ich kann nur kurz reden, weil hier gleich die Pressekonferenz mit Donnersberg losgeht. Ich nehme an, du rufst an wegen der Bilder bei uns im Blatt.«

»Richtig«, sagte Steinmayr. »Sie sind von diesem Alexander Jäger, oder?«

Litzka überlegte kurz, ob Steinmayr bluffte. Dann entschied er sich für eine offensive Antwort.

»Wenn du es schon weißt, warum fragst du dann?«

»Hast du ihm dafür Geld gezahlt?«, fragte Steinmayr.

»Nein, als freier Mitarbeiter hätte ich auch überhaupt keine Kompetenz, ihm irgendwelche finanziellen Zusagen zu machen. Aber er wollte kein Geld.«

»Was wollte er dann?«

»Ich weiß es nicht. Es hat mich auch gewundert. Er hat mir versichert, dass die Bilder echt und aus zuverlässiger Quelle –«

»Aus zuverlässiger Quelle? Er hat nicht behauptet, er habe sie gefunden? An einer Tankstelle?«

»Nein.« Litzka schnürte sich der Hals zusammen. »Warum? Jäger ist in der Branche als zuverlässig bekannt. Nicht als Schwindler.«

»Aber warum schenkt er euch die Bilder?«

»Er hat mich angerufen, weil er mich von früher kennt und nicht den offiziellen Weg über die Chefredaktion gehen wollte. Und ich hatte den Eindruck, dass er in Schwierigkeiten steckt.«

»Das kann man wohl sagen.«

»Ich hörte aus seinen Worten heraus, dass er in finanziellen Nöten ist und sich mit seiner Freiberuflichkeit nicht mehr über Wasser halten kann. Die Bilder, an die er irgendwie gekommen ist, hat er anscheinend nicht lukrativ verkaufen können. Und jetzt will er sich wohl bei der ATZ wieder ins Spiel bringen. Bei uns ist eine feste Stelle als Lokalredakteur ausgeschrieben …«

»Verstehe«, murmelte Steinmayr. »Er will sich bewerben, und die Bilder sind für ihn quasi eine Arbeitsprobe?«

»Ja, so in etwa. Sorry, Horst, ich muss aufhören. Es geht gleich los.«

***

»Es geht los«, sagte Lukas und schaltete den Fernseher lauter. Das TV-Bild des Ereigniskanals zeigte ein leeres Rednerpult mit dem Logo der CSU. Ein Laufband kündigte die Pressekonferenz an. Kies Grötzinger und Hubert Neidlinger stellten sich dazu, um die Übertragung zu verfolgen. Die Kamera schwenkte über die dicht besetzten Reihen der Journalisten, dann war zu sehen, wie ein Mann das Podium betrat. Es war nicht von Donnersberg.

»Grüß Gott, meine sehr verehrten Damen und Herren«, sprach Ministerpräsident Franz Däxl. »Ich begrüße Sie zu unserer routinemäßigen Presseunterrichtung am vorletzten Tag der alljährlichen Klausurtagung in Wildbad Kreuth.« Däxl versuchte, den Eindruck von politischem Alltag zu erwecken. »Erlauben Sie mir, zunächst einen Überblick über die beschlossenen Positionspapiere zu den Themen Bildungshaushalt, Reform der Agrarförderung und Förderung regenerativer Energien zu geben.«

Unruhe machte sich unter den Pressevertretern breit.

»Wo ist Donnersberg?«, konnte man einen zaghaften Zwischenruf vernehmen.

Doch Däxl ließ sich nicht beirren. Als er zehn Minuten lang die bildungspolitischen Beschlüsse der Fraktion referiert hatte, verlor Kies die Geduld.

»Leute, ich hab zu tun. Ich kämpfe mich durch den Bericht der KTU. Die IT-Profis dort haben die Fotodateien untersucht. Das muss man erst mal kapieren«, sagte er und verließ das Büro von Lukas und Anneke.

Nach weiteren fünfzehn Minuten hatte Däxl die anwesenden Journalisten so sehr in einen Dämmerzustand geredet, dass niemand mehr mit einer spektakulären Wendung rechnete. Doch dann machte der Ministerpräsident eine so lange Pause, dass einige der Beobachter von ihren Blöcken aufsahen. Sein Ton fiel eine Oktave tiefer, als er weitersprach.

»Die aktuelle Berichterstattung einer Boulevardzeitung veranlasst uns heute, zu einem Thema Stellung zu nehmen, das nicht auf der Agenda unserer Klausurtagung stand.«

Jetzt herrschte absolute Stille im Saal.

»Ich erteile dazu dem Staatsminister des Innern, Baron Maximilian von Donnersberg, das Wort.«

»Kies, er kommt!«, rief Lukas in der Hoffnung, dass ihn sein Kollege im Nachbarbüro hören würde.

***

Frank Litzka legte sich seinen Block bereit. Jetzt wurde es auch für ihn spannend. Das bisherige landespolitische Geschwafel würden die Kollegen in der Redaktion mit einer dpa-Zusammenfassung kurz vermelden. Was jetzt passierte, war das eigentlich Interessante. Auch Litzka erwartete den Rücktritt des Ministers. Es war ein mulmiges Gefühl, denn er hatte noch nie einen Spitzenpolitiker mit seiner Berichterstattung aus dem Amt geschrieben. Sollte dies heute zum ersten Mal der Fall sein – dann wusste er nicht, ob er stolz auf diese Leistung sein könnte. Denn dass Donnersberg einer der besten Politiker war, die Bayern in den vergangenen Jahren erlebt hatte, daran hatte auch Litzka keinen Zweifel.

Er beobachtete jede Kleinigkeit: Donnersbergs Gesicht war blass, seine Augen wirkten dadurch noch blauer als sonst. Er betrat das Podium ohne Zettel, hatte also offensichtlich keine Rücktrittserklärung vorbereitet. Er war jedoch bekannt dafür, auch wichtige Reden frei zu halten und nicht an Manuskripten zu kleben. Als er am Mikrofon stand, blickte er einige Sekunden in die Augen der Journalisten, die ihn voller Erwartung ansahen. Einige hatten schon ihre Handys bereitgelegt, um die Eilmeldung über den Rücktritt in die Redaktion durchzugeben.

Donnersberg räusperte sich, bevor er zu sprechen begann.

»Sehr geehrte Damen und Herren«, lautete seine förmliche Anrede. »Wie der Herr Ministerpräsident bereits angedeutet hat, sehe ich mich durch die aktuelle Medienberichterstattung zu einer Stellungnahme veranlasst. Genauer gesagt: zu einer Klarstellung.«

Er klang selbstbewusster als erwartet, seine Stimme war laut und kräftig.

»Ich weiß, dass die heute veröffentlichten Aufnahmen die Schlüsse nahelegen können, die die meisten von Ihnen gezogen haben. Ich kann Ihnen nicht verübeln, dass Sie alle das geglaubt haben, was die Veröffentlichung suggerieren sollte. Ich weiß auch, dass die Bilder zu den Gerüchten passen, die seit geraumer Zeit über mich und mein Privatleben in Umlauf sind.«

Litzka schrieb die Zitate fast wörtlich mit, zur Sicherheit hatte er zusätzlich ein Diktiergerät eingeschaltet.

»Krass, oder?«, flüsterte Sönke Michels. »Sieht eher nach einer Flucht nach vorne aus als nach einem Rücktritt.«

Litzka nickte stumm und notierte in seinem Block: »... mein Privatleben im Umlauf sind.«

»Um die Verbreitung weiterer Gerüchte zu verhindern und um meine Familie zu schützen, sehe ich mich heute gezwungen, die Identität der abgebildeten Personen preiszugeben: Die Dame, die ich in den vergangenen Wochen und Monaten regelmäßig aufgesucht habe, heißt Dagmar von Donnersberg, geborene Korteshagen. Sie ist die Witwe meines Bruders, Oberst Joachim von Donnersberg, der vor sechs Jahren bei einem Taliban-Anschlag in Afghanistan ums Leben gekommen ist und neben seiner Ehefrau zwei Kinder hinterlassen hat.« Er machte eine Pause und blickte in die Gesichter seiner überraschten Zuhörer. Dann fuhr er fort. »Sie ist meine Schwägerin, und die Kinder sind meine Neffen. Um sie kümmere ich mich, ohne davon in der Öffentlichkeit Aufhebens zu machen. Und auch Dagmar wollte nicht, dass ihre familiäre Beziehung zu mir publik wird. Aus diesem Grund fanden die Begegnungen im Verborgenen statt. Dass sich skrupellose Paparazzi, deren Auftraggeber ich kenne, auf die Lauer legen auf der Suche nach Material, das mich belasten, beschädigen, zerstören soll, ist eine noch nie da gewesene Bodenlosigkeit, die das politische Bayern noch nie ...« Donnersberg brach die Stimme weg. »Entschuldigen Sie, meine Damen und Herren.«

In die Stille hinein entstand nach wenigen Augenblicken ein Tumult unter den Journalisten. Einige hatten die Bedeutung seines Halbsatzes sofort erkannt und versuchten mit Zwischenrufen, mehr zu erfahren.

»Wen meinen Sie mit Paparazzi?«, fragte Sönke Michels.

»Welche Auftraggeber?«, rief Josef Fillinger vom Bayerischen Rundfunk.

»Wie kommen Sie zu dieser Behauptung, Herr Minister?«, wollte auch Litzka wissen. Er spürte, wie sich sein Magen zusammenzog.

Donnersberg hatte sich wieder gefasst und sprach weiter: »Ich möchte nicht schlecht über Verstorbene reden. Aber die politische Aufklärung verlangt, dass ich an dieser Stelle offenlege: Die Bilder, die gezielt über mich in Umlauf gebracht wurden, hat Friedrich-Joseph Simnacher in Auftrag gegeben. Ich selbst bin erschüttert darüber und habe es zunächst selbst nicht glauben können, als ich davon erfahren habe. Ich bin –«

»Wie kommen Sie zu dieser Erkenntnis?«, rief ein Radioreporter dazwischen.

»Haben Sie Beweise für diese unglaubliche Behauptung?«, fragte ein anderer.

»Ich bitte um Verständnis, dass ich über diese Erkenntnisse, die natürlich strafrechtliche Ermittlungen nach sich ziehen werden, heute keine Auskunft geben kann«, antwortete Donnersberg knapp.

»Was wird jetzt aus der Däxl-Nachfolge?«, fragte eine Korrespondentin der Süddeutschen.

Als hätte er auf diese Frage gewartet, parierte Donnersberg: »Ich trete an.«

Ein Raunen ging durch den Saal. Dann wiederholte Donnersberg: »Ich trete an und kandidiere für das Amt des bayerischen Ministerpräsidenten, sobald ich das verfassungsmäßige Mindestalter dafür erreicht habe. Wie Sie wissen, wird das in wenigen Wochen der Fall sein. Mit dieser Entscheidung will ich beweisen, dass die bessere Politik für unser Land mit einer Schmutzkampagne nicht zu verhindern ist.« Dann fügte er hinzu: »Im Übrigen erlaube ich mir den Hinweis, dass mein Vorgehen mit dem amtierenden Ministerpräsidenten Franz Däxl abgesprochen ist. Vielen Dank.« Damit ließ Donnersberg keinen Zweifel daran, dass sein Statement beendet war und keine weiteren Nachfragen zugelassen wurden.

»… abgesprochen ist«, notierte Litzka, sank in seinen Stuhl zurück und schloss die Augen. Er fühlte sich wie in einem Alptraum. Wenn stimmte, was Donnersberg gerade behauptet hatte, dann wäre er, Litzka, für eine politische Intrige instrumentalisiert worden. Wie konnte er sich derart missbrauchen lassen? Aber welche Rolle in dieser üblen Inszenierung spielte dann … Er notierte in Druckbuchstaben einen Namen auf seinem Block und zeichnete einen Kreis darum: Alexander Jäger?

## SECHZEHN

»Der lügt doch!« Anneke regte sich auf. »Das kann ja wohl alles nicht wahr sein!«

»Warum bist du dir da so sicher?«, fragte Lukas und schaltete den Fernseher leise.

»Ich sehe es ihm an. Dieser Donnersberg ist ein Lügner.«

»Oh, weibliche Intuition«, spottete Kies. »Reicht das für einen Haftbefehl?«

»Weibliche Intuition reicht meist sogar für ein Urteil.« Lukas lachte und stellte fest: »Also, ich finde jedenfalls auch, dass Donnersbergs Auftritt mehr als merkwürdig ist.«

»Ich halte mich lieber an die Fakten«, sagte Kies und winkte mit einem Blatt Papier in seiner Hand. »Wenn ich den Bericht unserer ITler richtig verstehe –«

»Daran haben wir keinen Zweifel«, sagte Anneke voller Ironie.

»Dann sind die Aufnahmen, die der geheimnisvolle Nick an Simnacher geschickt hat, nicht mit einer Handykamera aufgenommen worden, sondern vermutlich mit einer modernen Spiegelreflexkamera mit einer Bildauflösung von fünfzig Megapixeln.«

»Und? Was bedeutet das?«, fragte Lukas.

»Zum Vergleich, das Nokia-Handy, das vor dir auf dem Schreibtisch liegt, bringt es auf zwei Megapixel.«

»Aber die Bilder sind nicht sehr scharf und sehen nicht nach Profiausrüstung aus«, sagte Anneke. »Eher so, als hätte jemand das Motiv zufällig entdeckt und mit seinem Handy schnell ein paar Bilder geschossen.«

»Eben«, sagte Kies. »Genau so sollte es wohl aussehen. Daher wurden die Bilder mit Photoshop oder einem ähnlichen Programm manipuliert, die Auflösung wurde runtergerechnet, alles ein bisschen unschärfer gemacht.«

»Also, ich verstehe kein Wort«, sagte Neidlinger, der mit einem Zigarillo in der Hand in der Tür stand. »Was ist jetzt mit den Fotos? Sind sie echt oder nicht?«

»Natürlich sind sie echt«, sagte Kies. »Aber jemand wollte verschleiern, dass sie mit einer Hightech-Kamera gemacht wurden, wie sie nicht jeder Spaziergänger bei sich trägt, sondern mit einer Profiausrüstung. Und noch eine Ungereimtheit hat die KTU herausgefunden: Die Aufnahmedaten der Bilder stimmen nicht überein. Das heißt, die in der Bilddatei gespeicherten Daten wurden nachträglich verändert. Die Fotos wurden also früher gemacht, als es scheint, wenn man die Dateien auf einem Computer öffnet.«

»Weiß man, wann genau die Fotos gemacht wurden?«, fragte Neidlinger.

»Leider nicht.«

»Fest steht auf jeden Fall, dass diese ganze Sache zum weiß-blauen Himmel stinkt«, stellte Lukas fest.

»Dagmar von Donnersberg«, sagte Anneke.

»Wie bitte?« Lukas schaute sie verwirrt an.

»Ich denke, wir sollten die Schwägerin des Ministers aufsuchen. Es wäre interessant, was sie zu der Sache zu sagen hat.«

»Aber was wollen wir herausfinden?«, fragte Neidlinger. »Ich erinnere daran, dass wir Anweisung haben, den Innenminister nicht mit –«

»Diese Anweisung betrifft nicht Dagmar von Donnersberg«, warf Anneke dazwischen.

»Ich weiß nicht, ob die Spitze des Hauses das auch so sieht«, meinte Neidlinger. »Es liegt kein Verbrechen vor, durch das wir zu Ermittlungen gezwungen wären.«

»Es ist ganz offensichtlich, dass hier etwas oberfaul ist«, sagte Lukas, und Kies stimmte ihm zu: »Bei den Fotos ist herumgetrickst worden, das steht fest. Und die Bilder spielen eine Rolle bei einem Todesfall mit ungeklärter Ursache. Was also liegt näher, als die Person zu befragen, die auf den Bildern zu sehen ist?«

Neidlinger seufzte. »Ich sehe es ja genauso wie ihr. Aber ich –«

»Hubert«, unterbrach ihn Lukas. »Was ist dein Problem? Du willst keine Karriere mehr machen und stehst vor der Pensionierung. Du hast nichts zu verlieren.«

»Schlimmstenfalls musst du ein bisschen früher in den Ruhestand gehen«, frotzelte Kies. »Und das wäre dir doch auch nur recht, oder?«

»Wisst ihr was, Leute?« Neidlinger merkte wohl, dass er sein Team nicht von weiteren Ermittlungen abhalten konnte. »Macht doch einfach, was ihr wollt. Ich habe heute Nachmittag Kommissionsleiterkonferenz in der Ettstraße. Und bin nicht erreichbar.«

»Ich check schon mal die Adresse«, sagte Kies, als Neidlinger das Büro noch nicht ganz verlassen hatte.

***

Eine Abfrage bei der Meldebehörde hatte innerhalb weniger Minuten ergeben, dass Dagmar von Donnersberg unter ihrem Geburtsnamen Dagmar Korteshagen in Holz, einem Ortsteil von Bad Wiessee, gemeldet war. Sie fanden das Anwesen am Wiesenweg, wo zwei größere Landhäuser mit Giebeldach und Balkon etwas einsam in der verschneiten Landschaft standen.

»Es muss das da vorne sein«, sagte Anneke, die auf dem Beifahrersitz saß und den Ausdruck aus dem Adressregister in der Hand hielt. »Die Hausnummer stimmt.«

»Das kannst du sehen? Aus dieser Entfernung?«, erwiderte Lukas.

»Ja, und ohne Brille. Vielleicht solltest du dein cooles Modell doch lieber gegen eins mit der richtigen Sehstärke eintauschen.«

Anneke erkannte jetzt auch den Eingangsbereich des Hauses, der auf den bei Simnacher gefundenen Bildern zu sehen war.

»Jaja«, grummelte Lukas und fuhr über einen kleinen, schmalen und steilen Weg an das große Grundstück heran. Das Haus war im oberen Stockwerk mit Holz verkleidet und hatte im Erdgeschoss weiße Steinwände. Ein Baugerüst umrandete das Gebäude, das ziemlich verlassen wirkte. Die grünen Fensterläden waren verschlossen. Lukas parkte neben einem dunkelblauen Kastenwagen und bemerkte: »Nette Hütte.«

»Schau mal, das Gerüst!«, sagte Anneke.

»Äh, ja? Was ist damit?«

Anneke las den Schriftzug vor, der auf einem an dem Gerüst befestigten Transparent in großen blauen Buchstaben prangte: »DONNERSBERGER BAU AG – BAD REICHENHALL«.

»Ach, interessant.«

»Familienbande.«

Sie stiegen aus dem Wagen und schritten auf die weiße Haustür zu. Ein Name war nirgends zu lesen. Lukas drückte auf einen bronzefarbenen Klingelknopf. Nichts geschah.

»Keiner da«, sagte er.

»Aber das Auto!« Anneke deutete auf den Kastenwagen.

Dann hörten sie ein Geräusch von der Seite des Hauses. Es klang, als würde eine Plastiktonne umkippen.

»Hallo, ist da jemand?«, rief Lukas.

»Servus miteinand«, sagte ein kräftiger, untersetzter Mann Anfang fünfzig mit dichtem schwarzen Haar und Schnauzbart, der plötzlich vor ihnen stand. Er trug einen Blaumann und Gummistiefel, in der Hand hielt er einen gelben Plastikeimer. »Sucht's ihr jemanden?«

Lukas zückte seinen Dienstausweis. »Wir sind von der Münchner Polizei und wollen zu Frau von Donnersberg.«

»Donnersberg? Des is der Nam von meiner Firma. Steht ja auch hier auf dem Gerüst.« Der Bauarbeiter lachte. »Aba des is ned des Namensschuidl vo dea Frau, die hia wohnt. Des is de Witwe Korteshagen. Aba de is grod ned do.«

»Hm, hier wohnt also die Frau Korteshagen«, sagte Anneke leise. Offenbar lebte die Schwägerin des Ministers in Holz inkognito unter ihrem Mädchennamen.

»Was bauen Sie da?«, fragte Lukas.

»Totale Fassadenerneuerung. Abdichtungssysteme, Innendämmung … Wissen S', des Haus is üba hundert Jahre alt und hod Feuchtigkeit in de Wänd. Wenn da der Schimmel einmal drin is … Uiuiui.« Er machte mit der Hand eine bedrohliche Bewegung. »Aber mir ham no gar ned ogfanga. Erst nua des Grüst aufgbaut. I schau nur nach dem Rechten. Nächste Woch geht's gscheid los.«

»Gut, vielen Dank. Wissen Sie zufällig, wo Frau Korteshagen ist oder wann sie zurückkommt?«, fragte Anneke.

Der Blaumann zuckte mit den Schultern. »Woaß i ned.«

»Gut, dann vielen Dank erst mal.« Lukas deutete mit dem Kinn zum Nachbargebäude und sagte zu Anneke: »Versuchen wir es mal dort.«

Der zweite Versuch war ergiebiger. Fünf Minuten später saßen sie am Küchentisch einer rund siebzigjährigen Dame, die sich als

Elisabeth Schlickeisen vorgestellt hatte und die sehr dankbar zu sein schien, den unerwarteten Besuchern einen noch warmen Apfelkuchen mit Sahne servieren zu können. Dazu brühte sie frischen Filterkaffee auf. Nachdem sie ihre Dienstausweise zunächst argwöhnisch beäugt und schließlich für echt befunden hatte, kannte ihre Auskunftsfreude keine Grenzen mehr. Frau Schlickeisen war klein, schmal, hatte schneeweißes Haar, ein glattes, erstaunlich faltenfreies Gesicht und trug einen weißen Kittel.

»Wissen Sie, ich bekomme ja nicht oft Besuch hier oben. Selbst der Briefträger hat nur zwei Mal pro Woche etwas für mich, und dann eh nur Rechnungen oder Reklame. Mir schreibt ja keiner mehr.« Sie sagte das nicht verbittert, sondern mit einer fast fröhlichen Unbekümmertheit.

Anneke fragte im Plauderton: »Haben Sie viel Kontakt zu Ihrer Nachbarin, Frau …«

»Frau Korteshagen? Nein, nicht viel. Man sieht sich beim Vorbeigehen und wechselt ein paar freundliche Worte. Einmal im Jahr zu ihrem Geburtstag macht sie ein großes Grillfest hinterm Haus, da lädt sie mich auch immer ein, und ich lasse mich kurz sehen, esse eine Wurst und verabschiede mich wieder höflich.«

»Der Kuchen schmeckt übrigens vorzüglich«, sagte Lukas mit noch halb vollem Mund. »Wohnen Sie allein hier?«

»Ich wohne hier mit meinem Sohn, der arbeitet tagsüber in Rottach in der Kreissparkasse. Er ist zwar schon vierundvierzig, aber er möchte nicht ausziehen. Und solange er keine Frau hat …«

»Bei *dem* Apfelkuchen würde ich auch nicht ausziehen wollen«, spielte Lukas den Charmeur und stellte sich vor, dass er Mutter und Sohn demnächst bei »Schwiegertochter gesucht« wiedersehen würde.

»Hat die Frau Korteshagen in letzter Zeit häufiger Besuch bekommen?«, fragte Anneke und bemühte sich um einen harmlosen Tonfall.

Die alte Dame rührte in ihrer Tasse. »Ja, seit ein paar Wochen ist gelegentlich der Minister hier, ihr Schwager.«

»Ach, Sie wissen, dass Frau Korteshagens verstorbener Mann der Bruder von Innenminister von Donnersberg war?«, fragte Lukas überrascht.

»Ja, selbstverständlich. Seit dem tragischen Tod vom Herrn Donnersberg lebt sie wieder unter ihrem Mädchennamen.«

»Und der Minister kam öfters vorbei?«, fragte Anneke. »Wissen Sie, was er gemacht hat? Und wie lange er blieb?«

»Also, öfters wäre übertrieben. Einmal pro Woche etwa, meist am Samstagabend oder Sonntagmorgen. Und das auch erst seit etwa zwei Monaten. Er blieb nicht lange. Einmal hatte er einen Blumenstrauß dabei, das war kurz nach dem Geburtstag von Frau Korteshagen.«

»Kam er allein?«, fragte Anneke.

»Ja, das hat mich auch gewundert. Man liest doch immer, dass der Minister ständig Leibwächter um sich hat und ein Blaulicht auf dem Dach seines Wagens. Aber er kam auch gar nicht in einer schicken Limousine, sondern in einem schwarzen Geländewagen, ein G-Modell von Mercedes. Und das Nummernschild war nicht von hier.«

»Sie haben den Typ erkannt?« Lukas erinnerte sich, dass auf einem der Paparazzi-Fotos tatsächlich ein schwerer Geländewagen mit BGL-Kennzeichen zu sehen war.

»Nein, ich nicht. Aber der Willy. Der kennt sich aus mit Autos.«

»Willy?«

»Mein Sohn.«

Willy war der richtige Name für einen Teilnehmer bei »Schwiegertochter gesucht«. Lukas überlegte, wie die Moderatorin ihn nennen würde. Vielleicht den »einsamen Banker vom Tegernsee«.

»Nur einmal, warten Sie!« Frau Schlickeisen schien etwas einzufallen. »Einmal hatte er einen jungen Mann im Schlepptau, jetzt erinnere ich mich. Ich dachte erst, er wäre ein Reporter, weil er eine sehr teuer aussehende Fotokamera bei sich hatte. Er hat pausenlos geknipst, dabei aber immer großen Abstand gehalten. Es hat mich ein bisschen gewundert, dass er nicht näher herangegangen ist. Aber heutzutage haben die Fotografen ja so gute Objektive.«

»Ach, interessant«, sagte Anneke. »Und dieser Fotograf ist zusammen mit Donnersberg gekommen?«

Frau Schlickeisen nickte. »Ja, das habe ich genau gesehen. Und sie sind auch zusammen wieder gefahren. Nur zwischendurch hat der Mann so getan, als gehöre er nicht dazu.«

»Können Sie diesen Fotografen beschreiben?«

Frau Korteshagen überlegte und sagte dann unsicher: »Ich habe ihn nur aus der Ferne gesehen. Er trug einen dunkelgrünen Mantel mit einer gefütterten Kapuze, deshalb habe ich sein Gesicht nicht erkannt. Aber er war nicht groß für einen Mann. Er war deutlich kleiner als Herr von Donnersberg.«

»Dann kann es nicht Jäger gewesen sein«, sagte Anneke leise zu Lukas. Sie wandte sich wieder Frau Schlickeisen zu: »Und verstehe ich Sie richtig, dass Herr von Donnersberg erst seit wenigen Wochen seine Schwägerin besuchte? Vorher ganz sicher nicht?«

»Ja, da bin ich ganz sicher«, sagte Frau Schlickeisen. »Auch wenn ich natürlich nicht den ganzen Tag am Fenster stehe. Nicht dass Sie denken …«

»Nein, nein.« Lukas kannte diese Reaktion von Zeugen, die sich aufgrund ihrer Beobachtungen plötzlich in der Rolle des schnüffelnden Blockwarts ertappt fühlten.

»Aber hier oben am Wiesenweg ist es so einsam, da kriegt man genau mit, was passiert. Wenn der Postbote mit seinem Auto hochfährt, hört man das schon, wenn er unten einbiegt.«

»Schon gut, Frau Schlickeisen«, versuchte Lukas, sie zu beruhigen. »Sie müssen sich nicht rechtfertigen. Wir sind sehr froh, wenn sich die Leute noch für das interessieren, was um sie herum geschieht.«

Er überlegte, ob die Angaben von Frau Schlickeisen zu den Datumsanzeigen der Fotos passten. Und er sah Anneke an, dass sie Ähnliches dachte und vermutlich zum gleichen Ergebnis kam: Hier passte etwas überhaupt nicht zusammen.

»Noch Apfelkuchen?«, fragte Frau Schlickeisen.

***

»Was denkst du?«, fragte Anneke, als sie auf der B318 Gmund hinter sich ließen und Richtung Autobahn fuhren.

»Eine Frage, die man einem Mann nie stellen darf«, antwortete Lukas schmunzelnd.

»Warum nicht?«

»Weil diese Frage uns Männer unter Druck setzt.«

»Wie bitte?«

»Du musst das nicht verstehen.« Lukas grinste sie frech an. »Du bist eine Frau.«

»Okay, dann frage ich dich nicht als Mann, sondern –«

»Jetzt bin ich beleidigt.«

Anneke seufzte demonstrativ. »Warum das?«

»Na gut, weil du es bist.« Lukas schaltete in den fünften Gang und erhöhte das Tempo auf freier Strecke. »Ich denke, dass in dieser Sache vorne und hinten nichts zusammenpasst. Dass hier irgendjemand eine Story konstruiert hat. Aber wer und warum, das ist mir völlig schleierhaft.«

»Das denkst du jetzt als Polizist, nicht als Mann?« Sie klemmte sich eine Strähne hinters Ohr.

»Das kann ich nicht immer ganz sauber trennen«, antwortete er ernst.

»Und ich? Siehst du mich mehr als Polizistin oder als Frau? Kannst du das immer sauber trennen?«

»Ich versuch's«, sagte er, ohne den ersten Teil ihrer Frage zu beantworten, und fügte in Gedanken hinzu: auch wenn mir das manchmal nicht leichtfällt. »Sie stellen heute schwierige Fragen, Frau Commissaris.«

»Das ist mein Beruf, Herr Kommissar.«

»Grundkurs Vernehmungsstrategien: den Gesprächspartner so lange verunsichern, bis er sich in Widersprüche verstrickt? Was willst du aus mir herausbekommen?«

Ihre Antwort kam sofort: »Ob du nach Ainring gehst.«

Er erstarrte für Sekundenbruchteile vor Schreck. Woher wusste sie davon?

»Woher ich das weiß?« Sie schien seine Gedanken lesen zu können. »Dazu war kein Lauschangriff und auch kein Undercovereinsatz nötig.«

Lukas überlegte, wer alles von dem Jobangebot wusste und wer so indiskret sein konnte, ihr davon zu erzählen, bevor er seine Entscheidung getroffen hatte. Steinmayr? Unmöglich. Er wusste keine Antwort. Dann fiel es ihm ein: der Zettel, den er bei Anneke verloren hatte. Er hatte ihn entgegengenommen, in die Tasche gesteckt und ihn dann vergessen.

»Es stand eine Nummer auf dem Stück Papier.« Sie lächelte etwas verlegen. »Und ich war neugierig.«

»Kleine Rechercheübung, was?« Er wusste nicht so recht, was er von Annekes Indiskretion halten sollte.

»Ja«, sagte sie. »Ich habe schnell herausgefunden, dass es sich um die Durchwahl der Personalverwaltung des PP Oberbayern handelte. Und die Kennziffer, die daneben stand, entsprach der internen Ausschreibung für die Stelle an der Akademie in Ainring, die in der Kantine am Schwarzen Brett hängt.«

»Aha«, sagte Lukas nur und fragte sie nicht, wie intensiv sie recherchiert hatte, um die Bedeutung der Kennziffer herauszufinden.

»Ja, die Indizien sind wohl eindeutig«, sagte er. »Aber um deine Frage zu beantworten: Ich weiß es nicht. Steini hat mich empfohlen und mir geraten, mich zu bewerben. Aber ehrlich gesagt: Ich bin mir nicht sicher, ob es das Richtige für mich ist. Ainring ist fast am Ende der Welt. Die praktische Arbeit würde mir fehlen, München würde mir fehlen und …« Er stockte.

»Und?«, hakte sie nach.

»Und die netten Kollegen auch.«

»Aha«, erwiderte sie nur. Hatte sie eine andere Antwort erwartet?

»Ich glaub, du musst tanken«, sagte sie.

»Das trifft sich ja gut.« Lukas war dankbar für den Themenwechsel. »Bald müsste die Tanke kommen, wo Jäger die Fotos gefunden haben will.«

Einige Minuten später sahen sie die blaue Leuchtreklame der Aral-Tankstelle, die zu einer Ford-Werkstatt gehörte. Auch Anhänger wurden hier zum Verleih und Verkauf angeboten. Über der Eingangstür leuchtete in roten, blinkenden Buchstaben das Wort »Open«. Lukas parkte den Wagen an der Zapfsäule und füllte den Tank, während Anneke ausstieg und sich die Füße vertrat. Lukas bezahlte den Sprit mit der Flottenkarte des Präsidiums, kaufte noch eine Packung Kaugummi und verließ dann wieder den kleinen Verkaufsraum, der zur Hälfte mit alten Zündapp-Maschinen vollgestellt war und wie ein kleines Motorradmuseum wirkte. Er sah Anneke draußen vor der Glastür. Was hatte sie? Sie sah irgendwie aufgeregt aus und deutete von außen auf die Tür.

»Was ist?«, fragte er.

»Guck mal hier. Die Öffnungszeiten.«

Lukas schaute sich die Tafel an und bemerkte sofort, worauf Anneke hinauswollte.

»Hier ist jeden Tag ab zwanzig Uhr geschlossen«, sagte er.

Anneke nickte. »Jäger hat gelogen.«

# SIEBZEHN

Der nächste Arbeitstag begann für Lukas mit einem Weckruf des Kriminaldauerdienstes. Er hatte schlecht geschlafen und wirr von Polizeischulen, Saunen und Stundenhotels geträumt. Schweißgebadet wachte er auf und fragte sich als Erstes, ob er womöglich Fieber oder sich erkältet hatte. Doch die zunehmende Lautstärke des Klingeltons ließ ihm keine Zeit, weiter über seinen Gesundheitszustand zu reflektieren. Während er die grüne Taste drückte, sah er auf seinem Radiowecker die roten Ziffern Null, Fünf, Vier, Zwei. Der KDD hatte hoffentlich einen guten Grund, ihn so verdammt früh zu wecken.

»Schmidtbauer«, meldete er sich und fügte nach einem Räuspern hinzu: »Was gibt's?«

Lukas rieb sich die verschlafenen Augen, während er zuhörte. Doch nach wenigen Augenblicken war er hellwach und überzeugt, dass der Grund, ihn kurz vor sechs Uhr zu wecken, gut genug war.

***

Anneke fuhr auf der Salzburger Autobahn durch die Nacht. Um diese Zeit herrschte dort freie Fahrt. Der Anruf von Lukas hatte sie nicht geweckt, weil sie um halb fünf von einem ohrenbetäubenden Gepolter im Nachbarappartement aufgewacht war und danach nicht mehr hatte einschlafen können. Die Nachricht hatte sie in eine kurze Schockstarre versetzt. Fast eine Minute hatte sie regungslos auf ihrem Schlafsofa gesessen, bevor sie duschen, sich anziehen und in den Wagen springen konnte. Als sie Unterhaching schon hinter sich hatte und ein orangefarbenes Streufahrzeug überholte, konnte sie immer noch nicht recht glauben, was Lukas eben am Telefon berichtet hatte.

Hätten sie gestern Abend sofort reagieren sollen? Hätten sie es dann verhindern können?

Es half nichts, im Nachhinein mit seinen eigenen Handlungen zu hadern. Das redete sie sich seit Henks Unfall immer wieder ein.

Wer weiß, was geschehen wäre, wenn sie sich damals anders verhalten hätte? Sie versuchte, an Schicksal und Fügung zu glauben. Und so versuchte sie auch jetzt zu denken.

Wenn der Tod kommt, dann kommt er. Ihre Aufgabe als Polizistin war es, das Geschehene, das Unvermeidliche aufzuklären.

Sie schaltete das Radio ein und hörte das Ende der Verkehrshinweise, die vor Blitzeis in Ober- und Niederbayern warnten. Dann erklang eine fast vertraute Stimme. Sie achtete nicht auf die Worte des wie immer unverschämt fröhlichen Moderators. Wie lange hörte sie diese Stimme jetzt schon, ohne sich den Namen des Mannes zu merken? Warum waren Stimmen für sie so wichtig? Und würde sie Lukas auch attraktiv finden, wenn er keine gute Stimme hätte?

Sie ignorierte die Verkehrswarnung und erhöhte das Tempo. Sie wollte jetzt bei Lukas sein. Auch wenn sie das ihm gegenüber niemals zugeben würde: Sie sehnte sich nach seiner Nähe.

***

Zwischen Bad Wiessee und Weißach sah Anneke zwischen den verschneiten Bäumen am linken Fahrbahnrand ein kleines Schild mit der Aufschrift »Kieswerk«, das sie veranlasste, von der B 318 in einen kleinen Waldweg einzubiegen. Sie parkte das Auto zwischen einem grün-silberfarbenen Streifenwagen, auf dem das Blaulicht rotierte, und einem gelben Bagger, der vor einem großen Kiesberg stand. Dahinter waren Baumstämme gestapelt und warteten offenbar auf den Abtransport. Dann sah sie Lukas' Wagen und schaute sich um. Lukas stand ein Stück weiter entfernt an einer Holzbrücke, die über einen kleinen, vereisten Tümpel führte, der in den Ringsee überging. Er winkte ihr zu.

»Guten Morgen, ausgeschlafen?«, begrüßte sie ihn. Sein aschfahles Gesicht und die tiefen Augenringe verrieten bereits die Antwort.

»Spar dir deine Scherze«, erwiderte er. »Zwei Schüsse. Herz und Lunge. Jäger war sofort tot. Willst du ihn sehen?«

»Nein, nicht auf nüchternen Magen«, sagte Anneke. »Ist das hier der Tegernsee?« Sie deutete auf das Wasser, das hinter dem Gestrüpp zu sehen war.

»De gloane Bucht hoaßt Ringsee, is bloß viazehn Hekta grouß«, schaltete sich ein uniformierter Beamter ein. »›Ring‹ kimmt vo ›gering‹ – im Vagleich zum groußen Tegernsee, der im Üabrigen immens wichtig is füa de Trinkwasserversorgung vo Minga und oana vo de saubasten in ganz Bayern. Und ›tegar‹ is a oids Woat fia ›grouß‹, es is oiso da ›grouße See‹.« Dann stellte sich der Beamte als Polizeiobermeister Kleiber vor, »wia da Vogl«.

»Was sind das für Reifenspuren?«, stoppte Anneke die fremdenführerischen Erläuterungen und leuchtete mit einer Stablampe auf den schneebedeckten Boden.

»Dazu konn da Riedl Toni wos song, da Kollege vo da Spurensicherung.« Kleiber winkte einen hageren Kollegen mit Glatze, Pockennarben und Designerbrille herbei. »Toni sog amoi, de Reifenspuren san dia a scho aufgfoin, oda?«

»Ja«, sagte Riedl und begrüßte Anneke und Lukas mit einem freundlichen Kopfnicken. »POK Riedl, Erkennungsdienst, grüß Gott.«

»Die Spuren sind auffallend tief«, bemerkte Lukas. »Sieht nach einem Nutzfahrzeug aus.«

»Ja, das dachte ich zuerst auch«, sagte Riedl und zückte einen Notizblock. »Aber dann haben wir die Spurweite gemessen: ein Meter neunundvierzig Komma fünf.«

»Und was bedeutet das?«, fragte Anneke, als Riedl nicht weiterredete.

»Die Spurweite passt zunächst mal gar nicht mit der Tiefe und Breite des Abdrucks zusammen. Das wirkt irgendwie exotisch. Aber wir haben schon eine Anfrage beim KBA gestartet. Ich bin jedenfalls sicher, dass es sich hier um eine ungewöhnliche Karre handelt.«

Lukas nickte dankend und sagte zu Anneke: »Die Spur scheint relativ frisch zu sein, es hat gestern den ganzen Tag geschneit. Vielleicht führt sie uns zum Täter.«

»Ja, vielleicht. Irgendwie muss der Mörder schließlich hierhergekommen sein. Wer hat den Toten eigentlich gefunden?«

»Ganz klassisch: Spaziergänger mit Hund. Ein Dr. Vogt, Sportmediziner, wohnt ein paar hundert Meter weiter in einer netten Villa, Wiesseer Straße 74.«

»Und der war schon so früh unterwegs?«, wunderte sich Anneke. »Hundebesitzer werde ich nie verstehen.«

»Das Tier ist schon älter und muss früh raus. Aber das spielt hier wohl keine Rolle. Die Leiche liegt da unter der Brücke. Den Spuren im Schnee zufolge wurde der Mann hier am Holzgeländer getötet und fiel dann dort hinunter. Der Schütze hat seinen Wagen nicht verlassen müssen. Der Tote hatte nichts bei sich, kein Handy, keine Brieftasche, keine Papiere, nichts.«

»Aber woher wissen wir, dass er –«

»Die Kollegen haben sein Auto vorne am Straßenrand gefunden. Nicht abgesperrt auf dem Radweg. Ein Renault Mégane, der nicht zu den Reifenspuren hier vorne passt.«

»Mia ham glei des amtliche Kennzeichen und den Besitza übabriaft. Und nachad hamma des hia im Auto gfundn.« Kleiber hob eine kleine Plastiktüte hoch, in der sich ein Mobiltelefon befand. »Des is neban Beifahrersitz grutscht. Wahrscheinli in ana Kuavn obigfoin. Es is no oo, fois Eana des huift.«

»Aber hallo«, sagte Lukas und griff nach der Tüte. Es war ein übliches Modell ohne besonderen Schnickschnack, sodass es ihm keine Mühe machte, durch die Plastikfolie hindurch einige Tasten zu bedienen, ohne Fingerspuren zu zerstören.

»Und?«, fragte Anneke ungeduldig.

»Kleinen Moment noch«, sagte Lukas und drückte weiter auf der kleinen Tastatur herum. »Der letzte Anrufer hat eine Nachricht auf der Mailbox hinterlassen. Warte!« Lukas lauschte. »Das gibt's doch nicht.«

»Jetzt sag schon!«

»Sieht so aus, als ob ihn der Mörder hierherbestellt hat«, sagte Lukas.

»Was? Wer?«

»Der Anruf kommt von einer unterdrückten Mobilnummer. Er sagt nur wenige Worte und nennt diese Brücke hier am Kieswerk als Treffpunkt. Aber die Stimme ist elektronisch verzerrt.« Lukas reichte Anneke das Handy, nachdem er mit zwei Tastendrücken die Wiederholung der Mailboxansage aktiviert hatte.

Anneke hielt das Telefon an ihr Ohr und hörte atemlos der Stimme des Mörders zu.

»Der Killer hat sein Opfer hierher bestellt und mit zwei Schüssen getötet.«

»Er hat hier an der Brücke gewartet und auf –«

»Alexander Jäger geschossen«, ergänzte Lukas.

***

Lukas und Anneke hatten sich in den beheizten Dienstwagen gesetzt, um über Funk Steinmayr zu informieren, die neuen Entwicklungen in Ruhe zu sortieren und über das weitere Vorgehen zu entscheiden. Und sofort waren Lukas' Brillengläser beschlagen. »Hallo, Herr Schmidtbauer?« Es war Oberkommissar Riedl, der aus etwa zwanzig Metern Entfernung mit einem Mobiltelefon winkte. »Ich habe schon eine Antwort vom Kraftfahrtbundesamt bezüglich des Fahrzeugtyps.«

»Ah, interessant«, rief Lukas, stieg aus dem Wagen und winkte den Kollegen herbei. »Die Flensburger scheinen auch schon früh mit der Arbeit zu beginnen.«

»Also!« Riedl holte tief Luft. »Der Reifentyp heißt Yokohama AVS V801 S/T mit der Größe 285/55 R18. Diese Reifen waren die Erstausrüstung des G55 AMG von Mercedes, Baujahr 2003.«

»Moment mal«, warf Lukas ein. »G-Dingsbums von Mercedes? Heißt das, ein G-Modell?«

»Ja. Und was auch interessant ist: Dieser Wagen wiegt zweieinhalb Tonnen und hinterlässt entsprechend tiefe Abdrücke, kräftiger als bei kleineren Wagen. Und das Modell ist äußerst selten.«

»Was heißt das?«, fragte Anneke, die jetzt auch aus dem Auto gestiegen war und die Beifahrertür zufallen ließ.

Es war noch stockdunkel am Himmel, kein Stern war zu sehen. Hier, fünfzig Kilometer vor den Toren Münchens, gab es nicht die Lichtverschmutzung der Millionenstadt. Aber ihre Augen gewöhnten sich bald an die Dunkelheit, die nur durch das Blaulicht der Einsatzfahrzeuge und die Stablampen der Beamten durchbrochen wurde.

»Wie viele davon gibt es in Deutschland?«, wollte Anneke wissen.

Riedl schaute auf seine Notizen und las vor: »Bundesweit neunundsiebzig Stück. In Oberbayern acht, fünf davon sind in München zugelassen, zwei in Starnberg.«

»Und der achte?«, fragte Anneke. »Sie machen es aber spannend, Herr Kollege.«

»Ein Fahrzeug ist bei der Kfz-Zulassungsstelle Berchtesgadener Land in Bad Reichenhall gemeldet.«

»BGL«, sagte Lukas. »Wohnt nicht Donnersberg mit seiner Frau in Reichenhall?«

»Und er fährt privat einen G-Mercedes«, sagte Anneke. »Das hat die Nachbarin aus Holz beobachtet, und das müsste sich auch anhand der Fotos bestätigen lassen.«

»Herr Riedl, Sie haben uns sehr geholfen«, sagte Lukas, und der uniformierte Beamte entfernte sich, nachdem er die Hand grüßend an seine Polizeimütze gelegt hatte.

»Verdammt, wir können doch nicht einfach hingehen und den Innenminister verhaften«, sagte Anneke.

»Nein. Als Abgeordneter genießt er parlamentarische Immunität, die erst vom Landtag aufgehoben werden muss. Das ist bei einem konkreten Verdacht zwar Formsache, aber es dauert halt. Trotzdem sieht die Lage eindeutig aus«, sagte Lukas, während er seine beschlagenen Brillengläser mit Hilfe eines Papiertaschentuchs zwischen Daumen und Zeigefinger rieb.

»Ja«, stimmte Anneke zu. »Es fügt sich zu einem Bild zusammen. Wollen wir ein Stück gehen? Lass uns noch mal alles in Ruhe durchsprechen.«

»Wenn's dir nicht zu kalt ist, gern.«

Sie gingen langsam den vereisten Fußweg Richtung Rottach entlang und schwiegen eine Weile.

»Was denkst du?«, fragte er nach einer Minute Stille. »Um mal eine verbotene Frage zu stellen.«

»Dass wir hoffentlich auf dem Weg bleiben und nicht durch einen falschen Tritt in die Tiefe stürzen.« Sie lachte. Und er merkte, dass er dieses Lachen immer mehr genoss, dass er es nicht missen wollte. Unter keinen Umständen.

»War Alexander Jäger jetzt Täter oder Opfer?«, fragte Anneke. »Oder beides?«

»Für mich sieht es danach aus, dass er ein kleiner, mieser Erpresser war, der sich mit den Falschen angelegt hat. Irgendwie ist er an diese Bilder gekommen. Ich vermute, dass er sie Simnacher verkaufen wollte. Dieses Geschäft muss gescheitert sein. Mit tödlichem Ausgang.«

»Aber wir wissen doch jetzt, dass auf den Bildern keine heimliche Geliebte zu sehen war, sondern Donnersbergs Schwägerin. Völlig unverfänglich. Und wie es aussieht, wurden die vermeintlichen Paparazzi-Fotos von Donnersberg selbst in Auftrag gegeben und von einem Profifotografen gemacht.«

»Ja, so könnte es sein. Ich hatte anfangs geglaubt, das ergäbe keinen Sinn. Warum sollte Donnersberg Bilder machen lassen, die ihm politisch schaden, wenn sie – falsch interpretiert – in die Öffentlichkeit gelangen? Aber jetzt scheint es klar und deutlich«, sagte Lukas.

»Weil sie ihm politisch nutzen, wenn er die falsche Interpretation aufdeckt und –«

»Behauptet, sein politischer Gegner hätte eine Verleumdungskampagne gegen ihn angezettelt. So herum wird ein Schuh draus. Ja, und damit wollte er Simnacher als Intriganten darstellen, ihm ein Komplott vorwerfen und ihn politisch eliminieren.«

Ihre Schritte knirschten im Schnee. Lukas stellte sich für Sekundenbruchteile vor, sie würden sich an den Händen halten. Sofort verdrängte er den Gedanken wieder.

»Er hat die Bilder Jäger zukommen lassen, damit er sie in die Zeitung bringt«, sagte Lukas.

»Und als Jäger bemerkte, dass er als Handlanger in einer Polit-Intrige missbraucht worden war, wollte er sich rächen und erpresste Donnersberg mit seinem Wissen um die Verstrickung in die Vergabe der Garmischer Olympia-Bauaufträge. Oder einfach nur wegen der Bilder. Er hätte ihm in jedem Fall die Karriere zerstören können.«

»Jäger konnte sich sicher sein, dass der Minister ihn nicht hochgehen lassen würde. Denn wenn Jäger sein Wissen veröffentlicht hätte, wäre Donnersberg politisch tot gewesen«, sagte Lukas.

»Unser Dienstherr geht für seinen Erfolg über Leichen«, sagte Anneke. »Mir ist kalt. Lass uns umdrehen.«

***

Frank Litzka stand mit zwei Dutzend Reporterkollegen vor der kleinen Steintreppe des Haupteingangs der Bildungsstätte in Wildbad Kreuth. Seine Finger wärmte er in gestrickten Wollhandschuhen, eine schwarze Pudelmütze hatte er über beide Ohren gezogen. Er schaute auf seine Armbanduhr. Wie die meisten Medienvertreter hatte er im Kreuther Hotel »Zur Post« übernachtet und war schon mit dem Morgengrauen im Wildbad angekommen, um das Eintreffen der Spitzenpolitiker nicht zu verpassen, allen voran des Innenministers Max von Donnersberg, der in wenigen Minuten eine Stellungnahme zu einer Beschlussvorlage des Fraktionsvorstandes zur bayerischen Innenpolitik vorstellen wollte. Dies allein reichte natürlich nicht, um diesen Auflauf von Fotografen, Korrespondenten und Kamerateams auszulösen. Die ganze Medienbranche wartete auf Neuigkeiten im Personalpoker der CSU. Jedes noch so kleine Statement wurde sofort in alle Redaktionen getickert.

»Heuer ist es wieder richtig spannend«, sagte Litzka zu Sönke Michels, der neben ihm stand und sich die Wartezeit damit vertrieb, eine Banane zu schälen.

»Am Ende werden sie sich wieder hinstellen, den großartigen Kompromiss verkünden und die Geschlossenheit der Partei beschwören«, sagte Michels und biss in seine Banane. Mit vollem Mund sprach er weiter. »Ist doch immer dasselbe. So einen öffentlich ausgetragenen Putsch wie damals werden wir wohl nicht mehr erleben. Dafür haben die sich inzwischen zu sehr im Griff.«

»Ah, ich glaub, da kommt er«, sagte ein Fernsehmann und drehte seine geschulterte Kamera in Richtung der Kurve, die an einem großen Parkplatz vorbei zum Tagungsgebäude führte.

***

Inzwischen waren weitere Kollegen von der Spurensicherung der Kripo Miesbach eingetroffen, hatten mit grellen Scheinwerfern den Leichenfundort erleuchtet und mit ihren schwarzen Täfelchen alle Spuren nummeriert.

Dann erreichte Kies Grötzinger mit seinem Wagen über die schmale Zufahrt den Platz.

*»No jokes with names«,* sagte Kies, als er aus dem Auto ausstieg.

»Wieso, das passt doch«, sagte Lukas. »Der Kies hier besteht ja aus kleinen Steinen. Stones also.«

»Sehr komisch«, sagte Kies, der sich im Teeniealter den Spitznamen Keith gegeben hatte, aber das englische *th* noch nicht gescheit aussprechen konnte. »Jemand Kaffee Togo?«

»Wie bitte? Togo?«, fragte Anneke. Kies hielt zwei dampfende Pappbecher in der Hand.

»Er meint *to go*«, erläuterte Lukas. »Unser Kollege ist verdammt gut aufgelegt für diese Uhrzeit. Danke für den Kaffee. Das ist jetzt genau das Richtige.«

Kies reichte Lukas und Anneke je einen Becher.

»Aber pass auf, dass sich auf deiner Skibrille keine Eisblumen bilden«, sagte Kies. »Die Identität des Toten ist bestätigt?«

»Ja, eindeutig«, antwortete Lukas und fasste in wenigen Worten die Gedanken zusammen, die er vorher mit Anneke ausgetauscht hatte.

»Wir sollten Donnersberg hochnehmen«, schlussfolgerte Kies. »Nach Kreuth zur Tagungsstätte sind es nur ein paar Kilometer.«

»Wollen Sie vielleicht mal schauen«, meldete sich der Kollege von der Spurensicherung zu Wort, dessen weißer Ganzkörperanzug sich kaum vom Schnee neben der Leiche abhob. Er hatte einen verknitterten Zettel in der Hand. »Das hatte der Tote in der Gesäßtasche. Könnte interessant sein.«

Lukas holte einen Einweghandschuh aus seiner Jackentasche und zog ihn über die rechte Hand. Dann betrachtete er im Scheinwerferlicht das Blatt.

»Das ist eine E-Mail-Adresse«, sagte Lukas und las langsam vor: »nick-k@gmx.de. Passwort: knatterton999# – Öffnen Sie dieses E-Mail-Konto, falls mir etwas zustößt. Alexander Jäger.«

»Interessant«, sagte Lukas. »Hat jemand ein iPhone oder etwas Ähnliches, womit wir uns in dieses Postfach einloggen können?«

»Keine Chance«, antwortete Kies. »Der Empfang reicht hier kaum zum Telefonieren. Gerade mal ein Böppel.«

»Böppel?« Anneke schaute ihn fragend an. »Egal. Wir sollten sofort zu Donnersberg. Oder sieht das jemand anders?«

Wie aufs Stichwort ertönte Lukas' Telefon.

»Sieht so aus«, sagte er mit Blick aufs Display. »Stapper. Wer hat den denn schon informiert?«

»Das dürfte der Steini gewesen sein«, sagte Kies. »Ich habe während der Fahrt mit ihm telefoniert.«

Das Klingeln wurde lauter und eindringlicher. Kurz erwog Lukas, den ungebetenen Anrufer ins Leere läuten zu lassen, aber dann drückte er doch die grüne Taste.

»Schmidtbauer.«

»Hier Stapper«, ertönte es am anderen Ende der Leitung. »Können Sie mich verstehen, Herr Schmidtbauer? Dies ist eine Anweisung: Die Ermittlungen zum Leichenfund an der B318 übernimmt –«

»Herr Stapper? ... Hallo?«, rief Lukas dazwischen. »Ich verstehe Sie nur ganz schlecht. Kaum Empfang hier!«

»Die örtlich zuständige Kripo Miesbach. Haben Sie verstanden?« Stapper erhöhte die Lautstärke und wiederholte langsam: »MIESBACH. Übergeben Sie die Einsatzleitung an die Kollegen aus Miesbach.«

»Herr Stapper, ich verstehe Sie nicht«, sagte Lukas. »Falls Sie mich noch hören können: Meine Kollegin van Royen ist bereits unterwegs nach Kreuth, um das Alibi von Donnersberg zu überprüfen. Hallo? Ich höre Sie nicht. Ich leg jetzt auf.«

Lukas drückte die rote Taste und schaltete das Handy aus. »Echt verflixt mit dem Empfang hier im Tal.« Er blickte Anneke schelmisch an: »Fahr los! Die Tagungsstätte in Kreuth erreichst du, indem du einfach immer dieser Straße folgst. Nach der Ortschaft links abbiegen. Da steht ein Wegweiser zur Hanns-Seidel-Stiftung. Check du dort schon mal die Lage, wir sind auch gleich da.«

Kies schaute auf seine Armbanduhr. »Um neun Uhr hat Donnersberg in Kreuth ein Pressestatement zur inneren Sicherheit angekündigt. Das haben sie eben auf B5 gesagt.«

»Das schaffe ich«, sagte Anneke und stieg ins Auto.

***

Donnersberg trug einen schwarzen Wollmantel und hatte einen grauen Schal locker um den Hals geschwungen. Seine Wangen waren leicht gerötet, seine Lippen zitterten, was Litzka auf die eisige Kälte zurückführte. Donnersberg stellte sich in die Mitte des Halbkreises der Journalisten, die ihm ihre Diktiergeräte und Mikrofon-Angeln vor den Mund hielten.

»Verehrte Damen und Herren«, begann Donnersberg, und sein Atem bildete eine weiße Wolke. »Die innere Sicherheit im Freistaat Bayern mit unserem Null-Toleranz-Konzept bei Kriminalität und Extremismus genießt höchsten Stellenwert. Die Staatsregierung geht entschlossen gegen jede Form der Kriminalität vor und wird alle rechtlichen Möglichkeiten ausschöpfen, um den Kampf gegen das Verbrechen zu verbessern. Dabei geht es um Drogenmissbrauch genauso wie um illegale Graffiti oder Angriffe auf Zivilisten in der U-Bahn.«

Noch mehrere Minuten legte Donnersberg die allseits bekannten Thesen der Partei zur inneren Sicherheit dar. Die Reporter wurden immer ungeduldiger. Litzka bemerkte, wie sich eine junge Kollegin, die er noch nie in Kreuth gesehen hatte, zu den Journalisten stellte. Sie trug eine bordeauxrote wattierte Jacke, deren Reißverschluss sie bis zum Hals hochgezogen hatte. Sie hatte keine Kopfbedeckung, sodass sich vereinzelte Schneeflocken auf ihren blonden Haaren niederließen. Vermutlich eine Anfängerin in Kreuth, dachte Litzka. Vielleicht eine Volontärin, die den Weg nicht gleich gefunden hatte und daher zu spät gekommen war. Er beobachtete, wie sie hinter der Menschentraube den Hals reckte, um den Minister zu sehen. Dann wunderte er sich, dass sie weder ein Aufnahmegerät noch einen Notizblock zückte.

»Herr Minister«, rief Sebastian Becker. Der Landtagsreporter der Süddeutschen war bekannt für seine investigativen Recherchen. »Was ist dran an den Gerüchten, dass –«

»Zu Gerüchten äußere ich mich nicht«, blaffte Donnersberg. »Wenn keine weiteren Fragen mehr offen sind, lassen Sie mich bitte durch, damit ich zur Tagung –«

»Eine Frage noch, Herr Minister.«

Es war die blonde Frau ohne Stift und Mikro aus der hinteren Reihe. Donnersberg, der sich schon zum Gehen gewandt hatte, hielt inne.

»Was haben Sie mit dem Tod des CSU-Fraktionschefs Simnacher zu tun?«

Sie versucht's einfach, dachte Litzka mitleidig. Es war doch klar, dass Donnersberg sich nicht zu diesem Thema äußern würde. Die junge Journalistin hatte offenbar genug Ehrgeiz, um dennoch diese Frage zu stellen.

Donnersberg zögerte mit der Antwort eine Sekunde länger als erwartet, bevor er sagte: »Junge Frau, Ihre Frage ist völlig absurd. Sie werden nicht erwarten, dass ich darauf antworte. Sie stehlen unsere Zeit.«

Wieder drehte sich Donnersberg zur Seite, um sich einen Weg zum Eingang der Tagungsstätte zu bahnen. Doch die Fragestellerin blieb hartnäckig.

»Warten Sie, Herr Minister!«

»Die traut sich was«, flüsterte Michels Litzka leise zu. »Vermutlich ihr erster und letzter Einsatz in Kreuth.«

»Was haben Sie mit dem Tod von Alexander Jäger zu tun?«, fragte sie.

Ein Raunen ging durch die Menge.

»Jäger ist tot?«, fragte Becker.

»Das ist doch Unsinn«, reagierte ein Korrespondent des Donaukuriers. »Das müsste ich ja wohl wissen.«

»Diese Spinnerin soll den Mund halten«, rief ein Radioreporter. »Wer sind Sie überhaupt?«

»Alexander Jäger wurde heute früh am Westufer des Ringsees erschossen aufgefunden, nur wenige Kilometer von hier entfernt.«

»Was reden Sie da? Was soll das?« Donnersberg wirkte zunehmend nervös.

Die blonde Frau drängte sich durch den Pulk weiter nach vorne, während sie sprach: »Bei Alexander Jägers Leiche wurden Reifenspuren eines Mercedes G-Modell gefunden. Sie wissen, Herr von Donnersberg, dass dieses Fahrzeug äußerst selten ist.«

»Was bilden Sie sich ein?« Donnersberg versuchte, gefasst zu wirken, aber seine Stimme zitterte. »Was soll diese Verleumdung? Wer sind Sie überhaupt?«

»Mein Name ist Anneke van Royen, Kripo München«, antwortete sie laut und selbstsicher. »Ich beschuldige Sie, den Journalisten Alexander Jäger gestern Abend zum Kieswerk bestellt und dort getötet zu haben.«

Auf einmal richteten sich die Kameras nicht mehr auf Donnersberg, sondern auf die Holländerin, deren merkwürdiger Auftritt auf jeden Fall für viel mehr Schlagzeilen sorgen würde, egal ob sie wirklich eine Polizistin oder eine Psychopathin war.

»Sie sollten Beweise vorlegen, bevor Sie solche Behauptungen aufstellen, junge Frau.« Donnersberg wirkte jetzt wieder gefasst und gönnerhaft.

»Es war Ihr Fehler, dass Sie Jägers Auto nicht durchsucht haben.« Anneke stand jetzt ganz vorne, nur eine Armlänge von Donnersberg entfernt, und fixierte mit ihrem Blick den Punkt auf der Stirn zwischen seinen Augen, wie sie es im psychologischen Training immer wieder gelernt hatte. »Wo waren Sie gestern Abend?«

»Was soll das? Ich war natürlich hier. Und jetzt hören Sie auf mit diesen unglaublichen –«

»Das ist nicht wahr«, unterbrach ihn Sönke Michels, der plötzlich die Blicke der umstehenden Kollegen auf sich zog. »Ich war gestern Abend hier draußen und habe mit drei anderen Kollegen auf die Abreise von Faszantas gewartet. Sie haben die Tagungsstätte um halb elf verlassen, Herr Minister.«

»Stimmt es, dass Sie eine Neun-Millimeter-Waffe besitzen?«, fragte Anneke.

Einen kurzen Augenblick lang wirkte es, als wollte Donnersberg davonrennen. Doch es blieb bei einem Zucken. Dann griff er blitzschnell in seinen Mantel und zog eine Pistole.

# ACHTZEHN

»Du hast alles richtig gemacht!«

Lukas versuchte, auf Anneke einzureden, die auf ihrem Stuhl im Büro der Mordkommission saß. Fast vier Stunden war es jetzt schon her, dass der Schuss in Wildbad Kreuth gefallen war.

»Er hat eine scharfe Waffe gezogen, und du hast so reagiert, wie es nötig war. Es war Notwehr, das wird auch die Untersuchung bestätigen. Es gibt genug Zeugen. Was passiert ist, wurde sogar von Fernsehkameras aufgezeichnet.«

Anneke schaute immer noch regungslos auf ihre Schreibtischplatte. Eine Untersuchung durch den Psychologischen Dienst hatte sie abgelehnt, als sie wieder im Dezernat angekommen waren.

»Er wollte, dass ich ihn erschieße«, sagte Anneke leise. »Er hat es provoziert.«

»Das kann sein«, stimmte Lukas einfühlsam zu. »Es ist ein typisches Verhalten für einen Narzissten: Wenn seine Großartigkeit, mit der er sich immer in Szene gesetzt hat, auf einmal zu Ende ist, macht er radikal Schluss. Bis hin zum Suizid. Donnersberg war immer berauscht von der Droge Politik.«

»Warum hat er sich dann die Pistole nicht selbst an den Kopf gehalten, sondern auf diesen Reporter gezielt?«

Lukas zuckte mit den Schultern. »Man kann nicht reingucken in ein krankes Hirn.«

Die Tür öffnete sich ruckartig. Es war Neidlinger, der im selben Moment innehielt, als er Lukas und Anneke erblickte.

»Entschuldigung, ich wollte nicht stören«, sagte er fast peinlich berührt. Ihm war offenbar klar, dass es Anneke nicht gut ging.

»Es gibt Nachrichten aus Großhadern. Gute Nachrichten für dich, Anneke.« Sie schaute zu ihm auf. »Er ist übern Berg. Nach einer Notoperation ist Donnersberg außer Lebensgefahr.«

Anneke fiel ein Stein vom Herzen.

Nachdem sie mit ihrer Glock zwei Schüsse aus nächster Nähe auf den Oberkörper des Innenministers abgefeuert hatte, war Donnersberg leblos zusammengebrochen. Mit einem Rettungshubschrauber war er ins Münchner Uniklinikum geflogen worden, wo die besten Chirurgen stundenlang um sein Leben kämpften.

Lukas stand auf und ging zu Anneke. Er spürte das Verlangen, sie in den Arm zu nehmen. Stattdessen klopfte er etwas unbeholfen auf ihre Schulter und sagte: »Es ist alles gut. Am besten lässt du dich für ein paar Tage beurlauben, dann sehen wir weiter.«

»Eine holländische Polizistin, die im Dienst den bayerischen Innenminister über den Haufen schießt, hat wohl keine großen Zukunftschancen hier«, bemerkte sie sarkastisch.

»Er ist ein Mörder, Anneke«, erwiderte Lukas. »Und du bist sehr mutig gewesen. Seine Reaktion ist wie ein Geständnis.«

Jetzt betrat auch Kies das Büro und fragte überflüssigerweise: »Darf ich stören?« Als er sah, dass Anneke Tränen in den Augen hatte, drosselte er sein Temperament und sagte: »Wir haben Nick Knattertons Postfach ausgewertet. Also das von Alexander Jäger. Ich würde sagen, damit ist auch der Tod von Simnacher aufgeklärt. Ihr gestattet, dass ich vorlese?«

Alle nickten neugierig, und Neidlinger sagte aufgeregt: »Los!«

Kies las langsam vor.

»Wenn Sie dies erhalten haben, ist wohl etwas schiefgelaufen.

Während ich dies schreibe, hoffe ich, dass ich diese Mail bald wieder löschen werde. Aber ich weiß, dass mein Handeln nicht ohne Risiko ist. Ich habe lange nicht gewusst, mit was für einem übermächtigen Gegner ich mich angelegt habe.

Dies ist ein Geständnis.

Aber ich bin kein Mörder.

Lassen Sie mich von vorne anfangen: Sie werden längst wissen, dass ich die Unwahrheit gesagt habe darüber, wie ich an die Fotos gelangt bin. Ich habe nie einen USB-Stick an einer Tankstelle gefunden. Die Daten sind mir mit der Post zugeschickt worden, anonym. Als ich mir die Bilder anschaute, war mir sofort klar, dass ich damit viel Geld verdienen könnte. Mein erster Reflex war der Gedanke, sie der Bild-Zeitung anzubieten. Doch dann hatte ich eine Idee. Ich wusste, dass Simnacher ein reicher Mann war, der ein großes Interesse daran hatte, seinen Rivalen Max von Donnersberg politisch zu demontieren. Ich verlangte hundertfünfzigtausend Euro von ihm. Diese Summe hätte gereicht, um meine persönliche Finanzkrise zu bewältigen, die durch meine regelmäßigen Besuche in Bad Wiessee entstanden sind. Aber das werden Sie herausfinden, wenn Sie meine Bankdaten überprüfen. Ich kontaktierte Simnacher anonym per E-Mail. Er ließ sich auf ein Treffen in der Tegernseer Seesauna ein, doch er wollte nicht zahlen. Und dann hat er mich erkannt. Er scheint ein Elefantengedächtnis zu haben, denn ich bin ihm nur einmal persönlich begegnet, vor vielen Jahren, als ich noch Landtagsreporter war. Daran muss er sich erinnert haben. Es kam zum Streit. Simnacher regte sich fürchterlich auf, und dann brach er zusammen. Ich vermutete einen Herzinfarkt und schleppte den leblosen Mann aus dem Saunaschiff hinaus und ließ ihn im Wasser liegen.

Ich startete einen neuen Versuch, die Bilder zu Geld zu machen. Durch meine alten Kontakte war es nicht schwer, die Handynummer von Donnersberg zu bekommen. Ich erhöhte meine Forderung auf zweihunderttausend Euro und untermauerte sie mit einigen Informationen über die Verflechtungen der Donnersberger Bau AG mit den geplanten Baumaßnahmen an den Wintersportstätten in Garmisch. Meine Argumente schienen ihn zu überzeugen. Jedenfalls hat er mich zu einem Treffpunkt an der B 318 bestellt. Ich weiß, dass das, was ich hier tue, nicht ohne Risiko ist. Ich werde mich daher doppelt absichern und diesen Text als E-Mail an die Mordkommission abspeichern und so programmieren, dass sie morgen früh zugestellt wird – sofern ich nicht mehr in der Lage bin, die verzögerte Zustellung auszuschalten. Außerdem werde ich einen Hinweis auf diesen Mailaccount bei mir tragen.

Wer auch immer dies liest: Ich entschuldige mich für die Umstände, die ich Ihnen bereitet habe. Es ist offenbar etwas schiefgelaufen.

Und eine letzte Bitte: Grüßen Sie ...«

Kies stutzte.

»Was denn? Lies weiter!«, forderte Anneke ihn auf.

»Grüßen Sie die reizende holländische Kollegin von mir. Ihr süßer Akzent ist zum Verlieben. Alexander Jäger.« Kies fügte mit Blick auf das Sendeprotokoll hinzu: »Abgespeichert gestern Abend um kurz vor neun.«

Fast eine Minute lang herrschte Stille im Raum. Dann riss es mit einem Mal Anneke aus dem Stuhl.

»Ich muss mal raus.« An der Tür sagte sie noch: »Der Kreislauf.«

»Oh weh«, sagte Lukas und schaute ihr sorgenvoll hinterher.

»Wenn Donnersberg überlebt«, sagte Neidlinger, »dann brauchen wir wohl einen Haftbefehl. Ich sag Holze Bescheid. Und Kandlinger. Und Steinmayr.« Dann schaute er Lukas an. »Apropos Steinmayr, der Boss möchte dich sehen. Er will von dir wissen, ob du dich schon entschieden hast. Du wüsstest, worum es geht.«

Lukas schaute an Neidlinger vorbei aus dem Fenster auf die ADAC-Zentrale und fragte sich, ob er diesen Ausblick im Berchtesgadener Land vermissen würde.

»Ja, ich weiß Bescheid«, sagte er. Doch eigentlich wusste er nichts.

## NEUNZEHN

Seit zwei Wochen hatte es getaut in Oberbayern, das Thermometer kletterte gelegentlich sogar in den oberen einstelligen Bereich, was nach den sibirischen Wochen zum Jahreswechsel fast frühlingshaft wirkte. Der Schnee auf den Feldern links und rechts der Straße war fast überall geschmolzen. Nur vereinzelte weiße Stellen erinnerten an die verflossene Winterpracht.

Es war das erste Mal, dass Lukas mit Anneke an einem freien Tag gemeinsam in einem Auto fuhr. Anneke hatte extra für den Ausflug einen Wagen gemietet, und diesmal saß sie am Steuer und ließ ihn im Ungewissen über das Ziel. Es war der letzte Tag ihrer Krankschreibung, und Lukas baute Überstunden ab. Es gab keinen Bereitschaftsdienst, sodass sie beide guten Gewissens ihre Handys ausschalten konnten.

»Ich bin gespannt, wohin du mich entführst«, sagte Lukas, als sie die A8 bei Holzkirchen verließen. »Hoffentlich nicht ins Haus Pollinger.«

»Hättest du was dagegen? Schlechte Erinnerungen an unsere erste gemeinsame Nacht unter einem Dach?«

»Wenn ich ehrlich bin, warst du in dieser Nacht nicht besonders gut drauf.« Er lachte verlegen. »Und am Tag danach noch weniger.« Als sie nichts erwiderte, fürchtete er, etwas Falsches gesagt zu haben. »Aber ich bin froh, dass es dir jetzt wieder besser geht.«

»Es war ja zum Glück nichts Schlimmes. Und krankgeschrieben war ich ja weniger wegen der orthostatischen Dysregulation, sondern wegen des Schocks.«

»Orthowas? Klingt ja gefährlich.«

Sie lachte. »Ist eine Sonderform des niedrigen Blutdrucks. Das war auch der Grund für meine kalten Hände, das Ohrensausen und die gelegentlichen Schwindelanfälle. Der Arzt hat gesagt, das kommt besonders häufig bei jungen, schlanken Mädchen in Stresssituationen vor. Aber da wollte er mir wohl nur ein Kompliment machen.«

»Er hat nicht übertrieben.« Lukas grinste sie an. »Hat Alexander

Jäger dich also in eine Stresssituation gebracht, als du auf seinem Sofa zusammengebrochen bist?«

»Blödmann! Ich glaube, ich war einfach im Dauerstress, es war alles ein bisschen viel. Beruflich und auch …« Anneke stockte.

»Und auch?«

»Es ist vieles aus meiner Vergangenheit wieder hochgekommen, weißt du? Ich muss endlich mal abschließen mit dem, was alles passiert ist. Ich dachte, das gelingt mir besser, wenn ich etwas ganz Neues anfange.«

»Das hast du ja auch getan mit deinem Wechsel zur Münchner Kripo.«

»Ja. Das ist das Berufliche. Aber …«

»Du denkst viel an Henk, oder?«

Sie zögerte mit der Antwort. »Ja, aber …«

»Es muss dir nicht unangenehm sein. Das ist normal. Er wurde von einem Tag auf den anderen aus deinem Leben gerissen. Er ist nicht mehr da, aber er ist auch nicht tot. Du kannst nicht loslassen. Das verstehe ich gut.«

Sie seufzte. »Ja, so ungefähr fühlt sich das an. So bitter es klingt: Ich denke wirklich oft, dass alles leichter für mich wäre, wenn Henk damals bei dem Unfall gestorben wäre und nicht wie eine Pflanze im Koma läge.«

Sie schwiegen eine Weile.

»Stört es dich, wenn ich das Radio anmache?« Er hoffte, dass sein Versuch, die Stimmung aufzuhellen, nicht zu unbeholfen wirkte. Sie schüttelte stumm den Kopf, und er schaltete auf einen Sender, auf dem gerade die Nachrichten begonnen hatten.

»Hey, hörst du das?« Sie drehte das Radio lauter.

»Völlig überraschend hat der bayerische Ministerpräsident Franz Däxl seinen Verzicht auf einen Wechsel in das Kabinett von Bundeskanzler Ronald Pohle erklärt. Als Grund dafür nannte Däxl in einer in München verbreiteten Erklärung unterschiedliche Auffassungen zwischen ihm und Pohle über den Zuschnitt und die Zuständigkeiten seines Superministeriums für Wirtschaft und Finanzen. Dass die Entscheidung im Zusammenhang mit der ungeklärten Nachfolgefrage in Bayern stehe, wurde von einem Staatskanzleisprecher ausdrücklich dementiert. Bundeskanzler Pohle reagierte mit Bedauern auf …«

»Krasse Sache«, sagte Lukas. »Jetzt haben wir einen toten Journalisten, einen toten Politiker und einen angeschossenen Minister. Und Däxl bleibt Ministerpräsident. Alles Morden war für die Katz.«

»Was wird jetzt eigentlich aus Stapper und seinen Bestrebungen, ins Ministerium zu wechseln?«, fragte Anneke.

»Vermutlich erst mal nichts. Däxl hat Donnersberg von seinen Ämtern entbunden und Justizminister Kandlinger kommissarisch die Leitung des Innenministeriums übertragen. Da werden im Ministerium wohl erst mal keine Personalentscheidungen gefällt.«

»Das heißt, Stapper bleibt, wo er ist«, stellte Anneke fest. Und dann fragte sie: »Und was ist mit dir, Lukas? Bleibst du auch?«

Er hatte erwartet, dass sie das irgendwann fragen würde. Und er hätte sich gewünscht, dass er eine konkrete Antwort darauf hätte.

Doch er konnte nur sagen: »Ich weiß es noch nicht. Ich habe noch ein paar Tage Bedenkzeit bekommen. Die will ich auf jeden Fall ausnutzen.«

Wenn sie ihn jetzt auffordern würde, in München zu bleiben, dann würde er auf der Stelle entscheiden, das Angebot abzulehnen. Davon war er überzeugt.

Doch Anneke sagte nur: »Hm.«

»Und ich dachte, es zieht nur den Täter immer wieder an den Tatort zurück«, bemerkte Lukas, als sie in Gmund die Gleise überquerten und danach am Ufer des Tegernsees entlangfuhren.

»Wart's ab«, sagte sie. »Du wirst schon sehen: Es ist gut für die Gesundheit, was wir vorhaben. Und ärztlich empfohlen.«

»Wir schwimmen durch den Tegernsee? Ich glaub, das ist mir noch etwas zu kalt. Außerdem habe ich keine Badehose dabei.«

»Du brauchst keine Badehose, Lukas. Wir sind gleich da. Weißt du, dass ich mich immer an einen Witz meiner Mutter erinnere, wenn ich an den Tegernsee denke?«

»Was für ein Witz?«

»Ein Mann bestellt in der Bar ein Glas Tee, dann noch eins und dann noch eins. Aber er trinkt nichts. Als der Barkeeper ihn fragt, was das soll, antwortet er: ›Ich bin …‹ Na?« Sie schaute Lukas fragend an.

»Tee-gern-seher?« Er verdrehte die Augen. »Sehr witzig.«

»Als Kind habe ich die Pointe nicht kapiert, weil ich den Tegernsee nicht kannte. Aber den Witz habe ich nie vergessen.«

Sie fuhren eine Weile schweigend weiter. Lukas vermutete, dass Anneke in Erinnerungen an ihre Kindheit schwelgte. Er hätte gern mehr über ihre deutsche Mutter erfahren, der sie die doppelte Staatsbürgerschaft verdankte. Aber er wollte keine neugierigen Fragen stellen. Denn am meisten interessierte ihn immer noch, wohin diese Reise führen sollte.

Erst als Anneke in der Ortschaft Tegernsee das Tempo drosselte und dann auf den Parkplatz vor der Seesauna einbog, wusste er Bescheid.

»Anneke, du willst doch nicht …«

»Du erinnerst dich an den Gutschein, den uns Herr Gönner, der Saunachef, gegeben hat? Den lösen wir heute ein.«

»Du machst Witze, oder?« Lukas schaute sie entsetzt an. »Du weißt doch, dass ich nicht in die Sauna gehe. Außerdem dürfen wir Geschenke nicht annehmen. Unmöglich.«

»Quatsch nicht, Lukas. Wenn du willst, dass ich meinen Kreislauf wieder auf Trab bringe, dann solltest du das unterstützen. Der Arzt hat mir Wechselduschen und Saunagänge empfohlen.«

Lukas ahnte, dass sie es wirklich ernst meinte, und startete einen letzten Versuch: »Aber in der Sauna würde ich dich nackt sehen! Und das ziemt sich nicht unter Kollegen.«

Anneke stellte den Wagen auf dem Parkplatz ab, zog die Handbremse und schaltete den Motor aus. Dann schaute sie ihn lächelnd an.

»Diese Befürchtung hatte ich zuerst auch, aber da müssen wir uns beide keine Sorgen machen. Du wirst nicht viel zu sehen bekommen.«

»Was soll das heißen? Willst du mir die Augen verbinden?«

Sie lachte über sein ratloses Gesicht und sagte: »Lukas, das kannst du nicht wissen als Sauna-Anfänger: In der Sauna musst du die Brille abnehmen, weil sie sonst ständig beschlagen würde.«

Lukas kapitulierte. Er sah nicht zum ersten Mal ein, dass es Situationen gab, in denen er Anneke einfach nicht gewachsen war.

# Danke!

Mein Dank geht an alle, die zum Gelingen dieses Buches beigetragen haben:

Norbert Kraft und sein Team vom Münchner »Schlachthof« sowie Sabine Thomas und Andreas Hoh vom Münchner Krimifestival haben dafür gesorgt, dass die Anneke-van-Royen-Reihe mit »Lachen und Schießen« einen perfekten Premierenort gefunden hat, wo ich auch aus diesem Buch wieder lesen darf.

Hejo Emons und Christel Steinmetz, die an Anneke und Lukas geglaubt und eine Fortsetzung der Reihe ermöglicht haben.

Kriminaloberrat Markus Kraus vom Münchner Morddezernat, Professor Manfred Riße von der Gießener Rechtsmedizin und Ulrike Garbe vom Ausbildungsinstitut der bayerischen Polizei in Ainring standen für meine laienhaften Expertenfragen stets zur Verfügung.

Martin Vogt stellte sein Expertenwissen bezüglich seltener Kraftfahrzeuge, Reifenabdrücke und Spurweiten zur Verfügung.

Die Tegernseer Seesauna lieferte nicht nur die Inspiration zu diesem Buch, sondern bot winters wie sommers einen entspannenden Rechercheort.

Bei Sne und Andi Handwerker fand ich in Son Serra de Marina am traumhaftesten Strand von Mallorca bei über dreißig Grad eine perfekte Schreibstube für die letzten Szenen dieses frostigen Winterkrimis.

Meine zauberhafte Frau Nadine, Thomas Grimmer und Max Voigtmann eliminierten im Rohtext viele Fehler, sodass das Manuskript in einen abgabefähigen Zustand versetzt werden und mein Lektor Carlos Westerkamp für den letzten Schliff sorgen konnte.

Nicht zuletzt danke ich aber allen Politikern, die ich während meiner langjährigen Zeit als Landtagskorrespondent erleben durfte, die mir immer wieder neue Ideen und Inspirationen geliefert haben, die in einem Krimi verarbeitet werden mussten.

Harry Luck

**DER ISARBULLE**

Broschur, 176 Seiten

ISBN 978-3-89705-291-8

*»Polizisten in miefigen Revieren und Prominente in schicken Vororten, blonde TV-Sternchen und betrogene Ehefrauen gehören ebenso zu diesem unterhaltsamen Krimi wie pfiffige Anspielungen auf Persönlichkeiten aus der ›echten falschen‹ Fernsehwelt.«* Münchner Merkur

*»Ein berühmter Fernsehkommissar, zwei befreundete Ermittler bei der Mordkommission, ein Sensationsreporter, schöne Schauspielerinnen und jede Menge Lokalkolorit. München, wie es leibt und lebt.«* Prinz München

Harry Luck

**LACHEN UND SCHIESSEN**

Broschur, 192 Seiten

ISBN 978-3-89705-794-4

*»Harry Luck spielt mit Klischees, übertreibt es aber nicht. Er nimmt alles aufs Korn.«* Buchjournal

*»Ein intelligenter und witziger Kriminalroman. Die Lektüre ist ein informativer und humoristischer Hochgenuss!«* Lesart